KB110303

어휘력·문해력·문장력 세계명작에 있고
영어공부 세계명작 직독직해에 있다

톰 소여의 모험 ⓗ

마크 트웨인 **지음**

주식회사 **자유지성사**

[책머리에]

" 어휘력·문해력·문장력 세계명작에 있고 영어공부 세계명작 직독직해에 있다"

(1) 미래의 약속은 어휘력·문해력·문장력이다.

이 책은 이미 검증이 되어 세계인들에게 널리 읽히고 있고, 필독서로 선정된 세계명작을 직독직해 하면서 그 작품성과 작품속의 언어들을 통해 어휘력·문해력·문장력까지 몸에 배이도록 반복연습 하여 체득화시키고(學而時習之) 글로벌 리더로서 자아강도를 높여 학습자들 스스로 자긍심을 갖도록 하는데 있다.

(2) 국어공부는 어떻게 해야하는가?

초등학교 1학년 어린이들은 글자를 다 익히고 난 다음 본격적으로 국어공부를 시작한다. 국어 교육 과정은 읽기, 쓰기, 듣기, 말하기를 바탕으로 문학, 문법 영역으로 구분되어 있다. 하지만 어린이들이 이렇게 세분화 된 영역에 대해서 다 알기는 어렵다. 수업 시간에 무엇을 배워야 하는지 수업 목표에 대해서는 선생님이 일러 주지만, 영역과 관련지어 궁극적으로 어린이들이 도달해야 할 목표가 무엇인지 알기는 어려울 것이다. 이것는 초등학생들 뿐만 아니라, 중학생, 고등학교 학생들 역시 비슷하지 않을까 싶다!

수학은 계산을 통해서 정답이 도출되는 명명함이 있고, 통합교과는 움직임 활동이나 조작활동이 주가 되기에 그나마 배우는 즐거움이 있지만, 국어는 이 두 가지 모두가 부재한다고 할 수 있는 과목이다. "국어공부를 통해서 다다르고자 하는 궁극적 가치는 '문해력'과 '자기표현'이다." 문해력이 지문을 해석하여 문제를 푸는 것으로 평가한다면, 자기표현은 논리적인 말하기가 포함된 글쓰기인 논술일 것이다. 그래서 '국어공부를 어떻게 해야 할 것인가'를 묻는다면 너무도 뻔한 대답일지 모르겠지만 꾸준한 '글 읽기'와 '글쓰기' 라고 말하고 싶다. 우선 책읽기를 통해 어휘력과 전반적인 문해력을 기를 수 있고, 독서록쓰기, 일기쓰기 등 다양한 글쓰기를 통해 표현력을 향상 시킬 수 있을 것이다.

중국 송나라시대 정치가이고 당송팔대가(唐宋八大家)인 구양수는 글을 잘 짓는 방법을 '3다(多)'라고 했다.

① 다독(多讀) : 많이 읽다
② 다작(多作) : 많이 쓰다
③ 다상량(多商量) : 많이 생각하다

즉 책을 많이 읽다보면 어휘력이 풍부해져 생각의 폭이 넓어지고, 또한 생각이 깊어지고, 자연히 하고싶은 말이 많아지게 되면서 보여주고 싶은 글을 잘 짓게 된다는 것이다.

하지만 이 두 가지 모두 스스로 재미를 느껴 꾸준히 하기에는 무엇보다 어렵다. 특히 책읽기는 '읽기의 재미'를 붙일 수 있을 때까지 적절한 도움과 관심이 필요한 부분이다. 책에 관심을 가질 수 있도록 자주 노출시켜 주고, 특히 저학년들은 스스로 책읽기를 힘들어 한다면 조금 귀찮더라도 반복해서 자주 읽어주는 것도 하나의 방법이라고 할 수 있다.

(3) 직독직해란 무엇인가?

영어 문장을 읽으며 우리말 해석을 따로 하지 않고 내용을 즉시 이해하는 독해방식이다. 직독직해의 장점은 주어, 목적어, 동사를 찾아 문장 앞뒤로 옮겨 다니며 우리말로 일일이 해석하는 방식에서 벗어나 영어 어순 구조에 빨리 적응하도록 해준다는 점이다. 직독직해가 익숙해지면 듣기 능력 향상에도 도움을 준다. 듣기가 잘 안 되는 데는 여러가지 이유가 있겠지만, 문장을 어순 그대로 받아들이는 연습이 부족했던 점도 주된 이유 중 하나이다. 그래서 눈에 보이는 순서대로 해석하는 직독직해가 익숙해지면 귀에 들리는 순서대로 뜻을 파악하는 데도 수월하다. 결론적으로 직독직해는 수험생들일 경우 시험시간도 절약해 주지만 영어의 언어적 특징을 잘 이해할 수 있게 도와줘 말하기와 듣기를 포함하여 전체적인 어학수준을 향상시켜 준다. 이 책은 직독직해를 처음 접하거나 익숙하지 않은 학습자들에게,

① 왜 직독직해를 하는가?
② 직독직해를 하면 어떤 효과를 얻을 수 있는가?
③ 직독직해를 잘하기 위해서는 어떤 연습과 노력이 필요한가?

등을 스스로 체험하게하고 반복연습을 통해 몸에 배이도록 하였다. 중급 수준의 영어 학습자라면 원활한 직독직해를 어렵지 않게 소화해 낼 수 있을 것으로 믿는다. 노력도 재능이다.

2024년 9월

CONTENTS

차　　례

The Adventures of
Tom Sawyer 하

CHAPTER 17
Pirates at Their Own Funeral

BUT THERE was no hilarity in the little town that same tranquil Saturday afternoon. The Harpers and Aunt Polly's family were being put into mourning, with great grief and many tears. An unusual quiet possessed the village, although it was ordinarily quiet enough, in all conscience. The villagers conducted their concerns with an absent air, and talked little; but they sighed often. The Saturday holiday seemed a burden to the children. They had no heart in their sports, and gradually gave them up.

hilarity:유희, 재미나게 놀기 tranquil: 고요한,조용한 mope: (풀이 죽어) 정처 없이 걸어다니다 soliloquize: 혼잣말로 말하다 andiron: (벽난로의) 장식 받 침 knob: 손잡이

톰소여의 모험 (하)

제 17 장
장례식에서의 해적들

그러나 조용한 토요일 오후 조그만 마을에는 어떤 즐거운 일도 없었다. 하퍼네 식구들과 폴리 아주머니의 식구들은 큰 슬픔과 눈물에 젖어 있었다. 비록 원래 조용한 마을이었지만 특별한 조용함이 정말로 온 마을을 감싸고 있었다. 마을 사람들은 입을 다물고 말도 거의 하지 않았으나 종종 한숨을 내 쉬었다. 그 토요일은 어린이들에게 하나의 짐 같았다. 그들은 놀이를 할 기분이 아니었고 마침내 놀이를 집어 치워 버렸다.

오후에 베키 데처는 황량한 학교 교정 근처를 소요하고 있는 자신을 발견했고 매우 우울했다. 그러나 그녀는 자신을 위로할

소요:목적 없이 슬슬 돌아다님.

In the afternoon Becky Thatcher found herself moping about the deserted schoolhouse yard, and feeling very melancholy. But she found nothing there to comfort her. She soliloquized:

"Oh, if I only had a brass andiron knob again! But I haven't got anything now to remember him by." And she choked back a little sob.

Presently she stopped, and said to herself:

"It was right here. Oh, if it was to do over again, I wouldn't say that— I wouldn't say it for the whole world. But he's gone now; I'll never never never see him any more."

This thought broke her down and she wandered away, with the tears rolling down her cheeks. Then quite a group of boys and girls— playmates of Tom's and Joe's— came by, and stood looking over the paling fence and talking in reverent tones of how Tom did so-and-so, the last time they saw him, and how Joe said this and that small trifle. And each speaker pointed out the exact spot where the lost lads stood at the time, and then added something like "and I was a-standing just so-just as I am now, and as if you was him— I was as close as that— and he smiled, just this way— and then something seemed to go all over me,

---

choke: 억제하다 sob: 흐느낌 reverent: 숭상하는, 경건한

어떤 것도 거기에서 발견하지 못했다. 그녀는 혼잣말로 말했다.

"오! 만약 내가 단지 그 벽난로의 놋쇠 장식 받침쇠 손잡이를 다시 손에 잡을 수가 있다면! 그러나 나는 이제 그 애와 추억거리가 될 만한 것을 아무것도 가지고 있지 않아." 그리고 그녀는 흐느낌을 억제했다. 곧 그녀는 멈추었고, 그녀 자신에게 말했다.

"바로 여기였어. 오, 만약 그런 일이 또 일어난다면 나는 그렇게 말하지 않을 텐데, 다시는 결코 그런 말을 하지 않을 텐데. 그러나 그는 이젠 없어. 나는 결코, 결코, 결코 그 애를 다시는 볼 수 없을 거야."

이런 생각은 그녀를 견딜 수 없게 만들었고 뺨 위로 눈물을 흘리면서 떠나갔다. 그 다음에 한 무리의 소년 소녀들이, 모두 조와 톰의 친구들인, 다가와서 서로 울타리 너머를 바라보면서 톰을 마지막 보았을 때 톰이 어떠한 짓을 했는지를 경건한 음조로 이야기를 했다. 그리고 조가 어떠한 말을 했는지를 그리고 사소한 것들을 말했다. 그리고 각각의 화자는 잃어버린 애들이 서있던 자리를 정확하게 지적했다. "그리고 내가 이렇게, 단지 그렇게 서 있었어. 단지 지금 나처럼 그리고 지금 너가 그인 것처럼, 나는 아주 가까이 있었어. 그리고 그는 웃었어. 단지 이렇게, 그리고 어쩐지 무언가 닥쳐올 것 같은 기분이 들었어. 끔찍한, 너희들도 알아. 그리고 나는 결코 무슨 뜻인지 몰랐어. 물

음조:소리의 높낮이와 강약. 빠르고 느린 것의 정도

like-awful, you know—and I never thought what it meant, of course, but I can see now!"

Then there was a dispute about who saw the dead boys last in life, and many claimed that dismal distinction, and offered evidences, more or less tampered with by the witness; and when it was ultimately decided who did see the departed last, and exchanged the last words with them, the lucky parties took upon themselves a sort of sacred importance, and were gaped at and envied by all the rest. One poor chap, who had no other grandeur to offer, said with tolerably manifest pride in the remembrance:

"Well, Tom Sawyer he licked me once."

But that bid for glory was a failure. Most of the boys could say that, and so that cheapened the distinction too much. The group loitered away, still recalling memories of the lost heroes, in awed voices.

When the Sunday-school hour was finished, the next morning, the bell began to toll, instead of ringing in the usual way. It was a very still Sabbath, and the mournful sound seemed in keeping with the musing hush that lay upon nature. The villagers began to gather, loitering a moment in the vestibule to converse in whispers about the sad event. But there was no whispering in the house; only

---

dismal: 음침한, 음산한 tamper: 쓸데 없는 참견을 하다, 간섭하다 chap: 놈, 녀석 manifest: 명백한, 일목요연한 loiter: 빈둥거리다, 어슬렁거리다 recall: 상기하다, 소환하다 toll: (회합의 시작,사람의 죽음 재앙 등을) 종을 쳐서 알리다 Sabbath: 안식일 mournful : 신음하는 muse: 명상하다 vestibule: 현관

론, 지금은 알 수 있어!" 라고 애들은 덧붙이는 것이었다.

그런 다음 죽은 소년들은 누가 마지막으로 보았느냐 하는 데에 대해 논쟁이 있었다. 많은 애들이 이 슬픈 영광을 자기 것이라고 주장하며 증거를 제시하였으나 증인에 의해 다소간 내용이 변경되었다. 그리고 결국 누가 마지막으로 그들을 보았고 그들과 마지막 말을 나누었는지를 결정했을 때, 이 행운을 잡은 애들은 일종의 성스러운 중요 인사가 되었고 나머지 모든 애들은 입을 딱벌리고 부러워했다. 이렇다 할 내놓을 만한 것이 없던 불쌍한 한 아이가 명백한 자부심을 가지고 기억 속에 떠오른 것을 참을성 있게 말했다.

"톰 소여가 언젠가 한 번 나를 걷어 찼어."

그러나 영광을 향한 이 시도는 실패했다. 대부분의 다른 소년들은 그렇게 말할 수 있었고, 결국 그것은 크게 영예로운 것이 못 되었다. 무리는 여전히 잃어버린 영웅들에 대한 기억을 회상하면서 경외심을 담은 목소리로 말하면서 어슬렁어슬렁 사라졌다.

다음날 주일학교 수업이 끝나자 보통 종을 치는 대신에 사람의 죽음을 알리는 종을 울렸다. 매우 고요한 주일이었고 슬픈 소리는 본래의 묵상에 잠긴듯한 고요함과 조화를 이루는 것 같았다. 마을 사람들이 모여들기 시작했고, 그 슬픈 사건에 관하여 대화를 나누기 위해 현관에서 잠시 동안 어슬렁거렸다. 그

경외심:공경하고 두려워하는 마음
묵상:마음속으로 기도함

the funereal rustling of dresses as the women gathered to
their seats disturbed the silence there. None could remem-
ber when the little church had been so full before. There
was finally a waiting pause, an expectant dumbness, and
then Aunt Polly entered, followed by Sid and Mary, and
they by the Harper family, all in deep black, and the whole
congregation, the old minister as well, rose reverently and
stood until the mourners were seated in the front pew.
There was another communing silence, broken at intervals
by muffled sobs, and then the minister spread his hands
abroad and prayed. A moving hymn was sung, and the
text followed: "I am the Resurrection and the Life."

As the service proceeded, the clergyman drew such pic-
tures of the graces, the winning ways, and the rare
promise of the lost lads that every soul there, thinking he
recognized these pictures felt a pang in remembering that
he had persistently blinded himself to them always before
and had as persistently seen only faults and flaws in the
poor boys. The minister related many a touching incident
in the lives of the departed, too, which illustrated their
sweet, generous natures, and the people could easily see,
now, how noble and beautiful those episodes were, and
remembered with grief that at the time they occurred they

---

rustle: 살랑살랑 소리내다 disturb: 방해하다,불안하게 하다 congregation: 모
임 commune: 친하게 사귀다 pew: 교회의 신도석 muffle: 덮다 hymn: 찬송
가 flaw: 흠,결점 illustrate: 설명하다

러나 교회 안에는 수근거리는 소리 하나 들리지 않았고, 단지 부인들이 자리에 앉을 때 옷이 스치는 작은 소리가 고요함을 방해했다. 어떤이도 조그만 교회에 사람이 이렇게 꽉찬 일에 대한 기억은 여태 없었다. 마지막 기다림의 호흡과 기다림의 침묵이 있었다. 그리고 폴리 아주머니가 들어왔고, 지드와 메리가 따랐고 하퍼의 가족들이 따라 들어왔다. 모두 검은 상복을 입고 있었고, 늙은 목사도 정중히 일어서서 유족들이 맨 앞자리에 가서 앉을 때까지 서 있었다. 다시 고요가 있었고 흐느끼는 소리만이 간간히 들려왔고, 목사는 두 손을 펴서 기도를 올렸다. 감동적인 찬송가가 불려졌고, 다음에 성경 말씀이 따랐다. '나는 부활이고 생명이다.' 식은 진행되었고, 목사는 장점을 묘사했는데, 잃어버린 아이들이 드물게 전도 유망했다는 등을 일일이 이야기했고, 사람들은 이 말을 다 인정하면서 전에 애들의 나쁜 점과 실수들만을 고집스럽게 지적했던 눈 먼 자신들을 나무라고 아파했다. 목사는 죽은 애들의 따뜻하고 관대한 성품을 여러 가지로 이야기해 주었고, 사람들은 그 사건들이 이제 얼마나 숭고하고 아름다운지를 알게 되고, 그 당시에 그들이 그 애들에게 못된 놈이라고 욕하고 당연히 매를 맞아야 한다고 말했던 것을 슬픈 마음으로 상기했다. 좌중은 점점 더 감상적인 이야기가 계속됨에 따라 감응이 되었고, 결국 모인 모든 사람들은 눈물을 흘리고 있는 유가족들과 한 덩어리가 되

감응:마음이 무엇에 느껴 반응을 일으킴

had seemed rank rascalities, well deserving of the cowhide. The congregation ·became more and more moved, as the pathetic tale went on, till at last the whole company broke down and joined the weeping mourners in a chorus of anguished sobs, the preacher himself giving way to his feelings and crying in the pulpit.

There was a rustle in the gallery which nobody noticed; a moment later the church door creaked; the minister raised his streaming eyes above his handkerchief, and stood transfixed. First one and then another pair of eyes followed the minister's, and then almost with one impulse the congregation rose and stared while the three dead boys came marching up the aisle, Tom in the lead, Joe next, and Huck, a ruin of drooping rags, sneaking sheepishly in the rear! They had been hid in the unused gallery listening to their own funeral sermon!

Aunt Polly, Mary, and the Harpers threw themselves upon their restored ones, smothered them with kisses and poured out thanksgivings, while poor Huck stood abashed and uncomfortable, not knowing exactly what to do or where to hide from so many unwelcoming eyes. He wavered, and started to slink away, but Tom seized him and said:

---

rascality: 파렴치, 비열, (집합적)악한들 cowhide: 소 생가죽 anguish: 고통, 번뇌 transfix: 찌르다 sheepish: 양같은, 매우 수줍어 하는 gallery: 화랑, 발코니 smother: 질식 시키다 abash: 부끄럽게 하다 waver: 너울거리다, 흔들리다 slink: 살살 걷다, 가만가만 다니다

어 흐느껴 울었고, 목사님도 감정을 이기지 못하여 단상에서
소리내어 울었다.

그때 회랑에서 바스락거리는 소리가 났지만 아무도 그것을
알지 못했다. 잠시 후 교회문이 삐걱거렸고 목사는 그의 손수
건으로 눈물을 찍어내다 눈을 들어올리다가 그만 그 자리에 못
박힌 듯이 서 있었다. 시선이 하나둘씩 목사의 시선을 따랐고,
죽었다는 세 소년이 측면의 복도를 따라 걸어들어 오는 것을
보는 동안 거의 놀라움으로 일어서서 쳐다보았다. 톰이 맨처음
이었고 그 다음은 조와 누더기 옷을 걸친 허크가 부끄러운 듯
이 슬금슬금 뒤따라 들어왔다. 그들은 사용하고 있지 않던 회
랑에서 그들 자신의 장례식의 설교를 들으면서 숨어 있었다!

폴리 아주머니, 메리 그리고 하퍼 씨네 가족들은 살아서 돌
아온 아이들에게 매달려 그들이 질식할 정도로 키스를 했고,
감사하다는 말을 퍼부어 댔다. 반면에 불쌍한 허크는 얼굴을
붉히고 불안한 듯이 서서 무엇을 해야 할지를 정확히 알지 못
한채 못마땅해 하는 눈초리들을 피해 어디로 몸을 숨겨야 할지
를 몰랐다. 그는 머뭇거리다가 슬쩍 빠져 나가려고 하였는데
톰이 그를 잡고 말했다.

"폴리 아주머니, 공정하지 못해요. 누군가가 허크를 보고서
기뻐해야 해요."

"그래 모두 그럴거다. 나도 허크를 봐서 기뻐, 오, 어머니 없

"Aunt Polly, it aren't fair. Somebody's got to be glad to see Huck."

"And so they shall. I'm glad to see him, poor motherless thing!" And the loving attentions Aunt Polly lavished upon him were the one thing capable of making him more uncomfortable than he was before.

Suddenly the minister shouted at the top of his voice: "Praise God from whom all blessings flow— Sing!— and put your hearts in it!"

And they did. 'Old Hundred' swelled up with a triumphant burst, and while it shook the rafters Tom Sawyer the Pirate looked around upon the envying juveniles about him and confessed in his heart that this was the proudest moment of his life.

As the 'sold' congregation trooped out they said they would almost be willing to be made ridiculous again to hear 'Old Hundred' sung like that once more.

Tom got more cuffs and kisses that day–according to Aunt Polly's varying moods–than he had earned before in a year; and he hardly knew which expressed the most gratefulness to God and affection for himself.

---

lavish: 아낌없이 주다 juvenile: 소년의, 젊은 sold: sell(보통수동태)남을 속이다,실망시키다 sold again:또 속았다

는 불쌍한 애야!" 그리고 폴리 아주머니가 퍼부은 애정의 표시는 이전보다 허크를 더 불편하게 만드는 그런 것이었다.

갑자기 목사가 그의 목소리를 높여 소리쳤다. "모든 축복의 근원인 하느님을 찬양합시다. 찬송가를 부릅시다! 그리고 마음을 가다듬고."

그래서 그들은 그렇게 했다. '찬송가 백장'은 승리의 함성으로 불려졌고, 그것이 석까래를 뒤흔드는 동안 해적 톰 소여는 그를 선망의 눈초리로 바라보는 아이들을 둘러보았고 그의 일생에서 가장 자랑스러운 날이라고 속으로 되뇌었다.

'속아 넘어간' 교회에 모인 사람들은 그들이 '백번째 찬송가'를 그렇게 부르는 것을 한 번 더 들을 수 있다면 한 번 더 그렇게 속아 넘어가도 좋을 것이라고 말하면서 무리 지어 나갔다.

톰은 그날 폴리 아주머니의 기분에 따라 그가 일년 동안 받을 수 있는 것보다 많이 주먹과 키스 세례를 받았고, 그는 주먹질과 키스 중에 어느 것이 하느님에 대한 감사와 자기 자신에 대한 애정을 가장 잘 나타내는가를 알 수 없었다.

CHAPTER 18
Tom Reveals His Dream Secret

THAT was Tom's great secret— the scheme to return home with his brother pirates and attend their own funerals. They had paddled over to the Missouri shore on a log, at dusk on Saturday, landing five or six miles below the village; they had slept in the woods at the edge of the town till nearly daylight, and had then crept through back lanes and alleys and finished their sleep in the gallery of the church among a chaos of invalided benches.

At breakfast, Monday morning, Aunt Polly and Mary were very loving to Tom, and very attentive to his wants. There was an unusual amount of talk. In the course of it Aunt Polly said:

"Well, I don't say it wasn't a fine joke, Tom, to keep everybody suffering almost a week so you boys had a good time, but it is a pity you could be so hardhearted as to let me suffer so. If you could come over on a log to go to your funeral, you could have come over and give me a hint someway that you warn't dead, but only run off."

"Yes, you could have done that, Tom," said Mary; "and I believe you would if you had thought of it."

---

paddle: 짧고 폭넓은 dusk: 어르름, 땅거미, 황혼 lane: 오솔길, 소로 invalid: 병약한, 병약하게 하다

제 18 장
톰이 그의 꿈의 비밀을 밝히다

그의 동료 해적들과 같이 집으로 돌아와서 그들의 자신의 장례식에 참석하는 것이 그들의 큰 비밀이었다. 그들은 토요일 저녁에 통나무를 타고 미주리 강을 헤엄쳐 건너 그 마을 아래 오륙십 마일 아래쪽에 도착했다. 그들은 거의 새벽까지 마을 끝쪽에 있는 숲에서 잠을 잤다. 그리고 오솔길과 골목길을 기어 올라와서 교회 회랑에서 부서진 의자더미 속에서 잠을 더 청했다.

월요일 아침을 먹을 때 폴리 아주머니와 메리는 톰을 매우 사랑스러워했고, 그가 원하는 것들에 대해 주의를 기울여 주었다. 이야기가 특별히 많았다. 이야기 중에 폴리 아주머니가 말했다.

"그렇지만 톰, 너희들이 즐거운 시간을 보내는 일주일 동안 모든 사람들을 고생하게 하는 것은 즐거운 장난이라고 말할 수는 없어. 네가 나를 그렇게 고생하도록 한 것은 유감이 아닐 수 없어. 만약 네가 너의 장례식에 통나무를 타고 건너올 수 있었다면, 너는 네가 죽은 게 아니고 잠시 도망간 것이라고 나에게만이라도 일러줄 수도 있었잖아."

"그래 그렇게 했어야 했어, 톰." 메리가 말했다. "그리고 나는

"Would you, Tom?" said Aunt Polly, her face lighting wistfully. "Say, now, would you, if you'd thought of it?"

"I— well, I don't know. It would have spoiled everything."

"Tom, I hoped you loved me that much," said Aunt Polly, with a grieved tone that discomforted the boy. "It would have been something if you'd cared enough to think of it, even if you didn't do it."

"Now, aunt, that aren't any harm," pleaded Mary; "it's only Tom's giddy way— he is always in such a rush that he never thinks of anything."

"More's the pity. Sid would have thought. And Sid would have come and done it, too. Tom, you'll look back, someday, when it's too late, and wish you'd cared a little more for me when it would have cost you so little.

"Now, aunt, you know I do care for you," said Tom.

"I'd know it better if you acted more like it."

"I wish now I'd thought," said Tom, with a repentant tone; "but I dreamed about you, anyway. That's something, aren't it?"

"It aren't much— a cat does that much–but it's better than nothing. What did you dream?"

"Why, Wednesday night I dreamt that you was sitting

---

wistfully: 말하고 싶은 듯한, 탐내고 싶은 듯한 plead: 탄원하다, 변호하다, 내세우다, 변론하다 giddy: 현기증 나다 repentant: 후회하고 있는

네가 그것을 생각했다면 그렇게 했을 거라고 믿어."

"그렇지 않니, 톰?" 이라고 폴리 아주머니가 그녀의 얼굴에 뭔가 바라는 듯한 빛을 발하면서 말했다. "말해봐라, 지금, 그렇지? 만약 네가 그것을 생각했다면."

"전, 전 몰랐어요. 그러면 모든 것을 망쳐 버렸을 텐데요."

"톰, 나는 네가 그 만큼 나를 사랑해 주었으면 좋겠어."라고 폴리 아주머니는 소년을 불편하게 만드는 침울한 목소리로 말했다. "비록 그렇게 하지 않았을지라도, 네가 그것을 생각할만한 무언가를 가졌으면 좋았을 텐데."

"아주머니, 그것은 어떤 악의가 있었던 것은 아니잖아요" 라고 메리가 항변했다. "그것은 단지 톰이 경솔하고, 그는 항상 좌충우돌하기 때문에 그는 결코 어떤 것도 염두에 두지 않았을 거예요."

"그러니까 더하지. 시드 같으면 생각할 수도 있었을 텐데. 그리고 시드는 와서 그렇게 했을 텐데. 톰, 너는 언젠가 뒤를 돌아 보게 될거고, 그러면, 그때는 너무 늦어. 너는 네가 쉽게 할 수 있었을 때 나를 좀더 생각해줬다면 좋았을 거라고 후회 할 거다."

"이제, 전 아주머니를 항상 걱정하고 있어요" 라고 톰이 말했다. "만약 네가 좀더 그럴 듯하게 행동한다면 나도 알거다."

"생각이 나기를 바랐는데." 라고 톰이 뉘우치는 목소리로 말

좌충우돌:닥치는 대로 치고 받고 함

over there by the bed, and Sid was sitting by the wood-box, and Mary next to him."

"Well, so we did. So we always do. I'm glad your dreams could take even that much trouble about us."

"And I dreamt that Joe Harper's mother was here."

"Why, she was here! Did you dream any more?"

"Oh, lots. But it's so dim, now."

"Well, try to recollect-can't you?"

"Somehow it seems to me that the wind-the wind blowed the—the—"

"Try harder, Tom! The wind did blow something. Come!"

Tom pressed his fingers on his forehead an anxious minute, and then said:

"I've got it now! I've got it now! It blowed the candle!"

"Mercy on us! Go on, Tom-go on!"

"And it seems to me that you said, 'Why I believe that that door—'"

"Go on, Tom!"

"Just let me study a moment—just a moment. Oh, yes—you said you believed the door was open."

"As I'm sitting here, I did! Didn't I, Mary? Go on!"

"And then— and then— well, I won't be certain, but it

했다. "그러나 나는 어쨌든 아주머니에 관한 꿈을 꾸었어요. 괜찮은 거죠, 그렇죠?"

"대단하지 않아, 고양이도 꿈은 꾸니까, 그러나 안 꾸는 것보단 낫지. 그래 무슨 꿈이니?"

"왜 수요일 밤에 아주머니가 저쪽 침대옆 저기에 앉아 있고 시드가 나무상자 옆에 앉아 있었고요, 그리고 메리가 시드 옆에 앉아 있었어요."

"그래 그랬지. 그래 우리는 언제나 그렇지. 네가 꿈에서 그만큼 우리들을 걱정해 준다니 기쁘다."

"그리고 나는 조 하퍼의 어머니가 여기에 있는 꿈을 꾸었어요."

"그래, 그녀는 여기에 있었지! 넌 더 이상 꿈을 꾸지 않았니?"

"많이 꾸었어요. 그러나 지금은 좀 희미해요."

"자 생각해봐라, 할 수 있지?"

"약간은 바람이, 바람이 불었던 것 같아요. 바…."

"생각해봐, 톰! 바람이 무언가를 날려 버렸지."

톰은 그의 손가락을 이마에 올리고 잠깐 궁금하게 하고는 말했다.

"지금 생각 났어요! 지금 생각 났어! 바람이 불을 흔들었어요."

seems like as if you made Sid go and—and—"

"Well? Well? What did I make him do, Tom? What did I make him do?"

"You made him—you—oh, you made him shut it."

"Well, for the land's sake! I never heard the beat of that in all my days! Don't tell me there aren't anything in dreams, any more. Sereny Harper shall know of this before I'm an hour older. I'd like to see her get around this about superstition. Go on, Tom!"

"Oh, it's all getting just as bright as day, now. Next you said I am not bad, only mischievous and harumscarum, and not any more responsible than—than—I think it was a colt, or something."

"And so it was! Well, goodness gracious! Go on, Tom!"

"And then you began to cry."

"So I did. So I did. Not the first time, neither. And then—"

"Then Mrs. Harper she began to cry, and said Joe was just the same, and she wished she hadn't whipped him for taking cream when she'd throwed it out her own self—"

"Tom! The sperrit was upon you! You was a—prophesying—that's what you was doing! Land alive, go on, Tom,

"Then Sid he said—he said—"

"I don't think I said anything," said Sid.

---

superstition: 미신 mischievous: 장난을 좋아하는, 개구장이의 harumscarum: 덤벙대는, 경솔한 gracious: 공손한, 상냥한 prophesy: 예언하다, 예시하다

"어머나! 계속해봐, 톰, 계속해봐!"

"그리고 아주머니가 '글쎄 왜 문이….' 라고 말했던 것 같아요."

"그래서, 톰!"

"잠깐만, 잠깐만 생각하게 해줘요. 음, 맞아요. 아주머니가 문이 열린 것 같다고 말했어요."

"그래, 내가 여기에 앉아 있고, 앉아 있었지! 그랬지, 메리? 계속해봐!"

"그리고 나서, 그리고, 확실하지는 않지만, 아주머니가 시드에게 뭘 시켰던 것 같은데 그리고…"

"그래? 그래? 내가 그 애에게 뭘 시켰다고, 톰? 내가 그 애에게 뭘 시켰지?"

"아주머니가 그 애에게… 아주머니가… 오, 아주머니가 그애에게 문을 닫으라고 했어요."

"그래, 세상에! 나는 일생 동안 이렇게 이상한 이야기는 들은 적이 없구나! 내게 꿈은 더 이상 말하지는 말아라. 세레니 하퍼에게 빨리 알려야지. 나는 그녀가 미신에 대해 이러쿵 저러쿵 하는 것을 보고 싶다. 계속해라, 톰!"

"이제 모든 것이 선명합니다. 그 다음 아주머니는 제가 나쁜 게 아니라 단지 장난스럽고 경솔할 뿐이라고, 그것은 망아지나 아니면 무엇이었다라고 생각하는 것보다 내가 더 이상의 아무

"Yes, you did, Sid," said Mary.

"Shut your heads and let Tom go on! What did he say, Tom?"

"He said— I think he said he hoped I was better off where I was gone to, but if I'd been better sometimes—"

"There, do you hear that! It was his very words!"

"And you shut him up sharp."

"I lay I did! There must have been an angel there. There was an angel there, somewheres!"

"And Mrs. Harper told about Joe scaring her with a firecracker, and you told about Peter and the Painkiller—"

"Just as true as I live!"

"And then there was a whole lot of talk about dragging the river for us, and about having the funeral Sunday, and then you and old Miss Harper hugged and cried, and she went."

"It happened just so! It happened just so, as sure as I'm a sitting in these very tracks. Tom, you couldn't told it more like, if you'd have seen it! And then what? Go on, Tom!"

"Then I thought you prayed for me— and I could see you and hear every word you said. And you went to bed, and I was so sorry, that I took and wrote on a piece of sycamore

---

firecracker: 폭죽, 딱총 drag: 끌다, 샅샅이 뒤지다 hug: 꼭 껴안다, 품다, 고집하다 sycamore: 무화과 나무, 플라타너스, 큰 단풍나무

런 책임도 없다라고 말했습니다."

"그래 그랬어! 이를 어쩌나! 계속해봐, 톰!"

"그리고 나서 아주머니가 울기 시작했어요."

"그래, 울었지. 그래 울었지. 처음이 아니었지만. 그래서 그다음…."

"그 다음 하퍼 부인이 울기 시작했고 그녀는 조 역시 그렇다고 말했고, 그녀는 그녀가 버린 크림을 조가 먹었다고 생각하고 그를 때렸던 것을 후회했어요."

"톰! 너 귀신이 씌었나 보다! 네가 말했던 것이 그대로 다 맞았어! 계속해봐라, 톰!"

"그리고 시드가… 시드가 말했어…."

"난 어떤 것을 말했다고는 생각지 않아." 라고 시드가 말했다.

"아니야, 시드, 네가 말했어" 라고 메리가 말했다.

"참견하지 말고 톰이 말하도록 내버려 둬! 톰, 지드가 뭐라고 말했지?"

"그는 말했어. 시드는 내가 저 세상에서 더 잘 지내기를 바란다고 했지만, 만약 내가 살아있을 때 더 착했더라면…."

"봐라, 들었니! 시드가 한 말 그대로야!"

"정말 난 그렇게 말했어! 천사가 있었군! 어딘가에 천사가 있었군!"

"그리고 하퍼 부인이 조가 딱총으로 그녀를 골려 주던 이야

bark, 'We aren't dead— we are only off being pirates,' and put it on the table by the candle; and then you looked so good, laying there asleep, that I thought I went and leaned over and kissed you on the lips."

"Did you, Tom, did you! I just forgive you everything for that!" And she seized the boy in a crushing embrace that made him feel like the guiltiest of villains.

"It was very kind, even though it was only a dream," Sid soliloquized just audibly.

"Shut up, Sid! A body does just the same in a dream as he'd do if he was awake. Here's a big Milum apple I've been saving for you, Tom, if you was ever found again— now go long to school. I'm thankful to the good God and Father of us all I've got you back. That's longsuffering and merciful to them that believe on Him and keep His word, though goodness knows I'm unworthy of it, but if only the worthy ones got. His blessings and had His hand to help them over the rough places, there's few enough would smile here or ever enter into His rest when the long night comes. Go long, Sid, Mary, Tom— take yourselves off"

The children left for school, and the old lady to call on Mrs. Harper and vanquish her realism with Tom's mar-

---

crushing: 박살내는, 압도적인 villain: 악당 soliloquize: 홀잣말을 하다, 독백
하다 audibly: 나지막히 vanquish: 정복하다, 패배시키다

기를 했고, 그리고 아주머니가 피터와 진통제 이야기를 했어"

"정말 그대로다!"

"그리고 강을 뒤져서 우리들을 찾았던 것과 일요일에 장례식을 치른다는 이야기 등 많은 이야기를 나누었고, 아주머니와 하퍼 부인은 껴안고 울다가 하퍼 부인은 돌아갔어요."

"그대로 다 일어났어! 내가 보았던 그대로 일어났어! 톰, 네가 보았을지라도 그보다 더 똑같이 이야기할 수는 없을 것이다. 그리고 나서 어떻게 왔니? 계속 해봐, 톰!"

"다음에 아주머니가 저를 위하여 기도하는 것 같았고, 저는 아주머니를 볼 수 있고, 아주머니의 기도를 들을 수 있었어요. 그리고 아주머니는 잠자리에 들었고, 전 너무나 슬퍼 단풍나무 껍질위에다 '우리는 죽지 않았고, 단지 해적질 하러 떠나 있습니다.' 라고 써서 그것을 테이블 위 양초 옆에다 두었습니다. 그리고 나서 아주머니의 주무시는 얼굴이 너무나 좋아 보여서 전 몸을 굽혀서 아주머니의 입술에 키스를 했습니다."

"그랬니? 톰, 정말 그랬니? 그것에 대한 모든 것을 용서해 주마!" 그리고 그녀는 톰을 껴안았는데, 톰은 자기 자신만큼 이 세상에서 가장 잔인한 악당은 없으리라고 생각했다.

"참 친절했군, 비록 꿈이긴 했지만." 시드는 들릴 만큼 나지막히 중얼거렸다.

"입닥쳐, 시드! 사람은 깨어있을 때 하는 것과 똑같이 꿈 속

velous dream. Sid had better judgment than to utter the thought that was in his mind as he left the house. It was this: "Pretty thin— such long a dream as that, without any mistakes in it!"

What a hero Tom was become, now! He did not go skipping and prancing, but moved with a dignified swagger as became a pirate who felt that the public eye was on him. And indeed it was; he tried not to seem to see the looks or hear the remarks as he passed along, but they were food and drink to him. Smaller boys than himself flocked at his heels, as proud to be seen with him, and tolerated by him, as if he had been the drummer at the head of a procession or the elephant leading a menagerie into town. Boys of his own size pretended not to know he had been away at all; but they were consuming with envy, nevertheless. They would have given anything to have that swarthy, sun-tanned skin of his, and his glittering notoriety.

At school the children made so much of him and of Joe, and delivered such eloquent admiration from their eyes, that the two heroes were not long in becoming insufferably 'stuck up.' They began to tell their adventures to hungry listeners— but they only began; it was not a thing likely to have an end with imaginations like theirs to fur-

---

skip: 뛰어다니다. 뛰어넘다 dignify: 위엄있게 하다, 장엄하게 하다 swagger: 뽐내며 걷다, 오만하게 걷다 menagerie: (써커스)동물, (집합적) 한무리, 떼 swarthy: 거무잡잡한, 햇빛에 탄 glitter: 화려하다 notoriety: 악명높은 사람 insufferably: 비위에 거슬리는, 참을 수 없는 stuck: -에 열중한, -에 반한

에서도 한단다. 톰, 너를 다시 찾는다면 네게 주려고 남겨둔 큰 밀룸 사과가 있다. 자, 학교에 가거라. 난 네가 돌아온 것에 대하여 우리들 아버지이신 하느님께 감사한다. 하느님을 믿고 하느님의 말씀을 믿는 자에게는 참을성 있게 자비를 내리시는 것이다. 나 같은 사람에게는 그만한 가치도 없다는 것을 잘 알고 있지만, 만일 가치가 있는 사람들만이 하느님의 축복을 받고 고통을 받을 때 도움을 받을 수 있다면, 기나긴 밤이 올 때 미소 지을 사람은 거의 없고, 그의 안식에 들어갈 사람도 거의 없다. 시드, 메리, 톰, 학교에 가거라."

아이들은 학교로 떠났고, 아주머니는 하퍼 부인을 불러서 그녀에게 톰의 놀라운 꿈을 이야기로 그녀의 현실주의를 무너뜨리기 시작했다. 시드는 집을 나갈 때 머리에 떠오른 것이 있었으나 말 않는 게 좋다는 생각으로 아무 말 않고 있었다. 그것은 '빤히 들여다 보이는 군, 실수 하나 없는 긴 꿈이라니!' 라는 생각이었다.

이제 톰은 영웅이 되었다! 그는 이제 뛰고 날뛰지 않았으나, 사람들의 눈길을 끄는 위대한 해적답게 당당하게 위세를 부리며 걸었다. 그리고 정말로 그랬는데, 그가 지나갈 때 쳐다보지도 않으려고 했고, 들으려고도 하지 않았지만, 애들은 그에게 먹을 것과 마실 것을 주었다. 톰보다 작은 애들은 톰과 같이 있는 것이 허락되고 그것이 남의 눈에 띄었을 때 그를 따르는

nish material. And finally, when they got out their pipes and went serenely puffing around, the very summit of glory was reached.

Tom decided that he could be independent of Becky Thatcher now. Glory was sufficient. He would live for glory. Now that he was distinguished, maybe she would be wanting to 'make up.' Well, let her— she should see that he could be as indifferent as some other people. Presently she arrived. Tom pretended not to see her. He moved away and joined a group of boys and girls and began to talk. Soon he observed that she was tripping gaily back and forth with flushed face and dancing eyes, pretending to be busy chasing schoolmates, and screaming with laughter when she made a capture. But he noticed that she always made her captures in his vicinity, and that she seemed to cast a conscious eye in his direction at such times, too. It gratified all the vicious vanity that was in him; and so, instead of winning him, it only 'set him up' the more and made him the more diligent to avoid betraying that he knew she was about. Presently she gave over skylarking, and moved irresolutely about, sighing once or twice and glancing furtively and wistfully toward Tom. Then she observed that now Tom was talking more partic-

---

flush: 확 붉어지다, 눈물이 왈칵 쏟아지다 vicinity: 근처, 부근 betray: 배반하다, 누설하다 skylark: 야단 법석을 떨다, 뛰어다니다 irresolute: 결단력이 없는, 우물쭈물거리는 furtive: 몰래하는, 남의 이목을 속이는

것을 자랑으로 여겼다. 그는 마치 행렬의 맨 앞의 북치는 사람 같았고 써커스단을 마을로 이끌고 가는 코끼리 같았다. 톰 또래의 소년들은 톰이 어디 갔었는가를 전혀 모르는 척했으나, 그럼에도 불구하고 그들은 부러움의 눈초리를 보냈다. 그들은 톰의 햇볕에 탄 피부와 그 빛나는 명성을 얻을 수 있다면 어떤 한 대가도 치루었을 것이다.

학교에서 아이들은 톰과 조를 대단한 사람으로 만들었으며, 감동적인 존경의 눈길을 보냈고, 두 영웅은 곧 견딜 수 없을 만큼 '건방지게' 되었다. 그들은 죽으라고 듣고 싶어하는 애들에게 그들의 모험담을 이야기했으나, 그것은 시작에 불과했다. 그들의 상상력은 끝이 없어 보였으므로 자료를 얼마든지 공급할 수 있었다. 그리고 마침내 그들이 파이프를 꺼내서 의젓이 담배를 피웠을 때, 영광은 절정에 달했다.

톰은 이제 베키 대처 쯤은 염두에 두지 않기로 결정했다. 영광은 충분했다. 그는 영광만을 위해서 살아나갈 것이다. 이제 특별하게 되었기 때문에 아마 그녀가 '화해'를 원할 것이다. 자, 그녀에게 그가 다른 사람만큼이나 무관심하다는 것을 알도록 하자. 곧 그녀가 다가왔다. 톰은 그녀를 못 본 척했다. 그는 저쪽으로 가서 다른 소년들과 이야기하기 시작했다. 곧 그는, 그녀가 얼굴을 살짝 붉히고 눈동자를 이리저리 굴리면서 학우들을 뒤쫓는데 바쁜 척하면서, 그리고 그녀가 붙잡혔을 때 크

ularly to Amy Lawrence than to anyone else. She felt a sharp pang and grew disturbed and uneasy at once. she tried to go away, but her feet were treacherous, and carried her to the group instead. She said to a girl almost at Tom's elbow—with sham vivacity:

"Why, Mary Austin! You bad girl, why didn't you come to Sunday school?"

"I did come—didn't you see me?"

"Why, no! Did you? Where did you sit?"

"I was in Miss Peters's class, where I always go. I saw you."

"Did you? Why, it's funny I didn't see you. I wanted to tell you about the picnic."

"Oh, that's jolly. Who's going to give it?"

"My mama is going to let me have one."

"Oh, goody; I hope she'll let me come."

"Well, she will. The picnic's for me. She'll let anybody come that I want, and I want you."

"That's ever so nice. When is it going to be?"

"By and by. Maybe about vacation."

"Oh, won't it be fun! You going to have all the girls and boys?"

"Yes, everyone that's friends to me-or wants to be." And

---

pang: 격통, 에이는 듯한 아픔 treacherous: 배반하는 vivacity: 생기, 활달, 장난

게 웃음소리를 내면서 이리저리 즐겁게 뛰어다니는 것을 보았
다. 하지만 그는 그녀가 항상 자기 근처에서만 동무를 붙잡고
는 낄낄거리고, 그때에도 자기 쪽을 의식적으로 흘끗 돌아보는
것을 알았다. 그것은 그에게 내재해 있는 온갖 나쁜 허영심을
만족시켰으며, 그를 사로잡는 대신에 단지 더 '뻐기게' 했고, 더
욱 그녀를 무시하도록 했다. 곧 그녀는 야단 법석을 그만두고
이리저리 어물쩡하게 서성거렸고, 한두 번 한숨을 쉬면서 톰
쪽을 흘끗 쳐다보았다. 그리고 그녀는 톰이 다른 누구보다 더
에미 로런스와 특별히 더 많이 이야기하는 것을 보았다. 그녀
는 즉시 날카로운 아픔을 느꼈고 마음은 점점 뒤숭숭해지고 불
안해졌다. 그녀는 도망가려 했으나 발은 말을 듣지 않았고 대
신에 애들 무리 쪽으로 그녀를 끌고 갔다. 그녀는 톰 바로 옆
에 서 있는 소녀에게 즐거운 척하며 말했다.

"어머, 메리 오우스틴! 넌 나쁜 계집애야, 왜 주일 학교에 나
오지 않았니?"

"난 갔었어. 너 나를 보지 못했니?"

"아니, 왔었니? 어디에 앉아 있었니?"

"피터즈 반이야. 내가 항상 있는 곳이야. 난 널 봤어."

"그랬니? 어머, 내가 널 못보다니 이상하다. 야유회 이야기를
하려고 했거든."

"오, 그거 재미있겠다. 누가 야유회를 가게 해주니?"

내재:안에 있는

she glanced ever so furtively at Tom, but he talked right
along to Amy Lawrence about the terrible storm on the
island, and how the lightning tore the great sycamore tree
"all to flinders" he was within "three feet of it."

"Oh, may I come?" said Gracie Miller.

"Yes."

"And me?" said Sally Rogers.

"Yes."

"And me too?" said Susy Harper.

"And Joe?"

"Yes."

And so on, with clapping of joyful hands, till all the
group had begged for invitations but Tom and Amy. Then
Tom turned coolly away, still talking, and took Amy with
him. Becky's lips trembled and the tears came to her eyes;
she hid these signs with a forced gaiety and went on chat-
tering, but the life had gone out of the picnic now, and out
of everything else; she got away as soon as she could and
hid herself and had what her sex call 'a good cry'. Then
she sat moody, with wounded pride, till the bell rang. she
roused up, now, with a vindictive cast in her eye, and gave
her plaited tails a shake and said she knew what she'd do.

At recess Tom continued his flirtation with Amy with

---

clap: 손뼉을 치다, 가볍게 치다 tremble: 떨다 vindictive: 보복적인, 복수심이
있는 recess: 휴게, 휴회 flirtation: 희롱, 시시덕거림

"엄마가 한 번 가라고 했어."

"아, 좋아라. 나도 초청해 주면 좋겠다."

"아마 그럴거야. 야유회는 나를 위한 것이야. 엄마는 내가 원하는 사람이면 누구든 허락 할거야. 나는 네가 왔으면 좋겠어"

"그래 좋아. 그럼 언제 갈거니?"

"곧, 아마 방학 때."

"그래 재미있겠다! 너는 모든 소년 소녀들을 다 부를 거야?"

"그래, 나와 친하거나 아니면 친하게 되기를 원하는 모든 애들." 그리고 그녀는 톰을 몰래 쳐다봤지만, 톰은 에미 로런스와 섬에서 있었던 끔찍한 폭풍에 대하여 계속 이야기했고, 어떻게 번개가 자기에게서 '3피트' 내에서 단풍나무를 '산산조각' 냈는지를 말했다.

"아, 나도 가도 될까?" 라고 그레이시 밀러가 말했다.

"좋아."

"그러면 난?" 샐리 로저스가 말했다.

"좋아."

"그럼 난?" 수지 하퍼가 말했다.

"그리고 조는?"

"좋아."

이리하여 톰과 에미를 제외하고는 모두들 기쁘게 손뼉을 치면서 초대를 간절히 바랐다.

그러나 톰은 여전히 에미와 이야기하면서 쌀쌀하게 돌아서서

소요: 목적 없이 슬슬 돌아다님.

음조: 소리의 높낮이와 강약. 빠르고 느린 것의 정도

self-satisfaction. And he kept drifting about to find Becky and lacerate her with the performance. At last he spied her, but there was a sudden falling of his mercury. She was sitting cozily on a little bench behind the schoolhouse looking at a picture book with Alfred Temple— and so absorbed were they, and their heads so close together over the book, that they did not seem to be conscious of anything in the world besides. Jealousy ran red-hot through Tom's veins. He began to hate himself for throwing away the chance Becky had offered for a reconciliation. He called himself a fool, and all the hard names he could think of. He wanted to cry with vexation. Amy chatted happily along, as they walked, for her heart was singing, but Tom's tongue had lost its function. He did not hear what Amy was sayings and whenever she paused expectantly he could only stammer an awkward assent, which was as often misplaced as otherwise. He kept drifting to the rear of the schoolhouse, again and again, to sear his eyeballs with the hateful spectacle there. He could not help it. And it maddened him to see, as he thought he saw, that Becky Thatcher never once suspected that he was even in the land of the living. But she did see, nevertheless; and she knew she was winning her fight, too, and

---

lacerate: 잡아 찢다, (마음, 감정 등을) 상하게 하다 mercury: 수은, 수성, 활기
head: 앞장서다, 인솔하다 stammer: 말을 더듬다 assent: 동의하다, 찬성하다
vindictive: 보복적인, 복수심이 있는 recess: 휴게, 휴회 flirtation: 희롱, 시시
덕거림 lacerate: 잡아 찢다, (마음, 감정 등을) 상하게 하다

떠나버렸다. 베키의 입술은 떨렸고 눈물이 흘러내렸다. 그녀는 억지로 쾌활한 듯이 굴면서 그런 티를 감추려고 계속 지껄여댔으나 이제 야유회고 뭐고 다 김빠진 맥주격으로 아주 싱겁게 되고 말았다. 될 수 있는 한 빨리 자리를 뜨고 몸을 감추고는 소위 여자들이 말하는 '마음 놓고 눈물'을 흘렸다. 그리고 그녀는 상처 입은 자존심으로 벨이 울릴 때까지 앉아 있었다. 그녀는 일어섰고 지금 눈에 복수의 빛을 띠면서 그녀의 땋은 머리를 흔들며 그녀는 무엇을 해야 하는지를 알았다고 말했다.

휴식 시간에도 톰은 자기 만족감을 가지고 에미와 계속 히히덕거렸다. 그리고 그는 그 달콤한 모습을 베키에게 보여주려고 그녀를 찾아다녔다. 마침내 그녀를 보았지만, 그의 기분은 착 가라 앉고 말았다. 그녀는 학교 뒤에 조그만한 벤취에 앉아서 알프레드 템플과 그림책을 보고 있었다. 그들이 너무나 열중하고 있었고 그들의 머리가 너무나 가까이 붙어 있어서 세상에서 그들 외에 어떤 것에도 신경을 쓰지 않는 것처럼 보였다. 질투가 톰의 혈관을 타고 빨갛게 달렸다. 그는 베키가 제안한 화해의 기회를 던져버린 그 자신이 싫어지기 시작했다. 그는 그 자신을 바보라고 부르고 그가 생각할 수 있는 온갖 지독한 이름들을 불렀다. 그는 속상함으로 인해 울고 싶었다. 에미는 걸어가면서 마음도 가벼운 듯 계속 행복하게 지껄였지만 톰은 말을 잃었다. 그는 에미가 하는 말을 듣지 않았고 그녀가 대꾸를 기다려 잠깐 멈출 때마다 떠듬떠듬 맞장구를 쳤으며, 그것도 엉뚱한 대답일 때가 대부분이었다. 그는 몇 번이고 학교 건물 뒤

was glad to see him suffer as she had suffered.

Amy's happy prattle became intolerable. Tom hinted at things he had to attend to; things that must be done, and time was fleeting. But in vain— the girl chirped on. Tom thought, 'Oh, hang her, aren't I ever going to get rid of her?' At last he must be attending to those things - and she said artlessly that she would be 'around' when school let out. And he hastened away.

'Any other boy!' Tom thought, grating his teeth 'Any boy in the whole town but that St. Louis smarty that thinks he dresses so fine and is aristocracy! Oh, all right, I licked you the first day you ever saw this town, mister, and I'll lick you again! You just wait till I catch you out! I'll just take and—'

And he went through the motions of thrashing an imaginary boy— pummeling the air, and kicking and gouging. "Oh, you do, do you? You holler 'nough, do you? Now, then, let that learn you!" And so the imaginary flogging was finished to his satisfaction.

Tom fled home at noon. His conscience could not endure any more of Amy's grateful happiness, and his jealousy could bear no more of the other distress. Becky resumed her picture inspections with Alfred, but as the

---

intolerable: 참을 수 없는, 견딜 수 없는 chirp: 떠들썩하게 이야기하다 artless: 꾸밈 없는, 소박한 aristocracy: (집합적)귀족, 귀족의

로 어슬렁어슬렁 걸어가서 증오스런 그 모습에 눈을 불태우기도 했다. 어찌할 수가 없었다. 그리고 톰의 눈에는 베키 대처는 결코 톰이 이 세상에 존재하는지를 한 번도 생각해 본 적이 없다는 듯이 보였으니, 그것은 그를 미치게 만들었다. 그녀가 싸움에서 이기고 있다는 것을 알고 있었으며 그러나 그녀는 고통받았던 것처럼 그도 고통을 받고 있다는 사실이 기뻤다.

에미의 행복스런 재잘거림은 정말 견딜 수 없었다. 톰은 할 일이 있는데 그것은 반드시 해야 할 일이고, 시간이 늦었다고 암시해 주었다. 그러나 그 소녀는 헛되이 계속 수다를 떨었다. 톰은 '그녀에게 걸렸어, 내가 그녀에게서 벗어 날수 없을까?'라고 생각했다. 마침내 그는 아무래도 일을 좀 봐야겠다고 말했다. 에미는 아무 생각없이 학교가 끝나는 대로 근처에서 기다리겠다고 말했다. 톰은 빨리 사라졌다.

'다른 놈 같았으면!' 톰은 이빨을 드러내면서 '바로 세인트 루이스에서 온 건방진 놈이 자기가 천하의 멋쟁이고 귀족이라 생각하는 모양이군! 오! 그래, 나는 네가 온 첫날 실컷 때려 주었으니 한 번 더 때려 줄까! 난 단지 내가 널 잡을 때까지 기다리는 거야! 나는 단지 잡아서 그리고….' 라고 생각했다. 그리고 그는 상상속의 소년을 때리는 동작—허공을 치며, 발길질과 눈을 찌르는 듯한 동작을 계속했다.

"어, 그래, 소리를 충분히 질렀겠지? 그럼 이젠 알았겠군!" 이렇게 해서 상상속의 채찍질은 만족스럽게 끝났다.

톰은 정오에 집으로 갔다. 그는 더이상 에미가 기분이 좋아

minutes dragged along and no Tom came to suffer, her tri-
umph began to cloud and she lost interest; gravity and
absentmindedness followed, and then melancholy; two or
three times she pricked up her ear at a footstep, but it was
a false hope; no Tom came. At last she grew entirely mis-
erable and wished she hadn't carried it so far. When poor
Alfred, seeing that he was losing her, he did not know
how, kept exclaiming: "Oh, here's a jolly one! look at
this!" she lost patience at last, and said, "Oh, don't bother
me! I don't care for them!" and burst into tears, and got up
and walked away.

Alfred dropped alongside and was going to try to com-
fort her, but she said:

"Go away and leave me alone, can't you! I hate you!"

So the boy halted, wondering what he could have done—
for she had said she would look at pictures all through the
nooning— and she walked on, crying. Then Alfred went
musing into the deserted schoolhouse. He was humiliated
and angry. He easily guessed his way to the truth—the girl
had simply made a convenience of him to vent her spite
upon Tom Sawyer. He was far from hating Tom the less
when this thought occurred to him. He wished there was
some way to get that boy into trouble without much risk

---

humiliate: 창피를 주다, 굴복시키다

서 행복해 하는 것을 참을 수가 없었고, 질투심을 유발하는 더 이상의 고통을 감수할 수 없었다. 베키는 다시 알프레드와 함께 그림책을 보기 시작했지만, 시간이 흘러감에도 톰이 고통을 받으러 오지 않자 그녀의 승리감은 흐릿해지기 시작했고 그녀는 흥미를 잃었다. 그녀의 마음은 심각하면서도 건성이 되었고 또한 우울해졌다. 두세 번쯤 그녀는 발걸음에 귀를 기울여 보았으나 그것은 잘못 들은 것이었다. 톰은 오지 않았다. 마침내 그녀는 몹시 비참해져서는, '지금까지 이러한 상황으로 끌고 오지 말 것을' 하고 생각했다. 알프레드는 딱하게도 그녀의 주의가 멀어져 가자 어찌할 바를 모르고 계속 소리를 질러댔다.

"와, 여기 재밌는 게 있네! 이것 좀 봐!" 베키는 더 이상 참지 못하고, "아이, 귀찮게 하지마! 난 그런 것엔 관심없어!" 하고는 울음을 터뜨리며 일어나 걸어가 버렸다.

알프레드는 옆으로 다가가 베키를 달래려고 했지만 그녀는, "저리 가. 날 내버려 둬! 네가 싫어!"

알프레드는 멈춰서서 자기가 뭘 할 수 있을까를 생각해 보았고—왜냐하면 베키는 점심시간 내내 그림책을 보겠다고 말했었기 때문에—그녀는 울면서 계속 걸어갔다. 알프레드는 곰곰이 생각하며 아무도 없는 학교 안으로 들어갔다. 그는 창피를 당해 화가 났다. 그는 쉽게 사실을 알 수 있었다. 그녀는 톰 소여에게 심술을 부리기 위해 알프레드를 이용한 것뿐이었다. 이런 생각이 들자 그는 톰을 여전히 미워하지 않을 수 없었다. 그는 자신에게는 해가 돌아오지 않으면서도 톰을 골탕 먹일 수

to himself. Tom's spelling book fell under his eye. Here was his opportunity. He gratefully opened to the lesson for the afternoon and poured ink upon the page.

Becky, glancing in at a window behind him at the moment, saw the act, and moved on without discovering herself. She started homeward, now, intending-to find Tom and tell him; Tom would be thankful and their troubles would be healed. Before she was halfway home, however, she had changed her mind. The thought of Tom's treatment of her when she was talking about her picnic came scorching back and filled her with shame. She resolved to let him get whipped on the damaged spelling book's account, and to hate him forever, into the bargain.

CHAPTER 19
The Cruelty of 'I Didn't Think'

TOM ARRIVED at home in a dreary mood, and the first thing his aunt said to him, his sorrows to an unpromising market:

---

pour: 붓다, 흐르다 pick: 따끔하게 찌르다, (귀를) 세우다 scorch: 태우다, 욕하다, 그을리다 bargain: 흥정, 거래 cruelty: 잔혹, 학대 dreary: 쓸쓸한, 음울한 notion: 개념, 이해력, 의견

있는 방법이 있기를 바랐다. 톰의 철자 교본이 눈에 띄었다. 기회가 온 것이다. 그는 희희낙락하며 오후 시간에 배울 과를 펼치고는 그 위에 잉크를 부어 버렸다.

베키는 그 순간, 알프레드의 뒤에 있는 창문을 통해 안을 들여다보다, 그의 행동을 보고서는 들키지 않게 걸어 나갔다. 그녀는 이제 집으로 향해 가면서 톰을 찾아 그에게 말하기로 작정하였다. 톰은 고마워할 것이고 그들의 문제는 해결될 것이다. 그러나 집을 향해 절반도 가기 전에 그녀는 생각을 바꿨다. 그녀가 야유회에 대해 이야기할 때, 톰이 자신을 대하던 것이 다시금 밀려오듯 생각나 그녀는 수치심으로 가득찼다. 그녀는, 톰이 엉망이 된 철자 교본 때문에 매를 맞도록 내버려 두기로 작정하였고 게다가 영원히 그를 증오하기로 결심하였다.

제 19 장
'생각하지 않았다'의 잔인함

톰은 우울한 기분이 되어 집에 도착했는데, 이모의 첫 마디가 들렸다.

"톰, 너를 야단칠까 생각중이다!"

"이모, 내가 무슨 짓을 했길래요?"

희희낙락:매우 기뻐하고 즐거워함

"Tom, I've a notion to skin you alive!"

"Auntie, what have I done?"

"Well, you've done enough. Here I go over to Sereny Harper, like an old softy, expecting I'm going to make her believe all that rubbage about that dream, when lo and behold you she'd found out from Joe that you was over here and heard all the talk we had that night. Tom, I don't know what is to become of a boy that will act like that. It makes me feel so bad to think you could let me go to Sereny Harper and make such a fool of myself and never say a word."

This was a new aspect of the thing. His smartness of the morning had seemed to Tom a good joke before, and very ingenious. It merely looked mean and shabby now. He hung his head and could not think of anything to say for a moment. Then he said:

"Auntie, I wish I hadn't done it—but I didn't think."

"Oh, child, you never think. You never think of any-thing but your own selfishness. You could think to come all the way over here from Jackson's Island in the night to laugh at our troubles, and you could think to fool me with a lie about a dream; but you couldn't ever think to pity us and save us from sorrow."

---

shabby: 초라한, 누더기를 걸친 ingenious: 재능있는, 영리한

"음, 혼날 짓을 했지. 그 꿈에 관한 모든 것을 바보와 같은 시레니 하퍼가 믿을 거라고 생각하며 갔는데, 글쎄 그녀는 벌써 네가 여기 와서 그 날밤 우리가 한 이야기들을 모두 들었다는 것을 죠로부터 들어 알고 있더구나. 톰, 그런 짓을 하는 애가 뭐가 될지 모르겠구나. 네가 날 시레니 하퍼에게 가서 바보처럼 아무런 말도 못하게 하다니 정말 기분이 나빴었다."

이것은 새로운 국면이었다. 아침 나절에 톰의 영리함은 자신이 아주 독창적이고 훌륭한 농담을 할 수 있다고 생각하게 했다. 하지만 이제 그것은 비열하고 초라하게 보일 뿐이다. 그는 고개를 떨구고 잠시 동안 아무런 말도 생각해 낼 수 없었다.

그리고는, "이모, 그러지 않았었다면 좋았을 걸 그랬어요. 하지만, 전 미처 생각하지 못했어요." 라고 말했다.

"아, 얘야, 넌 정말 생각이 없구나. 네 자신을 위한 이기적인 생각말고는 정말 아무것도 생각하지 않는구나. 넌 한밤중에 잭슨 섬으로부터 이곳으로 와서는 우리의 고민들을 비웃고 꿈에 대한 거짓말로 우리를 바보로 만들 생각은 하면서도 우리를 동정하고 슬픔으로부터 구해 줄 생각은 전혀 하지 못했구나."

"이모, 그것이 비열한 짓이었다는 걸 이제는 알겠어요. 하지만 일부러 그랬던 건 아니예요. 정말로 아니예요. 그리고 그 날밤에 전 이모를 비웃기 위해 이곳에 왔던 것이 아니예요."

"그럼 무엇 때문에 왔지?"

"그것은 우리 때문에 걱정하지 말라는 말을 하려고 왔던 거

국면:어떤 일이 있는 경우의 그 장면
비열:행동이 천하고 나쁨

"Auntie, I know now it was mean, but I didn't mean to be mean. I didn't, honest. And besides, I didn't come over here to laugh at you that night"

"What did you come for, then?"

"It was to tell you not to be uneasy about us, because we hadn't got drownded."

"Tom, Tom, I would be thankfullest soul in this world if I could believe you ever had as good a thought as that, but you know you never did—and I knew it, Tom."

"Indeed and 'deed I did, auntie— I wish I may stir, if I didn't"

"Oh, Tom, don't lie— don't to it. It only makes things a hundred times worse."

"It ain't a lie, auntie, it's the truth. I wanted to keep you from grieving— that was all that made me comes

"I'd give the whole world to believe that— it would cover up a power of sins, Tom. I'd 'most be glad you'd run off and acted so bad. But it ain't reasonable; because, why didn't you tell me, child?"

"Why, you see, when you got to talking about the funeral, I just got all full of the idea of our coming and hiding in the church, and I couldn't somehow bear to spoil it so I just put the bark back in my pocket and kept mum."

---

bark: 짖다, 고함치다 balk: 장애, 방해

예요. 우린 물에 빠지지 않았었으니까요."

"톰, 톰, 네가 그처럼 착한 생각을 했다고 믿는다면 난 이 세상에서 가장 감사해 할 줄 아는 사람일게다. 하지만 넌 그러지 않았어. 난 알고 있어, 톰."

"정말, 정말로 전 그랬어요, 이모, 내가 그러지 않았었다면 차라리 내 몸이 뒤틀렸으면 좋겠어요."

"오, 톰, 거짓말 하지 말아라. 그러지 말거라. 그래봐야 문제는 훨씬 더 악화될 뿐이야."

"거짓말이 아니예요. 이모. 이건 사실이라고요. 전 이모가 슬퍼하지 않기를 바랬어요. 그래서 왔던 거라고요."

"어떻게 해서든지 그것을 믿고 싶구나. 하지만 그건 죄의 힘을 감추는 짓이야, 톰. 차라리 네가 나쁜 길로 빠져들어 그와 같이 나쁜 짓을 했다고 한다면 기쁠지도 모르겠구나. 하지만 이건 말이 안돼. 왜냐하면, 왜 나에게 말하지 않았지?"

"왜냐하면, 이모도 알겠지만, 이모가 장례식에 대해 말하기 시작했을 때, 나는 교회로 와서 숨는 것에 대한 생각으로 꽉차 있었기 때문에, 그걸 망칠 엄두도 내지 못했고 그래서 나무껍질을 다시 주머니속에 넣고 계속 입을 다물고 있었던 거예요."

"무슨 나무껍질?"

"우리가 해적질하러 나갔다고 적어 놓은 나무껍질요. 내가 이모한테 입맞춤을 했을 때 차라리 이모가 깨어났었다면 좋았을 뻔 했어요. 정말이예요."

"What balk?"

"The bark I had wrote on to ten you we'd gone pirating. I wish, now, you'd waked up when I kissed you—I, honest.

The hard lines in— his aunt's face relaxed and a sudden tenderness dawned in her eyes.

"Did you kiss me, Tom?"

"Why, yes, I did."

"Are you sure you did, Tom?"

"Why, yes, I did, auntie-certain sure."

"What did you kiss me for, Tom?"

"Because I loved you so, and you laid there moaning and I was so sorry.

The words sounded like truth. The old lady could not hide a tremor in her voice when she said:

"Kiss me again, Tom!— and be off with you to school, now, and don't bother me any more."

The moment he was gone, she ran to a closet and got out the ruin of a jacket which Tom had gone pirating in. Then she stopped, and said to herself:

"No, I don't dare. Poor boy, I reckon he's lied about it— but it's a blessed, blessed lie, there's such a comfort come from it. I hope the Lord— I know the Lord will forgive him, because it was such goodheartedness in him to tell it.

---

tenderness: 유연 dawn: 날이 새다, 점점 분명해지다 moan: 신음하다, 슬퍼하다 tremor: 떨림

이모의 얼굴에서는 주름살이 펴지며 눈에서는 불현듯 다정함이 나타나기 시작했다.

"나에게 키스를 했다고? 톰?"

"그래요, 키스를 했어요."

"정말로 네가 그랬니? 톰?"

"그렇다니까요, 이모. 분명히 했어요."

"무엇때문에 키스를 했지? 톰?"

"왜냐하면 나는 이모를 매우 사랑하고, 이모가 거기서 한탄하면서 누워 있는 것이 너무 안됐기 때문이예요."

그 말은 사실처럼 들렸다. 그녀는 목소리가 떨리는 것을 감추지 못하고,

"나에게 다시 입맞춤을 해다오, 톰! 그리고 학교로 가거라, 날 더이상 귀찮게 하지 말아다오."

그가 가자마자 그녀는 옷장으로 달려가 톰이 해적질할 때 입고 나갔던, 다 떨어진 외투를 꺼내었다. 그리고는 멈춰서서 혼잣말을 하였다.

"아니야, 이러면 안돼지. 불쌍한 것, 그 녀석은 거짓말을 했던 거야. 하지만 축복받을 만한 거짓말이지. 위로를 주는 거짓말이니까. 하나님은 분명히 그 녀석을 용서하실거야. 왜냐하면 그런 거짓말을 할 정도로 그 녀석은 따뜻한 마음씨를 가지고 있으니 말이지. 하지만 그것이 거짓말인지 아닌지 알고 싶지 않군. 신경쓰지 않겠어."

But I don't want to find out ifs a lie. I won't look"

She put the jacket away, and stood by musing a minute. Twice she put out her hand to take the garment again, and twice she refrained. Once more she ventured, and this time she fortified herself with the thought: "It's a good lie— it's a good lie— I won't let it grieve me." So she sought the jacket pocket. A moment later she was reading Tom's piece of bark through flowing tears and saying: "I could forgive the boy, now, if he'd committed a million sins!"

CHAPTER 20
Tom Takes Becky's Punishment

There was something about Aunt Polly's manner, when she kissed Tom, that swept away his low spirits and made him lighthearted and happy again. He started to school and had the luck of coming upon Becky Thatcher at the head of Meadow Lane. His mood always determined his manner. Without a moment's hesitation he ran to her and said:

---

garment: 웃옷 refrain: 삼가다, 억제하다 fortify: 강화하다, 영양가를 높이다
hesitation: 망설임 mighty: 강력한, 대단한

그녀는 외투를 치워버리고 잠시 동안 골똘히 생각하며 서 있었다. 두 번이나 그 외투를 집기 위해 손을 뻗었지만 번번히 그만두었다. 다시 한번 시도하면서 자신에게 다짐했다. "그것은 좋은 거짓말이야. 그것은 좋은 거짓말이야. 그것 때문에 슬퍼하지 않겠어." 그러면서 그녀는 외투의 주머니를 찾았다. 잠시 후 그녀는 눈물을 흘리며 톰의 나무껍질 조각을 읽으면서, "이젠 그 녀석이 수많은 죄를 저질렀다고 해도 용서해 줄 수 있을 것 같아!" 라고 말했다.

제 20 장
톰이 베키의 벌을 받다.

톰에게 입맞춤을 할 때의 폴리 이모의 태도에 있는 뭔가 특별한 것이 톰의 가라앉은 기분을 없애 버리고 그를 다시 가벼운 마음으로 즐겁게 해 주었다. 톰은 학교를 향해 가는 도중 메도우 레인의 입구에서 운좋게 베키 대처와 마주쳤다. 톰은 항상 기분에 따라 행동을 하였다. 잠시 동안의 머뭇거림도 없이 그는 그녀에게 달려가, "오늘 내가 정말 치사하게 행동했어, 베키. 정말 미안해. 다시는, 내가 살아있는 동안, 다시는 그러지 않을게. 제발 화해하자, 응?"

"I acted mighty mean today, Becky, and I'm so sorry. I won't ever, ever do that way again, as long as ever I live—please make up, won't you?"

The girl stopped and looked at him scornfully:

"I'll thank you to keep yourself to yourself, Mr. Thomas Sawyer. I'll never speak to you again."

She tossed her head and passed on. Tom was so stunned that he had not even presence of mind enough to say "Who cares, Miss Smarty?" until the right time to say it had gone by. So he said nothing. But he was in a fine rage, nevertheless. He moped into the schoolyard wishing she were a boy, and imagining how he would trounce her if she were. He presently encountered her and delivered a stinging remark as he passed. She hurled one in return, and the angry breach was complete. It seemed to Becky, in her hot resentment, that she could hardly wait for school to "take in," she was so impatient to see Tom flogged for the injured spelling book. If she had had any lingering notion of exposing Alfred Temple, Tom's offensive fling had driven it entirely away.

Poor girl, she did not know how fast she was nearing trouble herself. The master, Mr. Dobbins, had reached middle age with an unsatisfied ambition. The darling of

---

scornfully: 비웃으며 stun: 기절시키다 presence: 현존, 풍채, 인품 trounce: 혼내주다, 깍아내리다 hurl: 집어던지다 breach: 위반, 분열 flogged: 매질당하는 linger: 머무르다, 우물쭈물하다 fling: 돌진하다, 흔들어 대다

베키는 멈춰서서 그를 경멸하듯 바라보았다.

"날 그냥 내버려 두면 고맙겠어, 미스터 토마스 소여. 난 다시는 너하고 말 안해."

그녀는 머리를 쳐들고는 지나갔다. 톰은 몹시 놀라, "알게 뭐야, 깍쟁이 아가씨?" 라고 말할 정신도 없었고 그 말을 할 적절한 순간은 지나가 버렸다. 그래서 그는 아무말도 하지 못했다. 하지만 그는 아주 화가 나 있었다. 톰은 어슬렁어슬렁 교정으로 들어가며 '그녀가 남자애였다면' 하고 생각했고 만약 그녀가 남자애였다면 어떻게 그녀를 때려줄 것인지를 상상해 보았다.

그는 곧 그녀와 맞닥뜨렸고 옆을 지나가며 톡 쏘는 말을 해주었다. 그녀도 마찬가지의 말을 내뱉었고 화가 난 둘 사이는 완전히 갈라진 것이다. 몹시 화가 난 베키는 수업이 빨리 시작되어 엉망이 된 철자 교본 때문에 톰이 매질을 당하기를 간절히 바랐다. 만약 알프레드 템플에 대해 말해 버릴까 하는 생각이 조금이라도 남아 있었다 하더라도 톰의 사나운 말 한 마디로 베키의 그런 생각은 완전히 사라졌을 것이다.

가엾게도 베키는 자기 자신이 곧 곤경에 처하게 될 것이라는 것을 모르고 있었다. 교사인 도빈스 선생님은 충족되지 못한 야망을 간직한 채 중년의 나이에 접어든 사람이었다. 그의 간절한 소망은 의사가 되는 것이지만, 가난으로 인해 마을의 학교선생님 이상은 될 수 없었다. 그는 매일, 수업시간에 암송할 것이 없을 때는 책상에서 때때로 이상한 책을 꺼내어 탐독하고

his desires was to be a doctor, but poverty had decreed that he should be nothing higher than a village schoolmaster. Every day he took a mysterious book out of his desk and absorbed himself in it at times when no classes were reciting. He kept that book under lock and key. There was not an urchin in school but was perishing to have a glimpse of it, but the chance never came. Every boy and girl had a theory about the nature of that book; but no two theories were alike, and there was no way of getting at the facts in the case. Now, as Becky was passing by the desk, which stood near the door, she noticed that the key was in the lock! It was a precious moment. She glanced around, found herself alone, and the next instant she had the book in her hands. The title page— Professor Somebody's Anatomy— carried no information to her mind, so she began to turn the leaves She came at once upon a handsomely engraved and colored frontispiece— a human figure, stark naked. At that moment a shadow fell on the page and Tom Sawyer stepped in at the door, and caught a glimpse of the picture. Becky snatched at the book to close it, and had the hard luck to tear the pictured plate half down the middle. She thrust the volume into the desk, turned the key, and burst out crying with shame and vexa-

---

urchin: 개구장이 perish: 멸망하다, 괴롭히다 engrave: 조각하다, 새기다, 명심하다, 파다 frontispiece: 속표지, 정면, (책의) 권두화 thrust: 맞다, 찌르다 vexation: 애탐, 고민

는 하는 것이었다. 그는 그 책을 자물쇠로 잠근 채 보관하였다. 개구쟁이 아이들은 모두 그 책을 보기 위해서는 죽음을 각오하고 있었지만 기회는 좀처럼 오지 않았다. 아이들은 모두 그 책이 어떤 책일까에 대해 나름대로의 얘기들을 가지고 있었지만 모두 제 각각이었고 사실을 알 수 있는 방법이란 전혀 없었다. 베키는 지금 문 옆에 있는 그 책상을 지나가다 자물쇠에 열쇠가 꽂혀 있는.것을 발견한 것이다!

그것은 귀중한 순간이었다. 그녀는 주위를 살펴보고는 혼자라는 것을 알고 이내 책을 집어 들었다. 어느 교수의 해부학이라는 책 표지를 보고는 아무것도 알 수 없어 베키는 책장을 넘기기 시작했고 우연히 잘 새겨진 천연색 그림을 발견하였는데 그것은 완전히 나체가 된 사람의 그림이었다. 바로 그때 책장 위로 그림자가 비춰지면서 톰 소여가 문안으로 들어오다 그 그림을 힐끗 보게 되었다. 베키는 그 책을 재빨리 덮으려다 운이 없게도 그 그림의 가운데 절반을 찢고 말았다. 베키는 그 책을 책상속으로 밀어 넣고 열쇠를 돌리고는 부끄럽고 화가 나서 울음을 터뜨리고 말았다.

"톰 소여, 넌 아주 정말 비열해. 몰래 들어와서는 다른 사람이 보고 있는 것을 쳐다 보다니."

"네가 뭔가를 보고 있는지 내가 어떻게 알 수 있니?"

"넌 스스로 부끄럽게 생각해야 돼, 톰 소여. 넌 나에 대해 말할 것이고, 아, 난 어쩌지, 난 어째! 매를 맞게 될거야, 난 학교

tion.

"Tom Sawyer, you are just as mean as you can be, to sneak up and look at what a person's looking at."

"How could I know you was looking at anything?"

"You ought to be ashamed of yourself, Tom Sawyer; you know you're going to tell on me, and oh, what shall I do, what shall I do! I'll be whipped, and I never was whipped in school."

Then she stamped her little foot and said:

"Be so mean if you want to! I know something that's going to happen. You just wait and you'll see! Hateful, hateful, hateful!"— and she flung out of the house with a new explosion of crying.

Tom stood still, rather flustered by this onslaught. Presently he said to himself:

"What a curious kind of a fool a girl is. Never been licked in school! Shucks. What's a licking! That's just like a girl— they're so thin-skinned and chickenhearted. Well, of course 1 ain't going to tell old Dobbins on this little fool, because there's other ways of getting even on her that ain't so mean; but what of it? Old Dobbins will ask who it was tore his book. Nobody'll answer. Then he'll do just the way he always does-ask first one and then t'other,

---

fluster: 소란케하다 onslaught: 맹공격 lick: 때리다

에서 매맞은 적이 한 번도 없단 말이야."

그러고는 베키는 작은 발을 구르며 말했다.

"그렇게 비열해지고 싶다면 마음대로 해! 어떻게 될지 난 알아. 조금 있으면 너도 알게 될 거야! 미워, 미워, 미워!" 그리고는 베키는 또다시 울음을 터뜨리며 교실에서 뛰쳐 나갔다.

톰은 이 맹습에 적잖이 혼란스러워 가만히 서 있었다. 갑자기 그는 중얼거렸다. "정말 희한하게 바보 같은 애도 다 보겠네. 학교에서 매맞은 적이 없다니! 체! 매질이 뭐 대단하다고! 정말 허약하고 겁이 많은 계집애 같애. 어쨌든, 물론 난 늙은 도빈스 선생님에게 이렇게 바보 같은 계집애에 대해서 말하지는 않겠어. 왜냐하면 그렇게 치사한 방법 말고도 그녀와 무승부가 될 수 있는 다른 방법이 있기 때문이지. 하지만 어떻게 될까? 도빈스 선생님은 책을 찢은 사람이 누구냐고 물어 볼거야. 그럼 아무도 대답을 안하겠지. 그리고나면 그는 자기가 항상 하는 대로 하겠지. 첫번째 애한테 물어보고 또 다른 애한테, 그리고는 찾고 있는 계집애한테 다다르면 그는 알게 될거야, 아무말 없이도. 계집애들의 표정은 항상 왜 그런지를 나타내기 마련이거든. 배짱도 없이. 그 앤 매를 맞게 되겠지. 음, 여긴 베키 대처에게 조금 숨막히는 장소가 될 거야. 왜냐하면 빠져나올 방법이 하나도 없으니까."

톰은 그 일을 좀더 곰곰이 생각해보다 말했다. "좋아, 하지만, 내가 마찬가지로 곤란한 경우에 처했다고 하면 그 앤 좋아할

맹습:맹렬한 습격

and when he comes to the right girl he'll know it, without any telling. Girls' faces always tell on them. They ain't got any backbone. She'll get licked. Well, it's a kind of a tight place for Becky Thatcher, because there ain't any way out of it." Tom conned the thing a moment longer and then added: "All right, though; she'd like to see me in just, such a fix—let her sweat it out!"

Tom joined the mob of skylarking scholars outside. In a few moments the master arrived and school "took in." Tom did not feel a strong interest in his studies. Every time he stole a glance at the girls' side of the room Becky's face troubled him. Considering all things, he did not want to pity her, and yet it was all he could do to help it. He could get up no exultation that was really worthy the name. Presently the spelling book discovery was made, and Tom's mind was entirely full of his own matters for a while after that. Becky roused up from her lethargy of distress and showed good interest in the proceedings. She did not expect that Tom could get out of his trouble by denying that he spilt the ink on the book himself; and she was right. The denial only seemed to make the thing worse for Tom. Becky supposed she would be glad of that, and she tried to believe she was glad of it, but

---

con: 정독하다, 공부하다 skylark: 종달새 exultation: 광희, 환희 lethargy: 혼수 상태, 무기력 deny: 거절하다

거야. 자기가 알아서 하겠지!"

톰은 밖에서 법석을 피우며 노는 아이들 틈에 끼었다. 조금 후 선생님이 오셨고 수업은 시작되었다. 톰은 공부에는 그다지 관심이 없었다. 그가 몰래 교실의 여자애들 편을 힐끗거릴 때마다 베키의 얼굴은 그를 난처하게 만들었다. 모든 걸 다 생각해보면 그는 베키를 동정하고 싶지 않았지만 자꾸 그렇게 되는 것이었다.

그럴만 한데도, 기쁜 마음은 전혀 생기지 않았다. 이윽고 철자 교본이 눈에 띄어 톰의 마음은 잠시 동안 자신의 문제들로만 가득찼다. 베키는 고민으로 무기력해진 상태에서 벗어나 흥미롭게 이러한 과정을 지켜보았다. 베키는 톰이 스스로 잉크를 엎지르지 않았다고 말함으로써 곤경으로부터 벗어나리라고는 생각하지 않았다. 베키가 옳았다. 그럴수록 문제는 더욱 악화될 뿐이었다. 베키는 자기가 이것 때문에 즐거워 하리라 상상했고, 스스로 즐거워할 것이라고 믿기 위해 노력했지만 확신이 서지는 않았다. 더욱 곤란하게도, 베키는 일어서서 알프레드 템플에 대해 말하고 싶은 충동을 느꼈지만 잠자코 있으려고 애써 자신을 억제하였다. 왜냐하면, 베키는 속으로 말했다, "저 애는 분명히 내가 그림을 찢었다고 말해 버릴거야. 난 한 마디도 하지 않겠어. 저 애를 구해주기 싫으니까!"

톰은 매를 맞고 자신의 자리로 돌아왔지만 조금도 억울하지는 않았다. 왜냐하면 법썩을 떨다가 자기도 모르게 철자 교본

she found she was not certain. When the worst came to the worst, she had an impulse to get up and tell on Alfred Temple, but she made an effort and forced herself to keep still–because, said she to herself, "he'll tell about me tearing the picture sure. I wouldn't say a word, not to save his life!"

Tom took his whipping and went back to his seat not at all brokenhearted, for he thought it was possible that he had unknowingly upset the ink on the spelling book himself, in some skylarking bout.

A whole hour drifted by, the master sat nodding in his throne, the air was drowsy with the hum of study. By and by, Mr. Dobbins straightened himself up, yawned, then unlocked his desk, and reached for his book, but seemed undecided whether to take it out or leave it. Most of the pupils glanced up languidly, but there were two among them that watched his movements with intent eyes. Mr. Dobbins fingered his book absently for a while, then took it out and settled himself in his chair to read! Tom shot a glance at Becky. He had seen a hunted and helpless rabbit look as she did, with a gun leveled at its head. Instantly he forgot his quarrel with her. Quick— something must be done! done in a flash, too! But the very imminence of the

---

bout: 한판의 시합, 발작 throne: 왕위, 왕권 drowsy: 나른한, 둔한 languidly: 나른하게 paralyze: 무기력하게 하다

에다 잉크를 엎질렀을 수도 있었을 거라고 생각했기 때문이다.

시간은 흘러갔고, 선생님은 의자에 앉아 졸고 있었으며, 실내는 공부하는 소리로 나른한 분위기였다. 마침내 도빈스 선생님은 몸을 쭉 펴고 하품을 하고는 책상을 열어 책을 찾았지만 꺼낼 것인지 그냥 둘 것인지에 대해 망설이고 있는 것처럼 보였다. 대부분의 아이들은 무관심하게 쳐다보았지만 그 중 두 아이는 선생님의 움직임을 뚫어져라 쳐다보고 있었다.

도빈스 선생님은 잠시 동안 별 생각 없이 책을 뒤적이다가, 잠시 후 그것을 꺼내어서는 읽기 위해 의자에 앉는 것이었다! 톰은 베키를 쳐다보았다. 그녀는, 총구가 머리에 겨누어진 채로 쫓기면서도 옴짝달싹 못하는 토끼와 같은 표정을 하고 있었다. 순간 톰은 그녀와 말다툼했던 것을 잊어 버렸다. 빨리 뭔가를 해야 해! 그것도 즉시! 하지만 위급한 상황이 급박해 있었으므로 그의 창의력은 마비돼 있었다. 좋아! 그에게 번득이는 생각이 떠올랐다. 뛰어가 책을 나꿔 채서는 문밖으로 튀어 나가 도망쳐 버리는 것이다. 하지만 그의 결심이 잠시 흔들리는 동안 기회는 사라져 버렸다. 선생님이 책을 편 것이다. 놓쳐버린 기회를 다시 가질 수만 있다면! 너무 늦었다. 이제 베키는 어쩔 수 없게 되었다고 그는 생각했다. 다음 순간 선생은 아이들을 바라보았다. 그가 쳐다보자 모두들 눈을 내리깔았다. 선생님의 눈에는 선량한 아이들에게도 공포심을 느끼게 하는 뭔가가 있었던 것이다. 잠시 침묵이 흐르는 동안 선생님은 자신의 분노

emergency paralyzed his invention. Good!— he had an inspiration! He would run and snatch the book, spring through the door and fly. But his resolution shook for one little instant, and the chance was lost-the master opened the volume. If Tom only had the wasted opportunity back again! Too late. There was no help for Becky now, he said. The next moment the master faced the school. Every eye sank under his gaze. There was that in it which smote even the innocent with fear. There was silence while one might count ten, the master was gathering his wrath. Then he spoke:

"Who tore this book?"

There was not a sound. One could have heard a pin drop. The stillness continued; the master searched face after face for signs of guilt

"Benjamin Rogers, did you tear this book?"

A denial. Another pause.

"Joseph Harper, did you?"

Another denial. Tom's uneasiness grew more and more intense under the slow torture of these proceedings. The master scanned the ranks of boys-considered awhile, then turned to the girls:

"Amy Lawrence?"

---

smite : 강타하다, 치다, 부딪히다 wrath: 분노 denial: 부정, 부인, 거절
torture: 고문, 고통

를 결집시키고 있었다. 그리고는 입을 열었다.

"누가 이 책을 찢었지?"

아무런 소리도 나지 않았다. 바늘 떨어지는 소리가 들릴 정도였다. 침묵은 계속됐다. 선생은 죄책감의 흔적을 찾기 위해 아이들의 얼굴을 살폈다.

"벤자민 로저스, 네가 이 책을 찢었니?"

아니었다. 잠깐 동안의 뜸.

"조셉 하퍼, 네가 그랬니?"

역시 아니었다. 이렇듯 서서히 진행되는 고문으로 인해 톰은 더욱더 불안해졌다.

남자 아이들의 줄을 살핀 후, 선생님은 잠시 동안 생각하더니, 여자아이들 쪽을 향했다.

"에미 로렌스?"

머리를 가로 저었다.

"그레이스 밀러?"

마찬가지였다.

"수잔 하퍼, 네가 이랬니?"

또다시 '아니오'라는 대답. 다음은 베키 대처 차례였다. 톰은 어쩔 수 없는 상황임을 깨닫고 흥분이 되어 머리에서부터 발끝까지 떨고 있었다.

"레베카 대처,"

톰은 베키의 얼굴을 힐끗 쳐다보았다. 그녀는 겁에 질려 하

결집: 한데 모아 뭉침

A shake of the head.

"Gracie Miller?"

The same sign.

"Susan Harper, did you do this?"

Another negative. The next girl was Becky Thatcher. Tom was trembling from head to foot with excitement and a sense of the hopelessness of the situation.

"Rebecca Thatcher," Tom glanced at her face— it was white with terror "did you tear?" "no," "look me in the face (her hands rose in appeal)— did you tear this book?"

A thought shot like lightning through Tom's brain. He sprang to his feet and shouted, "I done it!"

The school stared in perplexity at this incredible folly. Tom stood a moment, to gather his dismembered faculties; and when he stepped forward to go to his punishment the surprise, the gratitude, the adoration that shone upon him out of poor Becky's eyes seemed pay enough for a hundred floggings. Inspired by the splendor of his own act, he took without an outcry the most merciless flaying that even Mr. Dobbins had ever administered; and also received with indifference the added cruelty of a command to remain two hours after school should be dismissed— for he knew who would wait for him outside till

---

negative: 부정의 trembling: 떠는 folly: 어리석은 짓 dismember: 절단하다, 해체하다 adoration: 공경, 숭배 merciless: 무자비한 tedious: 지루한

얇게 바래 있었다.

"네가 찢었니?"

"아니오."

"내 얼굴을 쳐다봐, (호소하듯 베키의 손이 올라갔다) 네가 이 책을 찢었니?"

번갯불처럼 번뜩이는 생각이 톰의 머릿속으로 지나갔다. 그는 벌떡 일어서 소리쳤다.

"제가 그랬어요!"

반 전체가 이 믿기 어려운 어리석음을 당황스럽게 바라보았다. 톰은 흐트러진 지력을 모으기 위해 잠시 서 있었다. 그리고는 벌을 받기 위해 앞으로 나갔는데, 그때 불쌍한 베키의 눈으로부터 빛나던 그에 대한 놀라움, 고마움, 존경의 눈빛은 톰이 매를 백대나 맞는다 해도 충분한 댓가가 될 것처럼 보였다. 자기 자신의 빛나는 행동에 고취된 톰은, 도빈스 선생님이 여때껏 때렸던 것 중에서 가장 무자비한 매질을 소리도 지르지 않고 참아 내었다. 그리고는 방과 후 2시간 동안 남아 있으라는 엄한 명령도 별 생각 없이 받아들였다. 왜냐하면 그는 감금이 끝날 때가지 자기를 기다릴 사람이 누구인지를 알고 있었고 그래서 그 지루한 시간을 허비한 것으로 생각하지 않았던 것이다.

톰은 그날 밤 알프레드 템플에게 복수를 할 것을 계획하며 잠자리에 들었다. 부끄러워하고 후회를 하면서 베키는 그에게 모든 것을, 베키 자신의 배반까지도 잊지 않고 말해 버렸던 것

지력:슬기의 힘
고취:사기를 북돋음

his captivity was done, and not count the tedious time as loss, either.

Torn went to bed that night planning vengeance against Alfred Temple; for with shame and repentance Becky had told him all, not forgetting her own treachery; but even the longing for vengeance had to give way, soon, to pleasanter musings, and he fell asleep at last, with Becky's latest words lingering dreamily in his ear—

"Tom, how could you be so noble!"

CHAPTER 21
Eloquence— and the Master's Gilded Dome

VACATION was approaching. The schoolmaster, always severe, grew severer and more exacting than ever, for he wanted the school to make a good showing on Examination Day. His rod and his ferule were seldom idle now— at least among the smaller pupils. Only the biggest boys, and young ladies of eighteen and twenty, escaped lashing. Mr. Dobbins's lashings were very vigorous ones, too; for although he carried, under his wig, a perfectly

---

vengeance: 복수 treachery: 배신 ferule: 회초리 vigorous: 강경한 wig: 가발, 판사 shiny: 빛나는

이다. 하지만 복수에 대한 열망은 곧 기분좋은 생각으로 바뀌었고 마침내 잠이 들었는데 귓가에서는 베키의 마지막 말이 꿈처럼 맴돌았다.

"톰, 어쩌면 그렇게 멋있을 수 있니!"

제 21 장
웅변—그리고 선생님의 금박 머리

방학이 다가오고 있었다. 선생님은, 늘 그랬지만, 더욱더 가혹하고 엄격해져 갔다. 그것은 발표일에 학교를 더욱 돋보이게 하려 했기 때문이었다. 그의 몽둥이와 회초리는 좀처럼 가만히 있지 않았다. 최소한 저학년 아이들에게는 그랬다.

최상급반 아이들이나 18, 20살이 된 숙녀들만이 매질을 면할 수 있었다. 도빈스 선생님의 매질은 또한 매우 아픈 것이었다. 그것은 비록 그가, 가발 밑으로, 완전히 벗겨져 빛이 나는 머리를 하고 있었지만 이제 중년의 나이에 접어들었고 그의 근육에는 허약함의 표시라고는 전혀 없었기 때문이다. 중요한 날이 다가옴에 따라 선생님의 모든 폭압성은 바깥으로 드러났고 아주 작은 흠에도 벌을 주면서 응징의 기쁨을 느끼는 것처럼 보

금박:금빛 칠을 한

bald and shiny head, he had only reached middle age and there was no sign of feebleness in his muscle. As the great day approached, all the tyranny that was in him came to the surface; he seemed to take a vindictive pleasure in punishing the least shortcomings. The consequence was that the smaller boys spent their days in terror and suffering and their nights in plotting revenge. They threw away no opportunity to do the master a mischief. But he kept ahead all the time. The retribution that followed every vengeful success was so sweeping and majestic that the boys always retired from the field badly worsted. At last they conspired together and hit upon a plan that promised a dazzling victory. They swore in the sign painter's boy, told him the scheme, and asked his help. He had his own reasons for being delighted, for the master boarded in his father's family and had given the boy ample cause to hate him. The master's wife would go on a visit to the country in a few days, and there would be nothing to interfere with the plan; the master always prepared himself for great occasions by getting pretty well fuddled, and the sign painter's boy said that when the dominie had reached the proper condition on Examination Evening he would "manage the thing" while he napped in his chair; then he

---

feebleness: 약함 tyranny: 포악, 전제정치 vindictive: 복수심을 품은, 징벌하는 vengeful: 복수심에 불타는 majestic: 위엄있는 scheme: 계획, 음모

였다. 따라서 저학년 아이들은 공포와 고통속에서 낮을 보내다 밤만 되면 복수를 할 계획을 세우는 것이었다. 아이들은 선생님을 골탕 먹일 기회를 절대 놓치지 않았다. 하지만 늘 선생님은 한수 위였다. 보복에 성공할 때마다 따르는 선생님의 응징은 너무나 강력하고 당당한 것이어서 아이들은 번번히 참패를 당하고 전장에서 물러났던 것이다.

마침내 아이들은 공동으로 작당을 하였고 기가 막힌 승리를 보장할 계획을 발견해 내었다. 아이들은 간판 그림 집 아이를 끓어 들였고 그에게 계획을 말하고는 도움을 요청하였다. 자기 자신만이 가지고 있는 이유로 인해 그 아이 역시 신이 났는데, 그것은 선생님이 자기 가족을 하숙시키고 있었으므로 그것으로도 선생님을 미워할 충분한 이유가 되었던 것이다.

선생님의 부인은 며칠 후 시골에 다니러 갈 계획이었고, 계획에 방해가 될 만한 것은 아무 것도 없을 것이다. 선생님은 항상 중요한 일을 준비하면서 몹시 혼란스러워지곤 했는데 간판 그림 집 아이는, 발표일 저녁 선생님이 준비가 되어 의자에 앉아 졸게 되면 자기가 알아서 일을 처리하겠다고 말하였다. 그리고는 그는 시간이 됐을 때 선생님을 깨워 서둘러 학교로 향하게 할 작정이었다.

시간이 되어 흥미로운 순간이 다가왔다. 저녁 8시, 학교는 환

응징:잘못을 회개하도록 벌을 줌
작당:무리를 이룸

would have him awakened at the right time and hurried away to school.

In the fullness of time the interesting occasion arrived. At eight in the evening the schoolhouse was brilliantly lighted, and adorned with wreaths and festoons of foliage and flowers. The master sat throned in his great chair upon a raised platform, with his blackboard behind him. He was looking tolerably mellow. Three rows of benches on each side and six rows in front of him were occupied by the dignitaries of the town and by the parents of the pupils. To his left, back of the rows of citizens, was a spacious temporary platform upon which were seated the scholars who were to take part in the exercises of the evening.

The exercises began. A very little boy stood up and . sheepishly recited, "You'd scarce expect one of my age to speak in public on the stage," etc. accompanying himself with the painfully exact and spasmodic gestures which a machine might have used— supposing the machine to be a trifle out of order. But he got through safely, though cruelly scared, and got a fine round of applause when he made his manufactured bow and retired.

A little shamefaced girl lisped 'Mary had a little lamb,'

---

wreath: 화환 festoon: 꽃줄 foliage : 잎장식 dignitary: 고위 성직자, 귀인
spacious: 넓고 넓은, 웅대한 spasmodic: 발작적인 trifle: 사소한 일 cruelly: 잔
인하게 curtsy: 인사

하게 밝혀져 있었으며 잎사귀와 꽃들로 만들어진 장식 그리고 화환등으로 단장되어 있었다. 선생님은 칠판을 등지고서, 높여진 연단 위에 있는 그의 큰 의자에 왕처럼 앉아 있었다. 그는 어지간히 유쾌해 보였다. 양 옆의 세 줄과 선생님 앞 여섯 줄의 긴 의자에는 마을 유지들과 학부모들이 앉아 있었다. 그의 왼쪽, 마을 사람들의 뒷줄에는 넓은 임시 연단이 있었고 그날 밤 행사에 참가하게 되는 학생들이 앉아 있었다.

행사가 시작되었다. 아주 작은 소년이 일어나 수줍은 듯 낭송하였다, "여러분은 저처럼 어린 아이가 무대 위에서 대중을 향해 연설할 것이라고는 생각하지 못할 것입니다." 등등.

약간 고장난 기계가 움직이는 것처럼 아주 정확하면서도 덜덜 떨리는 동작도 곁들였다. 그러나 그 아이는 몹시 겁이 났지만 무사히 끝마쳤고 한바탕 박수를 받고는 부자연스러운 인사를 하고 물러났다.

수줍은 얼굴을 한 작은 소녀가 혀짧은 소리로, '메리가 작은 양을 가졌어요.' 등과 같은 말을 하고는 동정을 유발시키는 인사를 하고 그에 대한 대가로 박수를 받으며 기쁘게 자리에 앉았다.

톰 소여는 우쭐대는 듯한 자신감을 가지고 앞으로 나아가, 억제할 수 없는 불멸의 '자유가 아니면 죽음을 달라.' 연설을,

---

화환:꽃을 모아 둥글게 만든 것

etc., performed a compassion-inspiring curtsy, got her meed of applause, and sat down happy.

Tom Sawyer stepped forward with conceited confidence and soared into the unquenchable and indestructible 'Give me liberty or give me death' speech, with fine fury and frantic gesticulation, and broke down in the middle of it. A ghastly stage fright seized him, his legs quaked under him, and he was like to choke. The master frowned, and this completed the disaster. Tom struggled awhile and then retired, defeated. There was a weak attempt at applause, but it died early.

'The Boy Stood on the Burning Deck' followed; also 'The Assyrian Came Down,' and other declamatory gems. Then there were reading exercises and a spelling fight. The meager Latin class recited with honor. The prime feature of the evening was in order now— 'original compositions' by the young ladies. Each in her turn stepped forward to the edge of the platform, cleared her throat, held up her manuscript (tied with dainty ribbon), and proceeded to read, with labored attention to 'expression' and punctuation. The themes were the same that had been illuminated upon similar occasions by their mothers before them, their grandmothers, and doubtless all their

---

conceit: 자만, 자부심 soar: 급등하다 unquenchable=unquestionable: 확실한 indestructible: 불멸의 liberty: 자유 frantic: 광란한 gesticulation: 몸짓 ghastly: 무서운, 핼쑥한 declamatory: 연설조의 manuscript: 원고 punctuation: 구두점 illuminate: 밝게 하다

열정을 가지고 열광적인 몸짓과 함께, 시작하였는데 그만 중간
에서 막혀 버리고 말았다. 무시무시한 무대 공포증이 그를 사
로잡아, 다리가 떨리면서 숨이 막힐 것 같았다. 선생님은 얼굴
을 찡그렸고 이것으로 사태는 더욱 심각해진것이다. 톰은 잠시
동안 애를 쓰다 패배감에 쌓여 물러났다. 박수 소리가 작게 들
리다 이내 잠잠해져 버렸다.

'불타는 갑판위에 서 있는 소년'이 이어졌다. 또한 '앗시리
아인이 내려오다.'와 연설문의 정수들이 이어졌다. 그리고는 낭
독 대회와 철자 시합이 있었다. 딱딱한 라틴어 반이 명예롭게
낭독을 하였다. 오늘 저녁의 중요한 순서인 숙녀들의 '원문 글
짓기' 차례가 되었다.

각자 차례대로 연단의 가장자리로 나아가 목청을 가다듬고
원고(예쁜 리본이 달려 있는)를 들어 올려 '표현'과 끊어 읽기
에 각별히 신경을 쓰며 읽어 나갔다. 주제들은 앞에 있는 어머
니, 할머니 그리고 틀림없이 모계 혈통을 따라 거슬러 오르면
십자군 원정 시절의 선조들도 비슷한 경우에 설명하였을 주제
들과 마찬가지의 것들이었다. '우정'이 그중 하나였고, '지난날
의 추억', '역사상의 종교', '꿈의 땅', '문화의 혜택', '정치적
정부 형태의 비교 및 대조', '고독', '효도', '마음속의 갈망'
등등이었다.

정수:깨끗하고 뛰어남

ancestors in the female line clear back to the Crusades. 'Friendship' was one; 'Memories of Other Days' ; 'Religion in History' ; 'Dream Land' ; 'The Advantages of Culture' ; 'Forms of Political Government Compared and Contrasted' ; 'Melancholy' ; 'Filial Love' ; 'Heart Longings,' etc., etc.

The first composition that was read was one entitled 'Is this, then, Life?' Perhaps the reader can endure an extract from it:

In the common walks of life, with what delightful emotions does the youthful mind look forward to some anticipated scene of festivity! Imagination is busy sketching rose-tinted pictures of joy. In fancy, the voluptuous votary of fashion sees herself amid the festive throng, 'the observed of all observers.' Her graceful form, arrayed in snowy robes, is whirling through the mazes of the joyous dance; her eye is brightest, her step is lightest in the gay assembly.

In such delicious fancies time quickly glides by, and the welcome hour arrives for her entrance into the elysian world, of which she has had such bright dreams. How fairylike does everything appear to her enchanted vision! Each new scene is more charming than the last But after a

---

festivity: 축제 voluptuous: 육감적인, 요염한 votary: 심취자, 지지자, 신자
array: 배열하다 snowy: 눈이 많은 whirl: 현기증나다, 돌리다 maze:미로,당
황 glide: 활주, 미끄러지다 elysian : 낙원 같은 enchant: 마음에 들다

첫번째 작문은 '그럼 이것이 삶인가?' 라는 제목이었다. 그 중 일부를 인용해도 괜찮으리라 생각된다.

보편적인 일상사에 있어, 갈망하고 있는 축제의 광경을 고대하며 젊은이들은 얼마나 들떠 있는가! 상상속에서는 장미빛 환희의 그림을 그리느라 정신이 없다. 상상속 축제의 군중속에서, 옷차림에 육감적으로 심취해 있는, '모든 구경군들의 대상'이 되어 있는 자신을 발견한다. 눈처럼 하얀 옷을 입고 있는 그녀의 우아한 모습은 흥겨운 춤의 미로속에서 넘실거린다. 들떠 있는 무리속에서 그녀의 눈은 가장 빛나며 그녀의 발 동작은 가장 가볍다.

이렇게 감미로운 상상속에서 시간은 흘러가고 그녀가 그토록 눈부시게 꿈꿔오던 낙원의 세상으로 들어갈 반가운 시간이 된 것이다. 그녀의 마법의 환상속에서 모든 것은 그저 요정과 같이 보일 뿐이다! 새로운 광경들은 이전보다 더욱 매력적이다. 그러나 잠시 후 이런 훌륭한 외양 밑으로 모든 것이 허무할 뿐이라는 것을 그녀는 알게 된다. 그녀의 영혼을 매료시켰던 아부의 말들은 이제 그녀의 귀에 매우 거슬리게 들려온다. 무도회장은 마력을 잃었고 쇠잔해진 몸과 상처입은 마음을 안고 그녀는 돌아서며 이 세상의 즐거움은 영혼의 갈망을 만족시켜 줄 수 없다는 확신을 갖게 된다.

while she finds that beneath this goodly exterior, all is vanity: the flattery which once charmed her soul now grates harshly upon her ear; the ballroom has lost its charms; and with wasted health and embittered heart she turns away with the conviction that earthly pleasures cannot satisfy the longings of the soul!

And so forth and so on. There was a buzz of gratification from time to time during the reading, accompanied by whispered ejaculations of 'How sweet!' 'How eloquent!' 'So true!' etc., and after the thing had closed with a peculiarly afflicting sermon the applause was enthusiastic.

Then arose a slim, melancholy girl, whose face had the 'interesting' paleness that comes of pills and indigestion, and read a 'poem.' The poem was very satisfactory.

Next appeared a dark-complexioned, black-eyed, black-haired young lady, who paused an impressive moment, assumed a tragic expression, and began to read in a measured, solemn tone.

This nightmare occupied some ten pages of manuscript and wound up with a sermon so destructive of all hope to non-Presbyterians that it took the first prize. This composition was considered to be the very finest effort of the

---

flattery: 아첨 embitter: 비참하게 하다, 쓰라리게 하다 gratification: 만족
ejaculation: 갑자기 지르는 소리 indigestion: 소화불량, 미숙

그리고 기타 등등. 낭독 중간에는 때때로 기쁨을 주기 위해 휘파람 소리가 들리기도 했으며 '정말 멋지다!', '정말 달변이야!', '정말 그래!' 등의 탄성을 소근거리는 소리도 들렸고 독특하게 신랄한 연설로써 끝맺음이 나자 열렬한 박수가 터져 나왔다.

그리고는 날씬하며 우울해 보이는 소녀가 일어났는데, 그녀의 얼굴에는 괴로운 일이나 소화 불량 때문인 것 같은, '흥미로운' 창백함이 서려 있었고 그녀는 '시'를 낭독하였다. 그 시는 꽤 만족스러운 것이었다.

다음으로 안색이 어두운, 까만 눈과 까만 머리의 숙녀가 나와서, 잠시 강한 인상을 주는 듯한 뜸을 들인 후, 비극적인 표현을 띠고, 계산된 듯한 엄숙한 어조로 낭송하기 시작했다.

그 원고는 악몽과 같이 10장이나 되었고 장로교 신자가 아닌 사람들의 희망을 없애버리는 연설로 끝맺음을 하였기 때문에 일등으로 뽑혔다. 그 작문은 그날 저녁 수고한 것들 중 가장 우수한 것으로 생각되었다. 시상을 하며 마을의 시장은, 자신이 여지껏 들어본 것 중에서 가장 호소력이 있는 것이었으며 다니엘 웹스터, 자신 스스로도 자랑스럽게 생각한다는 정감어린 연설을 하였다.

온화해 보일 정도로 유쾌해 있는 선생님은 의자를 옆으로 밀

evening. The mayor of the village, in delivering the prize to the author of it, made a warm speech in which he said that it was by far the most 'eloquent' thing he had ever listened to, and that Daniel Webster himself might well be proud of it.

Now the master, mellow almost to the verge of geniality, put his chair aside, turned his back to the audience, and began to draw a map of America on the blackboard, to exercise the geography class upon.

But he made a sad business of it with his unsteady hand, and a smothered titter rippled over the house. He knew what the matter was and set himself to right it. He sponged out lines and remade them; but he only distorted them more than ever, and the tittering was more pronounced. He threw his entire attention upon his work, now, as if determined not to be put down by the mirth. He felt that all eyes were fastened upon him; he imagined he was succeeding, and yet the tittering continued; it even manifestly increased. And well it might. There was a garret above, pierced with a scuttle over his head and down through this scuttle came a cat, suspended around the haunches by a string; she had a rag tied about her head and jaws to keep her from mewing; as she slowly

---

eloquent: 설득력 있는, 감동적인 verge: 경계, 가장자리 ripple: 잔물결 일다 distort: 뒤틀다, 비틀다 titter:킥킥웃다 pierce: 간파하다, 스며들다 scuttle: 작은 승강구 string: 끈, 실을 꿰다, 긴장시키다, 길게 이어지다, 협잡하다 mew: 야옹 claw: 발톱, 할퀴다, 움켜잡다

고서 청중들을 등진 채 지리학 수업을 하기 위해 칠판에다 미국지도를 그리기 시작했다.

그러나 슬프게도 그의 손이 떨려 그림을 잘못 그렸고 숨죽인 채 킥킥거리는 소리가 실내어 퍼졌다. 그는 잘못된 것을 알고 그림을 고치기 시작했다. 그는 선을 지우고 다시 그렸다. 그러나 그는 더욱 삐뚤어진 모양으로 그렸을 뿐이고 킥킥거리는 소리가 더 크게 새어 나왔다. 그는 이제, 마치 웃음소리에 굴하지 않겠다고 결심한 듯, 모든 정신을 그리는 데에 집중하였다. 그는 모든 시선이 자신에게로 집중되어 있다는 것을 느꼈다. 그는 자신이 승리하고 있다고 생각했지만 웃음소리는 계속되었다. 더욱 크게 들리기까지 하였다.

그것이야 그렇다치고. 선생님의 머리위에 있는 다락방에는 작은 구멍이 뚫려 있었는데 이 구멍 사이로 고양이 한 마리가 엉덩이 주위에 실을 매단 채 내려왔다. 그것은 울음소리를 내지 못하도록 머리와 턱 주위에 헝겊조각을 감고 있었다.

고양이가 서서히 내려오며 몸을 위로 틀어 줄을 움켜쥐려 함에 따라, 그것은 흔들리면서 밑으로 떨어져 허공을 할퀴는 꼴이 되었다.

웃음소리는 더욱 높아져 갔고, 고양이는 열중해 있는 선생님의 머리 위로 20센티 정도 떨어져 밑으로, 밑으로 조금더 밑으

descended she curved upward and clawed at the string, she swung downward and clawed at the intangible air. The tittering rose higher and higher— the cat was within six inches of the absorbed teacher's headbalddown, down, a little lower, and she grabbed his wig with her desperate claws, clung to it, and was snatched up into the garret in an instant with her trophy still in her possession! And how the light did blaze abroad from the master's bald pate-for the sign painter's boy had gilded it!

That broke up the meeting. The boys were avenged. Vacation had come.

CHAPTER 22
Huck Finn Quotes Scripture

TOM JOINED the new order of Cadets of Temperance, being attracted by the showy character of their 'regalia'. He promised to abstain from smoking, chewing, and pro-fanity as long as he remained a member. Now he found out a new thing—namely, that to promise not to do a thing is the surest way in the world to make a body want to go

---

intangible: 무형의 garret: 다락방 bald: 단조로운 profanity: 모독 torment: 고통, 괴롭히다

로, 그리고는 고양이는 필사적인 발톱질로 선생의 가발을 움켜
잡았고 꽉 매달려 있다가, 순식간에 자신의 전리품을 간직한
채 다락방으로 낚이듯이 올라갔다. 그러자 선생의 대머리는 간
판 그림집 아이가 미리 금색으로 칠해 놓았기 때문에 아주 밝
은 빛을 넓게 발하고 있었다!

　이것으로 모임은 끝이 났다. 아이들은 복수를 하였고 방학을
맞이 하였다.

제 22 장
허크 핀이 성경 말씀을 인용하다 .

　톰은 금주 동맹의 화려한 예복에 반해서 이에 가입하였다.
그는 단원인 이상 피는 담배, 씹는 담배, 욕설 등을 삼가겠다는
약속을 하였다. 그는 새로운 사실을 알게 되었는데, 그것은 무
슨 일을 하지 않겠다고 약속을 하는 것보다 그 일을 더욱 하고
싶게 만드는 것은 없다는 것이었다. 톰은 곧 음주와 욕설을 하
고 싶어 괴로워하게 되었다. 그 욕구는 더욱더 강해져서, 장식
띠를 차고 과시할 기회를 기다리는 마음만 없었다면 동맹에서

전리품:적으로부터 빼앗은 물건

and do that very thing. Tom soon found himself tormented with a desire to drink and swear; the desire grew to be so intense that nothing but the hope of a chance to display himself in his red sash kept him from withdrawing from the order. Fourth of July was coming; but he soon gave that up— gave it up before he had worn his shackles over forty-eight hours— and fixed his hopes upon old Judge Frazer, justice of the peace, who was apparently on his deathbed and would have a big public funeral, since he was so high an official. During three days Tom was deeply concerned about the judge's condition and hungry for news of it. Sometimes his hopes ran high-so high that he would venture to get out his regalia and practice before the looking glass. But the judge had a most discouraging way of fluctuating. At last he was pronounced upon the mend— and then convalescent. Tom was disgusted; and felt a sense of injury too. He handed in his resignation at once— and that night the judge suffered a relapse and died. Tom resolved that he would never trust a man like that again.

The funeral was a fine thing. The Cadets paraded in a style calculated to kill the late member with envy. Tom was a free boy again, however— there was something' in

---

sash: 장식띠 shackle: 수갑 regalia: 관위, 왕의 상징 fluctuate: 성쇠하다
convalescent: 회복기의 relapse: 원상태로 돌아가다, 병세가 도지다

탈퇴해 버렸을 것이었다.

7월 4일은 다가오고 있었지만 그것을 단념하고—입단한 지 48시간도 되지 않아 포기하였다.—늙은 치안 판사인 프레이저에게 희망을 걸었다. 그는 임종을 앞두고 있는 것처럼 보였고 아주 높은 관리이기 때문에 성대한 대중 장례식을 치르게 될 것이다.

3일 동안 톰은 판사의 상태를 몹시 궁금해 했고, 그에 관한 소식을 듣고 싶어했다. 때때로 그의 바람이 솟구쳐 예복을 꺼내서는 거울 앞에서 연습을 하고 싶어질 정도였다. 하지만 판사의 상태는 변동이 심하였다. 마침내 그의 상태가 호전되어 회복기에 있다고 발표되었다. 톰은 역겨웠고 마음의 상처를 받은 것 같기도 하였다. 그는 즉시 탈퇴서를 제출했는데 그날밤 판사는 병이 재발하여 숨을 거두었다. 톰은 다시는 판사와 같은 사람을 믿지 않겠다고 다짐했다.

장례식은 성대하였다. 단원들은, 마치 이제 막 탈퇴한 회원이 부러워서 죽고 싶을 정도로 멋있게 행진하였다. 그러나 톰은 다시 자유로워진 것이고 거기에는 뭔가가 있었다. 그는 이제 술도 마시고 욕설도 퍼부을 수 있었지만 놀랍게도 그걸 원치 않는 자신을 발견하게 되었다. 욕망과 그것의 매력들을 내던질 수 있다는 단순한 진리였던 것이다.

톰은 곧 그가 갈망하던 방학이 자기 자신에게 조금 부담이

that. He could drink and swear, now—but found to his surprise that he did not want to. The simple fact that he could took the desire away, and the charm of it.

Tom presently wondered to find that his coveted vacation was beginning to hang a little heavily on his hands.

He attempted a diary— but nothing happened during three days, and so he abandoned it.

The first of all the Negro minstrel shows came to town, and made a sensation. Tom and Joe Harper got up a band of performers and were happy for two days.

Even the Glorious Fourth was in some sense a failure, for it rained hard, there was no procession in consequence, and the greatest man in the world (as Tom supposed), Mr. Benton, an actual United States senator, proved an overwhelming disappointment-for he was not twenty-five feet high, nor even anywhere in the neighborhood of it.

A circus came. The boys played circus for three days afterward m tents made of rag carpeting-admission, three pins for boys, two for girls— and then circusing was abandoned.

A phrenologist and a mesmerizer came-and went again and left the village duller and drearier than ever.

---

covet: 열망하다 minstrel: 음유시인 rag: 누더기, 넝마 phrenologist: 골상학자
mesmerize: 최면술을 걸다

되기 시작했다는 것을 깨닫고 의아해 했다.

그는 일기를 쓰려고 해보았지만 삼일 동안은 아무일도 일어나지 않았고 그래서 그만두었다.

첫번째 일은 흑인 가수 공연단이 마을로 와서는 선풍을 일으켰다는 것이다. 톰과 조 하퍼는 연주자 밴드를 조직하여 이틀 동안은 그것을 즐겼다.

독립기념일 역시 어떤 면에서는 실패였다. 왜냐하면 비가 많이 와서 행렬은 없었고 톰이 생각하기로 세상에서 가장 키가 큰, 현역 미 상원 의원 벤튼 씨의 키가 25피트는커녕 그 근처에도 가지 못한다고 밝혀지자 톰은 몹시 실망하였다.

서커스단이 왔다. 그 후로 3일 동안 아이들은 헝겊 카페트로 지은 천막안에서 서커스 놀이를 했는데―입장료는 남자 아이들은 핀 세 개, 여자 아이들은 두 개―그것도 그만두었다.

관상쟁이와 최면술사가 와서 마을을 더욱 멍청하고 황량하게 만들어 놓고는 돌아갔다.

아이들의 파티가 있었지만 아이들은 적었고 또한 매우 즐거워 했기 때문에 쓰라린 공허감만을 부채질했을 뿐이었다.

베키 대처는 방학 동안 부모님들과 지내려 콘스탄티노플의 집으로 가버렸다. 따라서 인생의 밝은 면이란 어느 곳에도 없었다.

―――――――――――――

선풍:갑자기 일어나 큰 물의나 동요를 일으키는 사건

There were some boys-and-girls' parties, but they were so few and so delightful that they only made the aching voids between ache the harder.

Becky Thatcher was gone to her Constantinople home to stay with her parents during vacation— so there was no bright side to life anywhere.

Then came the measles.

During two long weeks Tom lay a prisoner, dead to the world and its happenings. He was very ill, he was interested in nothing. When he got upon his feet at last and moved feebly downtown, a melancholy change had come over everything and every creature. There had been a 'revival,' and everybody had 'got religion,' not only the adults, but even the boys and girls. Tom went about, hoping against hope for the sight of one blessed sinful face, but disappointment crossed him everywhere. He found Joe Harper studying a Testament, and turned sadly away from the depressing spectacle. He sought Ben Rogers, and found him visiting the poor with a basket of tracts. He hunted up Jim Hollis, who called his attention to the precious blessing of his late measles as a warning. Every boy he encountered added another ton to his depression; and when, in desperation, he flew for refuge at last to the

---

feebly: 나약하게 measle: 홍역의 desperation: 절망 bosom: 가슴, 소중한, 가슴에 간직한

그리고는 홍역이 퍼졌다.

긴 2주 동안이나 톰은 세상과 세상에서 벌어지는 일에는 담을 쌓은 채로 죄수처럼 누워 있었다. 그는 많이 아팠고 아무것에도 흥미가 없었다. 그가 마침내 일어나서 마을로 힘없이 나왔을 때 모든 사물과 모든 창조물은 우울하게 변하여 있었다. '부활'이 일어나 어른들뿐만 아니라 아이들까지, 모든 사람들이 신앙심을 갖게 되었다.

톰은 돌아다니며 축복받은 죄인의 얼굴을 만나게 되지 않기를 바랐지만 어느 곳에서도 실망감을 받게 될 뿐이었다. 그는 조 하퍼가 성서를 공부하는 것을 보고 실망스러워 몸을 돌렸다. 벤 로저스를 찾았지만 교회의 작은 책자 꾸러미를 들고서 가난한 사람들을 방문하는 그를 보게 되었다. 짐 홀리스를 보았을 때 홍역은 자신에 대한 경고로 주어진 귀중한 은혜라는 말을 듣게 되었다.

만나는 아이들마다 더욱 실망감만을 안겨 주었으므로 톰은 절망감에 사로잡힌 채 허클베리핀의 품으로 안식을 찾아 달아나듯 가보았지만 그에게서 성경구절의 말씀을 듣고서 마을에서 자기 혼자만이 영원히, 영원히 버려졌다는 사실을 깨닫고는 마음이 무너져 집으로 돌아와 침대에 누웠다.

그리고 그날 밤 엄청난 폭풍우가 몰려와 비가 쏟아지고 무시

bosom of Huckleberry Finn and was received with a Scriptural quotation, his heart broke and he crept home and to bed realizing that he alone of all the town was lost, forever and forever.

And that night there came a terrific storm, with driving rain, awful claps of thunder, and blinding sheets of lightning He covered his head with the bedclothes and waited in a horror of suspense for his doom; for he had not the shadow of a doubt that all this hubbub was about him. He believed he had taxed the forbearance of the powers above to the extremity of endurance and that this was the result. It might have seemed to him a waste of pomp and ammunition to kill a bug with a battery of artillery, but there seemed nothing incongruous about the getting up such an expensive thunderstorm as this to knock the turf from under an insect like himself.

By and by the tempest spent itself and died without accomplishing its object. The boy's first impulse was to be grateful, and reform. His second was to wait-for there might not be any more storms.

The next day the doctors were back; Tom had relapsed. The three weeks he spent on his back this time seemed an entire age. When he got abroad at last he was hardly

---

quotation: 인용문, 가격표, 시가 clap: 짝짝, 박수소리 horror: 공포 hubbub: 왁자지껄, 소동 forbearance: 관용, 인내 ammunition: 탄약, 군수품 artillery: 대포 incongruous: 조화되지 않는

무시한 천둥이 쳤으며 눈을 멀게 하는 듯한 번개가 번쩍였다. 그는 이불을 들어 머리까지 덮고서는 두려움의 전율속에서 그의 운명을 기다렸다. 왜냐하면 이 모든 난리가 자기를 향해 있다는 것을 믿어 의심치 않았기 때문이었다.

그는 자신이 신의 인내력에 지나친 부담을 주어 한계에 다다르게 하였고 이것이 그 결과인 것이라고 믿고 있었다. 빈대 한 마리를 죽이기 위해 1개 포병부대를 동원한다는 것이 그에게는 허식이며 탄약의 낭비인 것처럼 보였지만 지금 자신과 같은 벌레의 밑잔디를 강타하기 위해서 값비싼 뇌우를 만드는데 협동하지 않는 것은 아무것도 없는 것처럼 보였다.

이윽고 폭풍우는 소진하여 목표를 달성하지 못한 채 수그러들었다. 톰은 충동적으로 우선 감사하고 회개하고 싶다는 생각을 하였다. 두 번째로는, 또다른 폭풍우가 있을지 모르니, 기다리고 싶었다.

다음 날 의사가 다시 왔다. 톰은 재발한 것이다. 이번엔 3주 동안이나 누워 있었고 다 살아 버린 듯한 느낌이었다.

마침내 밖으로 나왔을 때, 그의 상황이 그 동안 얼마나 외로운 것이었으며, 얼마나 친구도 없이 버려진 듯한 느낌을 받았는가를 생각하며 살아 났다는 것에 대해 별로 감사해 하지 않았다. 그는 별 생각 없이 마을로 내려오다 짐 홀리스가 소년

전율:몹시 두려워 몸이 떨림
뇌우:번개, 우뢰와 더불어 내리는 비

grateful that he had been spared, remembering how lonely was his estate, how companionless and forlorn he was. He drifted listlessly down the street and found Jim Hollis acting as judge in a juvenile court that was trying a cat for murder, in the presence of her victim, a bird. He found Joe Harper and Huck Finn up an alley eating a stolen melon. Poor lads! they—like Tom—had suffered a relapse.

CHAPTER 23
The Salvation of Muff Potter

AT LAST the sleepy atmosphere was stirred—and vigorously: the murder trial came on in the court. It became the absorbing topic of village talk immediately. Tom could not get away from it. Every reference to the murder sent a shudder to his heart, for his troubled conscience and fears almost persuaded him that these remarks were put forth in his hearing as 'feelers' ; he did not see how he could be suspected of knowing anything about the murder, but still he could not be comfortable in the midst of this gossip. It kept him in a cold shiver all the time. He took Huck to a

---

estate: 토지, 재산, 계급 relapse: 병세가 도지다 atmosphere: 대기, 분위기

재판소의 재판관으로서 피해자인 새를 앞에 두고 고양이를 살인 혐의로 심판하는 것을 보았다. 그는 골목길에서 조 하퍼와 허크 핀이 훔친 메론을 먹고 있는 것을 보았다. 불쌍한 아이들! 톰과 같이 그들도 재발한 것이다.

제 23 장
머프 포터의 구출

마침내 나른했던 분위기는 강하게 흔들렸다. 살인 재판이 법정에 오른 것이다. 그것은 즉시 마을의 이목을 집중시키는 화제가 되었다. 톰은 그것으로부터 벗어날 수가 없었다. 살인에 대한 어떤 말이라도 그의 마음을 떨리게 하였는데 그것은 고뇌에 찬 그의 양심과 죄책감으로 이러한 말들이 그의 귀에 의사를 타진하는 것처럼 들려 왔기 때문이었다. 어떻게 하여 자신이 살인에 대해 뭔가를 알고 있다는 의심을 받게 되었는지는 알 수 없었지만, 어쨌든 이 얘기가 오고가는 가운데에서는 편안하게 지낼 수 없었다.

그는 항상 부들부들 떨고 있었다. 그는 외딴 곳으로 허크를

lonely place to have a talk with him. It would be some relief to unseal his tongue for a little while; to divide his burden of distress with another sufferer. Moreover, he wanted to assure himself that Huck had remained discreet.

"Huck, have you ever told anybody about—that?"

"Bout what?"

"You know what."

"Oh–course I haven't"

"Never a word?"

"Never a solitary word, so help me. What makes you ask?"

"Well, I was afeared."

"Why, Tom Sawyer, we wouldn't be alive two days if that got found out. you know that."

Tom felt more comfortable. After a pause:

"Huck, they couldn't anybody get you to tell, could they?"

"Get me to tell? Why, if I wanted that half-breed devil to drownd me they could get me to tell. They ain't no different way."

"Well, that's all right, then. I reckon we're safe as long as we keep mum. But let's swear again, anyway. It's more surer."

---

discreet: 사려 깊은 mum: 말하지 않다, 침묵

데리고 가서 이야기를 나눴다. 잠시 동안 입을 여는 것이 그에게는 위안이 될 수 있으리라. 그리고는 고통을 받고 있는 다른 사람과 부담을 나누는 것이다. 게다가 톰은 허크가 비밀을 지키고 있었지 확인하고 싶었다.

"허크, 누구한테 그 얘기했어?"

"무슨 얘기?"

"알잖아."

"물론 안 했지."

"한 마디도?"

"단 한 마디도, 그러니 살려줘. 왜 물어보는 거지?"

"음, 난 두려워."

"톰 소여, 그것이 밝혀지면 우린 이틀도 살아남기 힘들어. 알잖아."

톰은 더욱 안심이 되었다. 잠시 후

"허크, 그들이 너에게 말하게 하지 못하겠지?"

"내가 말하게? 홍, 내가 그 악마 같은 혼혈아에게 죽고 싶다면야 모를까. 그러지 않고는 어림없어."

"그럼, 됐어. 우리가 입을 다물고 있는 한 우린 안전할 거라고 생각해. 하지만 다시 한번 맹세하자. 보다 확실하게."

"좋아."

그래서 그들은 무서울 정도로 엄숙하게 다시금 맹세를 했다.

"I'm agreed."

So they swore again with dread solemnities.

"What is the talk around, Huck? I've heard a power of it."

"Talk? Well, it's just Muff Potter, Muff Potter, Muff Potter all the time. It keeps me in a sweat, constant, so's I want to hide sometimes."

"That's just the same way they go on round me. I reckon he's a goner. Don't you feel sorry for him, sometimes?"

"Most always— most always. He ain't no account, but then he ain't ever done anything to hurt anybody. Just fishes a little, to get money to get drunk on— and loafs around considerable— but, Lord, we all do that leastways most of us— preachers and suchlike. But he's kind of good— he give me half a fish, once, when there wasn't enough for two; and lots of times he's kind of stood by me when I was out of luck."

"Well, he has mended kites for me, Huck. I wish we could get him out of there."

"My! we couldn't get him out, Tom."

"But I hate to hear 'em abuse him"

"I do too, Tom. I hear them say he's the villain in this country. "

---

solemnity: 근엄, 장중 goner: 망한 사람, 죽은 사람 leastways=leastwise : 여하튼 mend: 수선하다. 고치다, 개선하다 villain: 악한, 범죄자

"떠도는 얘기가 뭐야, 허크? 들은 것도 많지만."

"얘기? 글쎄, 머프 포터에 관한 얘기야. 항상 머프 포터, 머프 포터. 늘 나를 진땀나게 한다니까. 어디론가 숨고 싶어."

"나도 마찬가지야. 그는 낙오자야. 가끔 그에게 미안하다는 생각이 들지 않니?"

"늘 그렇지, 늘. 그는 아무것도 아니야. 하지만 누군가를 해치려는 짓은 한 번도 한 적이 없지. 단지 술 마실 돈을 벌기 위해 낚시를 조금 했을 뿐이고 그리고는 빈둥거렸을 뿐인데, 근데 우리 모두 마찬가지잖아. 목사나 뭐 그런 사람들. 하지만 그 사람은 착한 편이었지. 한 번은 둘이 먹기엔 충분하지 않았는데도 생선 절반을 나에게 준 적이 있어. 그리고 내가 재수가 없을 때 그는 많은 시간을 내 곁에서 보내주었지."

"그래, 그는 나를 위해 연을 고쳐 주었지, 허크. 우리가 그를 저기에서 꺼낼 수 있으면 좋겠어."

"안돼, 우린 그를 꺼낼 수 없어, 톰."

"하지만 난 그들이 그를 괴롭히는 것은 싫어."

"나도 그래, 톰. 사람들은 그를 보고 우리 나라의 악당이라고 하더라."

"그래, 항상, 그런 식으로들 말을 하지. 만약 그가 풀려난다면 폭행을 가하겠다고 말하는 것도 들었어."

"정말로 그렇게 할거야."

"Yes, they talk like that, all the time. I've heard 'em say that if he was to get free they would lynch him."

"And they would do it, too."

The boys had a long talk, but it brought them little comfort. As the twilight drew on, they found themselves hanging about the neighborhood of the little isolated jail. But nothing happened; there seemed to be no angels or fairies interested in this luckless captive.

The boys did as they had often done before— went to the cell grating and gave Potter some tobacco and matches. He was on the ground floor and there were no guards.

They felt cowardly and treacherous to the last degree when Potter said:

"You've been good to me, boys— better than anybody else in this town. And I don't forget it, I don't. Well, boys, I have an awful thing— drunk and crazy at the time -that's the only way I account for it— and now I got to swing for it, and it's right. Right, and best, too, I hope so, anyway. Well, we won't talk about that. I don't want to make you feel bad; you've befriended me. But what I want to say is, don't you ever get drunk-then you won't ever get here."

Tom went home miserable, and his dreams that night were full of horrors. The next day and the day after, he

---

lynch:사형시키다, 폭행하다 twilight:어스름, 여명 isolate:고립하다, 격리시키다 coward:겁쟁이, 겁많은 treacherous:배반하는, 믿을 수 없는 swing:흔들리다, 매달리다, 교수형 당하다 miserable:불쌍한, 괘씸한 irresistible:저항할수 없는, 억누를 수 없는

소년들은 오랫동안 이야기했지만 그것이 그들을 위로하진 못했다. 여명이 밝아 오자, 그들은 자신들이 외따로 떨어진 조그만 감옥의 주위에 머물러 있었음을 발견했다. 하지만 아무 일도 일어나지 않았다. 세상엔 이 운 없는 죄수에게 관심을 가진 천사나 요정은 없는 듯했다.

이전에도 종종 그러했듯이 소년들은 감방으로 가서 포터씨에게 약간의 감자와 성냥을 주었다. 그는 지하방에 있었으며 그곳에는 간수도 없었다. 그들은 포터씨가 다음과 같이 말하자 비겁함과 배신의 깊은 나락으로 빠져감을 느꼈다.

"너희들은 이 마을의 그 누구보다도 나에게 잘해 준 아이들이야. 절대로 잊지 않으마. 절대로. 얘들아, 난 술에 취해 끔찍한 일을 저질렀어. 술에 취했다는 그 이유로만 그 일을 설명할 수 있구나. 그리고 그 일로 교수형을 당할 거야. 당연하지. 맞아, 최선의 방법이기도 하고. 그렇게 되기를 바래. 자, 자, 이제 그 일은 이야기하지 말자. 나는 너희들의 기분을 상하게 하고 싶지 않다. 너희들은 내 친구가 되었어. 하지만 내가 한 마디 하고 싶은 것은 절대로 술을 마시지 말라는 거야. 그럼 너희들이 절대로 이곳에 오는 일은 없을 거야."

톰은 착찹한 마음으로 집에 돌아왔다. 그 날밤 꿈은 악몽으로 가득했다. 다음날, 그리고 또 다음날 그는 법정 주위를 돌아다니며 거의 거부할 수 없을 정도로 안에 들어가고 싶었으나 스스로 그렇게 하지 못하도록 자제했다. 톰은 계속해서 법정

여명:희미하게 밝아오는 새벽 빛
나락:지옥, 구원할 수 없는 마음의 구렁텅이

hung about the courtroom, drawn by an almost irresistible impulse to go in, but forcing himself to stay out. Tom kept his ears open when idlers sauntered out of the courtroom, but invariably heard distressing news-the toils were closing more and more relentlessly around poor Potter. At the second day the village talk was that Indian Joe's evidence stood firm and unshaken, and that there was not the slightest question as to what the jury's verdict would be.

All the village flocked to the courthouse the next morning, for this was to be the great day. Both sexes were about equally represented in the packed audience. After a long wait the jury filed in and took their places; shortly afterward, Potter, timid and hopeless, was brought in, with chains upon him, and seated where all the curious eyes could stare at him. There was another pause, and then the judge arrived and the sheriff proclaimed the opening of the court. The usual whisperings among the lawyers and gathering together of papers followed.

Now a witness was called who testified that he found Muff Potter washing in the brook, at an early hour of the morning that the murder was discovered, and that he immediately sneaked away. After some further questioning, counsel for the prosecution said:

---

impulse:추진력, 충동 saunter:산보하다 invariably:변함없는, 반드시 distress: 고뇌, 빈곤, 고난 relentless:냉혹한, 가차없는 firm:굳은, 단호한, 견고한 unshaken:부동의, 확고한 excitement:흥분, 자극 pack:꾸러미, 무리 timid:겁 많은, 수줍어하는 stare:응시하다, 노려보다 proclaim:선언하다, 선포하다

주위에서 얼쩡거리는 게으름뱅이들의 이야기에 귀를 기울였으나, 항상 변함없는 실망스런 이야기만 듣게 됐다. 함정은 점점 거침없이 불쌍한 포터 씨를 옥죄어 오고 있었다. 둘쨋날 마을 사람들의 이야기는, 인디안 조의 증거는 너무 확실하고 흔들릴 수 없는 것이어서 배심원들의 판결에 대해 어떤 이의도 없을 것이라는 것이었다.

다음날 아침 마을 사람들 대부분이 법정에 모여들었는데, 이 날은 엄청난 날이었기 때문이다. 방청석의 사람들은 남자와 여자가 각각 반반 정도였다. 오랫동안 기다린 후 배심원들이 들어와 자리에 앉았고 곧이어 겁먹고 희망을 잃은 포터 씨가 수갑을 차고 궁금해 하는 눈들이 지켜보는 속에 자리에 앉았다. 잠시 휴식 시간이 있은 후 판사가 도착했고 보안관은 재판의 개정을 선언했다. 재판관들 사이의 일상적인 속삭임과 서류를 정리하는 소리가 뒤따랐다.

증인들은 살인 사건이 발견된 그날 아침 이른 시각에 머프 포터가 개울가에서 몸을 씻고 나서는 재빨리 사라지는 것을 보았다고 증언했다. 그리고 질문이 조금 더 있은 후 검사는

"반대 심문하시오." 라고 말했다.

죄수는 잠깐 동안 자신의 눈을 치켜올렸지만 자신의 변호사가 "저는 그에게 물어 볼 말이 없습니다." 라고 대답하자 곧 눈을 내리깔았다.

다음 증인이 그 술집 근처에서 그 칼을 발견했다고 증언했

개정:재판을 시작하려고 법정을 엶

"Take the witness."

The prisoner raised his eyes for a moment, but dropped them again when his own counsel said:

"I have no questions to ask him."

The next witness proved the finding of the knife near the corpse. Counsel for the prosecution said:

"Take the witness."

"I have no questions to ask him," Potter's lawyer replied.

A third witness swore he had often seen the knife in Potter's possession.

"Take the witness."

Counsel for Potter declined to question him. The faces of the audience began to betray annoyance. Did this attorney mean to throw away his client's life?

Every detail of the damaging circumstances that occurred in the graveyard upon that morning which all present remembered so well was brought out by credible witnesses, but none of them were cross-examined by Potter's lawyer. The prosecution now said:

"By the oaths of citizens whose simple word is above suspicion. We rest our case here."

A groan escaped from poor Potter, and he put his face in

---

possession:소유, 홀림 decline:거절하다, 쇠퇴하다 annoyance:성가심, 근심거리 credible:신용할만한, 믿을만한 cross-exam:대질 심문하다 groan:신음하다, 불평하다

다. 검사는 변호사에게 말했다.

"반대 심문을 하시오."

"저는 그에게 물어볼 말이 없습니다." 라고 포터씨의 변호사는 대답했다.

3번째 증인이 선서를 하고 종종 포터의 소지품 중에서 그 칼을 본적이 있다고 말했다.

"반대 심문하시오."

포터의 변호사는 그에게 질문하는 것을 거절했다. 관객들의 얼굴은 불만을 표시하기 시작했다. 도대체 저 변호사는 그의 의뢰인의 목숨을 포기하려는 것인가?

참석한 모든 믿을 만한 증인들이 말하는, 그날 아침 무덤가에서 일어난 모든 상황들은 그에게 불리했으나 증인들 중 누구도 포터의 변호사에게서 반대 심문을 당하지 않았다. 이제 검사가 말했다.

"시민들의 증언에 따르면 모든 내용이 의심의 여지가 없으며 따라서 이 사건의 종결을 요구합니다."

포터 씨는 신음 소리를 내뱉으며, 얼굴을 두 손 사이에 묻었고 그의 몸을 앞뒤로 움직였다. 많은 남자들의 마음이 흔들렸고 많은 여자들은 동정심에 눈물을 흘렸다. 변호사가 일어나 말했다.

"존경하는 재판장님, 이 재판이 시작할 때 말씀드린 대로 저희들은 제 의뢰인이 이 흉악한 범죄를 저질렀다는 것을 증명하

his hands and rocked his body softly to and fro. Many men were moved, and many women's compassion testified itself in tears. Counsel for the defense rose and said:

"Your honor, in our remarks at the opening of this trial, we foreshadowed our purpose to prove that our client did this fearful deed. We have changed our mind. We shall not offer that plea. [Then to the clerk:] Call Thomas Sawyer!"

A puzzled amazement awoke in every face in the house, not even excepting Potter's. The boy looked wild enough, for he was badly scared. The oath was administered.

"Thomas Sawyer, where were you on the seventeenth of June, about the hour of midnight?"

Tom glanced at Indian Joe's iron face. The audience listened breathless, but the words refused to come. After a few moments, the boy managed to put enough of it into his voice to make part of the house hear:

"A little bit louder, please. Don't be afraid. You were—"

"In the graveyard."

A contemptuous smile flitted across Indian Joe's face.

"Were you anywhere near Horse Williams's grave?"

"Yes, sir."

"Speak up. How near were you?" "Near as I am to you."

"Were you hidden, or not?"

---

amazement:놀람, 경탄 scare:위협하다, 놀라게 하다 administer:운영하다, 관리하다, (약을) 주다 glance:흘깃봄, 섬광 audience:청중, 관중 graveyard:묘소, 묘지 contemptuous:경멸하는

려고 했었습니다. 하지만 이제 마음을 바꿨습니다. 이젠 청원은
하지 않겠습니다. [그리고 사무관에게] "톰소여를 불러 주시
오!"

포터 씨는 물론이고 이 법정의 모든 사람들의 얼굴에는 당황
하고 놀라는 기색이 떠올랐다. 이 아이는 매우 겁먹어 있었기
때문에 당황하는 기색이 역력했다. 선서를 했다.

"톰소여, 6월 17일 자정쯤에 어디에 있었지?"

톰은 인디언 조의 굳은 얼굴을 바라보았다. 청중들은 숨을
죽이고 듣고 있었으며 아무말도 하지 않았다. 잠시 후 이 소년
은 겨우 법정 안에 들릴 정도의 소리를 낼 수 있었다.

"묘지에 있었어요."

인디언 조의 얼굴에 경멸의 웃음이 스쳐 지나갔다.

"호스 윌리엄의 무덤 근처였니?"

"네!"

"크게 말하거라. 얼마나 가까이 있었지?"

"변호사님과 저 사이 정도 돼요."

"넌 숨어 있었지, 그렇지?"

"네, 숨어 있었어요."

"누구와 같이 있었니?"

"네, 같이 있었던 아이는—"

"잠깐, 잠깐만 기다려라. 네 친구의 이름을 말하지 않아도 된

청원:국가 기관이나 지방 단체에 희망을 진술하는 일
역력:하나하나 그 자취가 뚜렷함

"I was hid."

"Anyone with you?"

"Yes, sir. I went there with—"

"Wait— wait a moment. Never mind mentioning your companion's name. We will produce him at the proper time. Did you carry anything there with you?"

Tom hesitated and looked confused.

"Speak out, my boy— don't be diffident. The truth is always respectable. What did you take there?"

"Only a-a-dead cat."

"We will produce the skeleton of that cat. Now, my boy, tell us everything that occurred— tell it in your own way— don't skip anything, and don't be afraid."

His words flowed more and more easily; every eye fixed itself upon him. The emotion reached its climax when the boy said:

"As Muff Potter fell, Indian Joe jumped with the knife and—"

Crash! Quick as lightning the half-breed sprang for a window, and was gone!

---

hesitate:망설이다, 주저하다 confuse:혼란하다, 어리둥절하게 하다 diffident: 자신없는, 수줍은 respectable:존경할 만한, 상당한

다. 그는 적당한 시간에 부르기로 하마. 또 무얼 가지고 갔지?"

톰은 잠시 머뭇거리고 당황해 하는 듯했다.

"크게 말하거라, 아이야. 수줍어하지 말아라. 진실은 존경할 만하단다. 무엇을 가지고 갔느냐?"

"그냥 죽은 고, 고, 고양이요."

"고양이의 해골은 곧 제시하겠습니다. 그럼, 애야, 우리들에게 아무것도 빠트리지 말고 그때 일어난 모든 일들을 네 방식대로 이야기해 주도록 하여라. 겁먹을 필요없다."

그의 말들은 점점 쉽게 나왔다. 모든 눈들이 그에게 고정되어 있었다. 모든 감정은 소년이 다음과 같이 말할 때 최고조에 이르렀다.

"머프 포터 씨가 쓰러지자 인디언 조가 칼을 가지고 뛰어들어서는—"

와장창! 번개처럼 빠르게 혼혈아는 창문 밖으로 뛰어나가더니, 사라져 버렸다.

CHAPTER 24
Splendid Days and Fearsome Nights

TOM WAS a glittering hero once more -the pet of the old, the envy of the young. His name even went into immortal print, for the village paper magnified him. There were some that believed he would be president.

As usual, unreasoning world took Muff Potter to its bosom. But that sort of conduct is to the world's credit.

Tom's days were days of splendor and exultation to him, but his nights were seasons of horror. Indian Joe infested all his dreams. Hardly any temptation could persuade the boy to stir abroad after nightfall. Poor Huck was in the same state of wretchedness and terror. Huck was afraid that his share in the business might leak out. The poor fellow had got the attorney to promise secrecy, but what of that? Since Tom's harassed conscience had managed to drive him to the lawyer's house by night and wring a dread tale from lips that had been sealed with the dismalest and most formidable of oaths.

Daily Muff Potter's gratitude made Tom glad he had spoken; but nightly he wished he had sealed up his

---

glitter:반짝이다, 화려하다 immortal:불사의, 신의 magnify:확대하다, 과장하다 splendor:빛남, 화려함 exultation:광희, 열광 infest:만연하다, 창궐하다 wretchedness:비참한, 야비한 harass:괴롭히다, 귀찮게 굴다 dismal:음침한 비참한 formidable:무서운, 방대한 gratitude:감사, 사의

제 24 장
멋진 날들 그리고 두려운 밤

톰은 다시 한번 마을의 대단한 영웅이 되었다. ─어른들로부터는 귀염을 받았고 애들로부터는 부러움을 샀다. 그의 이름은 영원의 활자로 남게 되었다. 그는 나중에 대통령까지도 바라볼 수 있겠다고 여기는 사람도 있었다.

늘 그렇듯이 비이성적인 세상은 이번에는 머프 포터를 마음 속으로 받아들였다. 바로 이런 것이 세상 돌아가는 이치이다.

낮은 톰에게 영광과 찬사로 즐거운 시간이었지만 밤은 공포의 시간이었다. 꿈속에선 수없이 인디안 조가 나타났다. 어두워지면 어떤 유혹이 와도 톰은 외출을 하기가 두려웠다. 가없은 허크도 비참하고 무서운 밤을 보내고 있었다. 허크는 그가 이 일에 연관성이 있었다는 것이 밝혀질까 봐 크게 두려워하고 있었다. 그래서 이 가없은 친구는 변호사를 찾아가 비밀을 지켜 달라고도 해봤지만 별 차이가 없었다. 톰이 양심의 가책에 못 이겨 밤에 판사를 찾아가 가장 엄숙하고 굳은 서약을 했던 바로 그 입으로 모든 사실을 털어놓은 것이다.

낮이 되어, 머프 포터 씨가 톰에게 고맙다는 말을 할 때면 톰은 말하기를 잘했다고 생각했다. 그러나 밤이 되면 입을 다물고 있었더라면 얼마나 좋았을까 하고 후회하는 마음이 생겼다.

찬사:칭찬하는 말

tongue.

Half the time Tom was afraid Indian Joe would never be captured; the other half he was afraid he would be. He felt sure he never could draw a safe breath again until that man was dead.

Rewards had been offered, the country had been scoured, but no Indian Joe was found. One of those omniscient and awe– inspiring marvels, a detective, came up from St. Louis, moused around, shook his head, looked wise, and made that sort of astounding success. That is to say, he 'found a clue.' After that detective had got through and gone home, Tom felt just as insecure as he was before.

The slow days drifted on, and each left behind it a slightly lightened weight of apprehension.

CHAPTER 25
Seeking the Buried Treasure

There comes a time when he has a raging desire to go somewhere and dig for hidden treasure. This desire sud-

---

reward:보수, 보담, 현상금 ommiscient:전지의, 박식한 inspire:고무하다, 영감을 주다 drift:표류하다, 무작정 나아가다 apprehension:우려, 이해력

반나절은 인디안 조가 잡히지 않을까 봐 두려웠고, 반나절은 그가 잡혀 올까 봐 무서워했다. 톰은 그가 죽기 전까지는 마음 놓고 숨을 쉬며 지내기가 불가능하리라 생각했다.

현상금이 붙고, 마을 일대에 대한 수색 작업이 진행되었지만 인디안 조는 붙잡히지 않았다. 사람에게 공포를 불러일으키는 불길한 징조들 중 하나라고 볼 수 있는, 탐정 한 사람이 세인트 루이스에서 왔다. 그는 이리 저리 찾아다니며, 머리를 흔들며 다 알겠다는 표정을 짓더니 드디어 굉장한 수확을 거두었다고 발표했다. 즉 '단서를 찾아냈다.' 는 것이다. 그러나 탐정이 일을 마치고 집으로 돌아가 버리자 톰은 전과 같이 마음이 불안했다.

하루하루가 천천히 지나갔다. 시간이 흐름에 따라 마음의 불안도 조금씩 가벼워졌다.

제 25 장
묻혀 있는 보물을 찾아서

한번쯤 어디로든지 떠나 숨겨진 보물을 찾고 싶어하는 시기가 있다. 이러한 욕망이 어느 날 갑자기 톰에게 일어났다. 그는 우선 조 하퍼를 찾으러 뛰어 나갔으나 찾지 못했다. 다음 벤

denly came upon Tom one day. He sallied out to find Joe Harper, but failed of success. Next he sought Ben Rogers, he had gone fishing. Presently he stumbled upon a Huck Finn. Huck would answer. Tom took him to a private place and opened the matter to him confidentially. Huck was willing. Huck was always willing to take a hand in any enterprise that offered entertainment.

"Where'll we dig?" said Huck.

"Oh, most anywhere."

"Why, is it hid all around?"

"No, indeed it isn't. It's hid in particular places, Huck-sometimes on islands, sometimes in rotten chests, just where the shadow falls at midnight; but mostly under the floor in haunted houses."

"Who hides it?"

"Why, robbers, of course."

"I wouldn't hide it; I'd spend it and have a good time."

"So would I. But robbers don't do that way. They always hide it and leave it there."

"Don't they come after."

"No, they think they will, but they generally forget the marks, or else they die. And gets rusty; and by and by somebody finds an old yellow paper that tells how to find

---

sally:돌격, 여행 stumble:~에 채어 비틀거리다, 망설이다, 실수하다
confidentially:자신있게 chest:가슴, 금고   haunt:자주가다, 출몰하다 rusty:녹
슨, 쉰

로저스를 찾아다녔는데 그는 낚시를 가고 없었다. 얼마 후 그는 뜻하지 않게 허크를 만났다. 허크라면 대답하리라. 톰은 그를 비밀스런 장소로 데리고 가서 자신의 문제를 은밀하게 털어놓았다. 허크는 기꺼이 응했다. 허크는 즐거움을 주는 의견에는 항상 동의했다.

"어디를 파 볼까?" 허크가 말했다.

"응, 아무데나."

"왜, 아무데나 숨겨져 있는 거니?"

"사실 그렇지는 않지. 특정한 장소에 감추어져 있어, 허크. 때로는 섬이나 썩은 궤짝에 있지. 아니면 한밤중에 그림자가 떨어지는 지점이나. 하지만 대부분은 귀신이 사는 집의 마루 밑에 숨겨져 있지."

"누가 숨기지?"

"물론 도둑이지."

"나 같으면 절대 숨기지 않겠다. 쓰고 즐기면 되는 거야."

"나도 그래. 하지만 도둑들은 그렇게 안해. 그들은 항상 숨겨놓은 다음 그대로 그곳에 놔둔단다."

"나중에 오지 않니?"

"아니. 가지러 올 생각이 있다가도 표시해 둔 곳을 잊어버리거나 아니면 죽어 버려. 그리고 그 다음 누군가가 그 장소를 표시해 둔, 오래 되어 빛바랜 종이를 발견한단 말이야. 하지만 그걸 해독하는 데는 약 1주일 정도 걸리지. 왜냐하면 그게 부

the marks— a paper that must be ciphered over about a week because it's mostly signs and hieroglyphics."

"Hyro—which?"

"Hieroglyphics-pictures and things, that don't seem to mean anything."

"Have you got one of them papers, Tom?"

"Well, then, how you going to find the marks?"

"I don't want any marks. They always bury it under a haunted house or on an island, or under a dead tree. Well, we've tried Jackson's Island a little, and we can try it again sometime."

"Is it under all of them?"

"No!"

"Then how you going to know which one to go for?"

"Go for all of them!"

"Why, Tom, it'll take all summer."

"Well, what of that? Suppose you find a brass pot with a hundred dollars in it, or a rotten chest full of diamonds."
Huck's eyes glowed.

"That's great. Just you give me the hundred dollars. I don't want any diamond."

"All right. But I bet you I will not going to throw them off. Some of them worth twenty dollars apiece."

---

hieroglypics:상형문자 haunted:유령이 나오는 brass:놋쇠, 청동 glow:빛나다

호나 상형 문자로 되어 있거든."

"상, 뭐라고?"

"상형 문자, 그림이나 사물을 나타내는 것 말야. 그러니 보아
서는 뜻이 들어 있는 것 같지 않지."

"너 그런 종이 있니? 톰?"

"아니."

"그럼 어떻게 그 표시를 찾아내지?"

"표시 같은 것은 필요없어. 도깨비가 나오는 집이나, 섬 아니
면 고목 아래에 숨겨 놓거든. 요전에 잭슨 섬을 좀 뒤져 보았
는데 언젠가는 다시 한번 더 찾아 볼 수 있지."

"그 밑에 묻혀 있단 말이지?"

"아니야!"

"그렇다면 그 중에 어느 것을 파 보아야 할지 어떻게 아니?"

"모두 뒤져보면 되지."

"뭐라고, 그런 일은 온 여름이 걸릴 거야."

"뭐라고? 백 달라로 가득한 청동 단지를 발견했다고 생각해
봐, 아니면 녹슨 궤짝 속에 다이아몬드가 꽉 차 있는 것이라
도."

허크의 눈이 광채를 띠었다.

"근사하군. 백 달러만 내가 가질게. 다이아몬드는 필요 없어."

"좋아. 하지만 난 다이아몬드를 버리진 않을 거야. 어떤 것은
한 개에 20달러나 하지."

상형문자:물체의 모양을 본따서 만든 글자

"No! Is that so?"

"Certainly— anybody will tell you so. Have not you ever seen one, Huck?"

"Not as I remember."

"Oh, kings have plenty of them."

"Well, I don't know any king, Tom."

"I think you don't. But if you was to go to Europe you'd see a raft of 'em hopping around."

"Do they hop?"

"Hop? No!"

"But you said they did."

"I only meant you would see them-not hopping scattered around in a kind of a general way. Like that old humpbacked Richard."

"Richard? What's his other name?"

"He didn't have any other name. Kings don't have any but a given name."

"No?"

"But they don't."

"Well, if they like it, Tom, all right; but I don't want to be a king. But say— where are you going to dig first?"

"Well, I don't know. Suppose we tackle that old tree on the hill the other side of Still— House branch?"

---

hop:깡충 뛰다, 춤추다 scatter:홀뿌리다, 소산하다 humpback:곱사등이
tackle:연장, 달려들다 branch:가지, 갈라지다

"뭐라고. 설마!"

"확실해 누군가 그렇게 말했어. 다이아몬드를 본 적이 없니? 허크."

"아니 기억이 없는데."

"왕들은 많이 가지고 있단다."

"난 왕을 본 적이 없는걸, 톰."

"넌 그럴 거야. 하지만 유럽에 가면 왕들이 뛰어 다니고 있지."

"왕들이 뛰어?"

"뛴다고? 아니."

"근데 네가 뛴다고 말했잖아."

"내 말은 그들이 뛰는 것이 아니라 일반적으로 말해서 여기 저기에서 그들을 볼 수 있다는 거야. 예를 들어 곱추왕 리차드 처럼."

"리차드? 그 사람 성은 뭐야?"

"그는 성이라곤 없단다. 왕은 보통 이름만 있지."

"성이 없다고?"

"응, 없어."

"그래, 그들만 좋다면 말야, 톰, 하지만 난 왕이 되고 싶지는 않아. 그건 그렇고 어디부터 팔거야?"

"글쎄, 잘 모르겠어. 스틸 하우스강 저편 언덕 위의 고목 아래부터 파보면 어때?"

"I'm agreed."

So they got a crippled pick and a shovel, and set out on their three-mile tramp. They arrived hot and panting, and threw themselves down in the shade of a neighboring elm to rest and have a smoke.

"I like this," said Tom.

"So do I"

"Huck, if we find a treasure here, what are you going to do with your share?"

"Well, I'll have pie and a glass of soda every day."

"Well, aren't you going to save any of it?"

"Save it? What for?"

"Why, so as to have something to live on."

"Father would come back someday and get his claws on it if I didn't hurry up, he would clean it out pretty quick. What are you going to do with yours, Tom?"

"I'm going to buy a new drum, and a red necktie, and get married."

"Married!"

"That's it."

"Tom, you aren't in your right mind."

"Wait-you'll see.

"Well, that's the foolishest thing you could do. Look at

---

cripple:불구자, 무력하게 하다 shovel:삽, 퍼내다 tramp:터벅거리며 걷다, 괴로운 여행 elm:느릅나무 share:몫, 주식, 분배하다 claw:갈고리, 손톱 lonesome:쓸쓸한, 고독한

"찬성이야."

그래서 그들은 부러진 곡괭이와 삽을 들고 3마일의 도보 여행을 떠났다. 그들은 더위로 숨을 헐떡거리고서 겨우 목적지 옆에 서 있는 느릅나무 그늘에 닿아 풀썩 주저앉아 숨을 돌리면서 담배를 한 대 피워 물었다.

"좋은데." 톰이 말했다.

"나도 그래."

"허크, 보물을 발견하면 넌 네 몫으로 무엇을 할거야?"

"글쎄, 날마다 파이와 소다수를 사 먹을래."

"그래, 저축은 하나도 안 할거야?"

"저축, 뭐하려고?"

"그러니까, 나중에 살아 나가는 데 필요한 재산이 있어야 하잖아."

"아버지가 언젠가는 돌아오셔서 내가 서둘러서 쓰지 않으면 재빨리 모두 없앨 거야, 넌 네 몫으로 무엇을 할거야? 톰."

"난 새 드럼을 살 거야. 그리고 빨간 색 넥타이를 사고 결혼할래."

"결혼한다고!"

"그래."

"톰, 너 제 정신이 아니구나."

"잠깐, 곧 알게 될 거야."

"글쎄, 그렇게 어리석은 짓은 없단다. 우리 아빠 엄마를 봐.

my father and mother. They used to fight all the time."

"That isn't anything. The girl I'm going to marry will not fight."

"Tom, I think they're all alike. Now you'd better think about this. What's the name of the girl?"

"I'll tell you sometime—not now."

"All right— that'll do. Only if you get married I'll be more lonesomer than ever."

"No, you won't. You'll come and live with me. Now stir out of this and we'll go to digging."

They worked and sweated for half an hour. No result They toiled another half hour without result. Huck said:

"Do they always bury it as deep as this?"

Sometimes— not always. Not generally. I think we haven't got the right place."

So they chose a new spot and began again. The labor dragged a little, but still they made progress. Finally Huck leaned on his shove, and said,

"Where are you going to dig next?"

"Maybe we'll tackle the old tree that's over on Cardiff Hill back of the widow's."

"That'll be a good one. But won't the widow take it away from us, Tom? It's on her land."

---

sweat:땀, 땀 흘리다 drag:끌다, 느릿느릿 걷다 lean:기대다, 의지하다 widow: 미망인, 과부

늘 싸움만 해."

"그건 아무것도 아냐. 내가 결혼하는 여자는 싸움 같은 것은 안 해."

"톰, 내 생각엔 여자는 다 똑같아. 넌 잘 생각해 봐야겠어. 그 여자애 이름이 뭐야?"

"나중에 말해 주지, 지금은 안돼."

"좋아, 그쯤 해 두지. 네가 결혼하면 난 더 쓸쓸해질 거야."

"천만에, 우리집에 와서 같이 살면 되잖아. 이젠 그런 얘긴 그만하고 어서 파 보자."

두 소년은 반 시간 가량 땀을 뻘뻘 흘리며 파 보았다. 허사였다. 또 한 반 시간 동안 계속 팠지만 여전히 아무것도 나오지 않았다. 허크가 입을 열었다.

"도둑놈들은 늘 이렇게 깊이 묻니?"

"때론, 늘 그런 건 아냐. 보통은 그렇지 않지. 장소를 잘못 택했다는 생각이 들어."

그래서 새로운 장소를 찾아 다시 시작했다. 아까보다 늦긴 했지만 그래도 계속 파 나갔다. 마침내 허크는 삽에 기대어 서서 말했다.

"다음엔 어디를 파 볼래?"

"카디프 언덕 위 과부네 집 고목 아래를 파 보자."

"좋긴 한데 과부 아줌마가 우리 보물을 빼앗아 버리지 않을까, 톰? 그 아줌마 땅이니까 말야."

"May be she'd like to take it away at once. Whoever finds one of these hidden treasures, it belongs to him."

That was satisfactory. The work went on. By and by Huck said:

"We must be in the wrong place again."

"It is curious, Huck. I don't understand it. Sometimes witches interfere."

"Witches don't have power in the daytime."

"Well, that's so. Oh, I know what the matter is! You have to find out where the shadow of the limb falls at midnight, and that's where you dig!"

"Then we've fooled away all this work for nothing. Now hang it all, we got to come back in the night. It's an awful long way. can you get out?"

"I bet I will. We have to do it tonight, too, because if somebody sees these holes they'll know in a minute what's here and they'll go for it."

"Well, I'll come around and meow tonight."

"All right. Let's hide the tools in the bushes."

The boys were there that night, about the appointed time. They sat in the shadow waiting. Spirits whispered in the rustling leaves, an owl answered with his sepulchral note. The boys were subdued by these solemnities, and

---

satisfactory:만족스러운, 충분한 interfere:방해하다, 간섭하다 witch:마녀, 노파 fool:바보, 광대 awful:무서운, 대단한 appoint:지명하다, 정하다 sepulchral:무덤의 soleminty:장엄, 정중

"빼앗고야 싶겠지만 묻혀 있는 보물은 파낸 사람이 누구든 그가 바로 임자야."

그 말은 만족할 만한 것이었다. 작업은 계속 되었다. 잠시 후 허크가 말했다.

"또 장소를 잘못 고른 것 같아."

"정말 이상한데, 허크. 이해가 안돼. 가끔 마녀가 방해하나 봐."

"마녀들은 대낮에는 힘을 부리지 못하는 걸 모르니?"

"맞아. 그래. 뭐가 문젠지 알았다! 한밤중에 큰 가지의 그림자가 닿는 곳을 찾아야 돼. 그곳을 파면 되는 거야."

"그럼, 이제까지 애쓴 건 다 헛일이었단 말이구나. 그럼 그만두고, 밤에 다시 오기로 하자. 정말 먼 길이었어. 과연 네가 빠져 나올 수 있을까?"

"난 할 수 있어. 꼭 오늘밤에 해내야 돼. 왜냐하면 누군가 이 구멍을 발견하게 되면 단번에 여기에 무엇이 있는 줄 알아채고 파 보려고 할 테니까."

"그럼, 내가 너희 집에 가서 고양이 우는 소리로 신호할게."

"좋아. 덤불에다 도구들을 감춰 두자."

그 날밤 소년들은 약속 시간에 그곳에 다시 나타났다. 그들은 나무 아래 앉아 기다렸다. 혼령들이 바스락대는 나뭇잎들 사이로 속삭이고, 부엉이가 음산한 소리로 울었다. 소년들은 이러한 무시무시한 분위기에 압도되어 거의 한 마디도 하지 못하

압도:눌러서 넘어뜨림

talked little. By and by they judged that twelve had come; they marked where the shadow fell, and began to dig. Their hopes commenced to rise. Their interest grew stronger, and their industry kept pace with it. The hole deepened and still deepened, but every time their hearts jumped to hear the pick strike upon something, they only suffered a new disappointment. It was only a stone or a chunk. At last Tom said:

"It doesn't any use, Huck, we're wrong again."

"Well, but we can't be wrong. We spotted the shadder to a dot."

"I know it, but then there's another thing."

"What's that?"

"Why, we only guessed at the time. It was too late or too early."

Huck dropped his shovel.

"That's it," said he. "That's the very trouble. We can't tell the right time. And I feel as if something is behind me all the time; and I'm afraid to turn around."

"Well, I've been pretty much so, too, Huck. They most always put in a dead man."

"Lordy!"

"Yes, they do. I've always heard that."

---

commenced:시작하다, 개시하다 dissppointment:실망 chunk:큰 덩어리, 상당한 액수

고 있었다.

얼마 후 열두시가 되었다고 판단한 두 소년은 나뭇가지의 그림자가 드리워진 곳에다 표시를 하고 파기 시작했다.그들의 희망이 높아지기 시작했다. 그들은 흥미가 점점 더해 감에 따라 더욱 열심히 팠다. 구멍은 점점 깊어졌고 괭이가 무엇엔가 부딪치는 소리가 들리면서 심장이 더욱 빨리 뛰었다. 그러나 부딪혀 소리나는 것들은 모두 돌이나 나무 등걸이었으므로 그들은 매번 실망하였다. 마침내 톰이 입을 열었다.

"소용없어, 허크. 또 틀린 곳을 팠나 봐."

"틀릴 리가 없는데. 확실히 여기 그림자가 닿는 걸 봤는데."

"알아 하지만, 또 하나 집히는 게 있어."

"뭔데?"

"우린 시간을 어림으로 추측했어. 너무 늦거나 일렀는지 모르지."

허크가 삽을 떨어뜨렸다.

"맞아, 그거야," 그가 말했다.

"그게 문제였어. 시간을 알 도리가 없다고. 줄곧 뒤에 누군가가 있는 것 같은데 무서워서 돌아볼 수가 있어야지."

"응, 그건 나도 마찬가지야, 허크. 시체도 함께 묻는다고 하던데."

"맙소사!"

"Tom, I don't like to fool around much where dead people is."

"I don't like to stir them up. Suppose this one here was to stick his skull out and say Something!"

"Don't, Tom! It's awful."

"Well, it just is. Huck, I don't feel comfortable a bit."

"Tom, let's give this place up, and try somewheres else."

"All right."

"What'll it be?"

Tom considered a while, and then said:

"The haunted house. That's it!"

"Blame it, I don't like ha'nted houses, Tom. Dead people might talk, maybe, but they don't come sliding around in a shroud. I couldn't stand such a thing as that, Tom!"

"Yes, but, Huck, ghosts don't travel around only at night. They can't prevent us from digging there in the daytime."

"Well, that's so. But you know people don't go about that ha'nted house in the day nor the night."

"Well, that's mostly because they don't like to go where a man's been murdered, anyway— but nothings ever been seen around that house except in the night—just some blue

---

stir:움직이다, 휘젓다 skull:해골 consider:숙고하다, 간주하다, 고려하다
sliding:이동하는, 변화하는 shroud:수의, 가리다 muder:살인, 살인사건

"정말 그래. 늘 그런 소릴 들었어."

"톰, 난 죽은 사람 근처에서 서성거리긴 싫어."

"나도 그런 걸 건드리긴 싫어. 만약에 여기 있는 송장이 해골을 쓰윽 내밀고 뭐라고 말을 건다면!"

"그만 톰! 끔찍해!"

"정말 그래, 허크. 나도 기분이 편하지 않아."

"톰, 여긴 그만두고 다른 곳을 파 보자."

"그래, 그게 좋겠다."

"어딜 팔까?"

톰이 잠시 생각하더니 입을 열었다.

"귀신 나오는 집, 바로 거기야."

"젠장, 나는 귀신 나오는 집은 질색이야, 톰. 시체가 말을 할지도 모르지만 그래도 수의를 입고 몰래 다가오지는 않을 거야. 난 그런 건 도저히 참을 수 없어, 톰."

"좋아. 하지만, 허크. 귀신들은 낮엔 활동할 수 없으니까 우리들을 낮에 방해하진 못할 거야."

"그건 그래, 하지만 낮이건 밤이건 사람들은 유령의 집엔 가지 않으려고 하잖아?"

"그건 사람들이 살인이 난 집에 가기를 꺼리기 때문이지. 어쨌던 밤만 아니면 그 집엔 아무것도 얼씬거리진 않아. 창문 가로 휙 지나가는 푸른 불빛이지 늘 나타나는 유령은 없어."

수의:시체에 입히는 옷

lights slipping by the windows -no regular ghosts.''

"Tom, you can bet there's a ghost behind it. It stands to reason.''

"Yes, that's so. But anyway they don't come around in the daytime''

"Well, all right. We'll tackle the ha'nted house if you say so—but it's taking chances.''

They had started down the hill by this time. There in the middle of the moonlight valley below them stood the 'ha'nted' house, utterly isolated, the chimney crumbled to ruin, the window sashes vacant, a corner of the roof caved in. The boys gazed a while, then talking in a low tone, they struck far off to the right, and took their way homeward through the woods.

CHAPTER 26
Real Robbers Seize the Box of Gold

ABOUT noon the next day the boys arrived at the dead tree, they had come for their tools. Tom was impatient to go to the haunted house; Huck suddenly said:

---

take chance:기회를 잡다 moonlight:달빛, 야반 도주 sash:~에 장식띠를 두르다, 새시창을 달다

"톰, 영락없이 바로 그 뒤에는 유령이 있는 거야. 일리가 있는 말이야."

"그건 그래. 하지만 유령이 낮에는 안 나타나지."

"그래. 그렇게까지 네가 말하니 유령의 집을 파 보자. 하지만 위험이 따르는 일이라고."

그들은 산을 내려오기 시작했다. 그들의 발 아래 달빛이 비치는 계곡의 중간쯤에 바로 유령의 집이 서 있었다. 완전히 외딴 곳이었는데, 굴뚝은 무너지고, 창문은 틀만 남아 있었고, 지붕의 한 귀퉁이는 떨어져 나간 상태였다. 그들은 집을 한동안 바라보았다. 그리곤 낮은 목소리로 이야기를 주고 받으며 오른쪽으로 방향을 틀었다. 그리고 숲을 통하여 난 길을 따라 집으로 향했다.

제 26 장
진짜 도둑이 금궤를 차지하다.

다음 날, 정오 경에 두 소년이 고목에 도달했다. 도구를 가지러 왔다.

"톰, 오늘이 무슨 요일이지?"

톰은 재빨리 머릿속으로 요일을 따져 보았다.

"Tom, do you know what day it is?"

Tom mentally ran over the days of the week,

"My! I never once thought of it, Huck!"

"Well, I didn't neither, but it was Friday."

"A body can't be too careful, Huck."

"I had a bad dream last night-dreamt about rats."

"No! Sure sign of trouble. Did they fight?"

"No."

"Well, that's good, Huck. When they don't fight it's only a sign that there's trouble around, you know. All we got to do is to look sharp. We'll drop this thing for today, and play. Do you know Robin Hood, Huck?"

"No. Who's Robin Hood?"

"Why, he was one of the greatest men that was ever in England-and the best. He was a robber."

"Cracky, I wished I was. who did he rob?"

"Only sheriffs and bishops and rich people and kings, and such like."

"Well, he must be a brick."

"I bet you he was, Huck. He could lick any man in England, with one hand tied behind him."

So they played Robin Hood all the afternoon, now and then casting a yearning eye down upon the haunted house.

---

sheriff:주지사, 보안관 bishop:주교 brick:벽돌, 쾌남아 yearn:동경하다, 그리워하다

"저런! 미처 생각 못했구나, 허크!"

"젠장, 나도 생각 못했어, 하지만 금요일이야."

"사람은 아무리 주의를 기울여도 부족하지 않지."

"난 지난 밤 나쁜 꿈을 꾸었어. 쥐 꿈을 꾸었다고."

"안 되지! 나쁜 징조야. 그들이 싸우던?"

"아니."

"그럼, 괜찮아, 허크. 너도 알다시피 쥐들이 싸움을 안했다면 우리 주변에서 나쁜 일이 일어날 거라는 징조야. 우린 아주 조심해야 돼. 오늘은 일하지 말고 놀기로 하자. 너 로빈 훗 아니? 허크."

"아니. 로빈 훗이 누구야?"

"저런, 위대한 영국인들 중 하나인데, 최고였지. 도둑이었어."

"멋져. 나도 그런 사람이 되고 싶어. 누구를 털었지?"

"지방 장관이나, 주교, 부자, 왕과 같은 사람들만 털었어."

"틀림없이 호인이었을 거야."

"물론이지, 허크. 누구보다도 훌륭한 사람이었어. 한 손을 뒤에다 묶고서도 영국에 있는 어떤 사람이라도 때려 눕힐 수 있었어."

그래서 그들은 오후 내내 로빈 훗 놀이를 하며 보냈다. 가끔 동경의 눈길을 유령의 집에다 던지면서. 해가 서쪽으로 지기 시작할 무렵, 그들은 집으로 향했다.

토요일, 정오가 지난 지 얼마 되지 않아 두 소년은 다시 고

호인:성질이 좋은 사람

As the sun began to sink into the west they took their way homeward.

On Saturday, shortly after noon, the boys were at the dead tree again. They dug a little in their last hole, not with great hope. The thing failed this time, however, so the boys shouldered their tools and went away.

When they reached the haunted house there was something so weird about the dead silence and something so depressing about the loneliness and desolation of the place. They presently entered, softly, with quickened pulses, talking in whispers, and muscles tense and ready for instant retreat.

In a little while familiarity modified their fears and they gave the place a critical and interested examination, rather admiring their own boldness, and wondering at it too. Next they wanted to look upstairs. This was something like cutting off retreat, but they got to daring each other-they threw their tools into a corner and made the ascent. Up there were the same signs of decay. In one corner they found a closet that premised mystery, but the promise was a fraud. They were about to go down and begin work when—

"Sh!" said Tom.

---

weird:불가사의한, 기묘한 modify:변경하다, 삭제하다 retreat:퇴각, 은퇴
ascent:상승, 오르막 decay:부패하다, 쇠하다 fraud:기만, 사기꾼

목 밑으로 모였다. 그리고 그들은 마지막 구덩이를 별 희망 없이 파내려 갔다. 그러나 이 시도 또한 실패하고 그들은 장비를 가지고 떠나갔다.

그들이 유령의 집에 도달했을 때 고요한 적막 속에 이상한 무엇이 있었으며, 황폐하고 적막한 절망적인 기운이 감돌았다. 가슴을 두근거리며 그들은 마침내 조심스럽게 들어가 귀엣말을 속삭이며 근육을 긴장시켜 즉시 내뺄 준비를 갖추었다.

잠시 후에 사물이 눈에 익게 되자 그들의 공포심도 조금 가라앉았다. 자신들의 대담함에 감탄하기도 하고 다소 그것에 어리둥절하면서 세심하고도 흥미진진하게 집 안을 구석구석 뒤졌다. 그 다음 그들은 이층을 살펴보고 싶었다. 그 시도는 퇴로를 차단당하는 것이나 마찬가지였지만 서로를 격려하며 구석에다 도구들을 처박고 계단을 올라가기 시작했다.

여기도 마찬가지로 폐허를 나타내는 여러 표시가 있었다. 한쪽 구석에 신비하게 보이는 찬장이 있었지만 기대는 어긋나고 말았다. 그들이 막 일을 시작하러 아래로 내려갈 참이었다. 그 때,

"쉿!" 톰이 말했다.

"뭔데?" 허크가 속삭였다.

"쉬! 저기! 들려?"

"들려! 맙소사! 도망가자!"

"잠깐만! 그들이 지금 문 쪽으로 오고 있어."

"What is it?" whispered Huck.

"Sh! There! Hear it?"

"Yes! Oh, my! Let's run!"

"Keep still! They're coming right toward the door."

The boys stretched themselves upon the floor, and lay waiting in a misery of fear.

"They've stopped. No-coming. Here they are. Don't whisper another word, Huck!"

Two men entered. Each boy said to himself: "There's the old deaf-and-dumb Spaniard that's been about town once or twice lately—never saw the other man before."

'The other' was a ragged creature with nothing very pleasant in his face. The Spaniard had bushy white whiskers; and he wore green goggles.

"No," said he, "I've thought it all over, and I don't like it. It's dangerous."

"Dangerous! grunted the "deaf-and-dumb" Spaniard -to the vast surprise of the boys. "Milksop!"

This voice made the boys gasp and quake. It was Indian Joe's! There was silence for a time. Then Joe said:

"What's any more dangerous than that job up yonder!—but nothings come of it."

"That's different. Away up the river so, and not another

---

spaniard:스페인 사람 grunt:꿀꿀거리다, 투덜거리다 bushy:텁수룩한 goggle: 큰 안경 gasp:숨이 차는, 헐떡거리는 quake:떨다, 전율하다 yonder:더 멀리의, 저번의

소년들은 마루에 납작하게 엎드려 공포에 떨며 기다렸다.

"그들이 멈춰 섰어, 아니, 온다. 다 왔다. 한 마디도 속삭이지 마, 허크."

두 사람이 들어왔다. 두 소년은 자기 자신에게 말했다.

"한 명은 최근 마을에서 한두 번 본 적 있는 귀머거리에 벙어리인 스페인 노인이고, 한 명은 전혀 본 적이 없는데."

'또 한 명'은 누더기 옷을 걸치고 있었고 그리 좋지 않은 인상이었다. 스페인 노인은 흰 구렛나루에 녹색 안경을 하고 있었다.

"아니," 그가 말했다. "곰곰이 생각해 보니 역시 그건 안 좋아. 위험하다고."

"위험이라니!"

귀머거리에 벙어리인 스페인 노인은 두 소년이 대경 실색하도록 말했다.

"이 겁쟁이야."

이 목소리에 소년들은 숨이 가빠 오고 몸이 떨렸다. 그것은 바로 인디언 조의 목소리였다. 잠시 침묵이 흐른 뒤 조가 말을 이었다.

"저번 일보다 더 위험한 일이 어디 있어? 그래도 아무 일도 생기지 않았다고."

"그건 달라. 훨씬 상류이고, 인가도 없었잖아."

"그건 그래도, 대낮에 여기 오는 것보다 더 위험한 일이 어

대경실색:몹시 놀라 얼굴빛을 잃음

house about."

"Well, what's more dangerous than coming here in the daytime!"

"I know that. But there warn't any other place as handy after that fool of a job. I want to quit. I wanted to yesterday, only it warn't any use trying to stir out of here with those infernal boys playing ever there on the hill."

The two men got out some food and made a lunch eon. After a long and thoughtful silence, Indian Joe said:

"Look here, lad-you go back up the river where you belong. We'll do that 'dangerous' job after I've spied around a little and think things look well for it. Then for Texas!"

This was satisfactory. Both men presently fell to yawning, and Indian Joe said:

"I'm dead for sleep! It's your turn to watch."

He curled down in the weeds and soon began to snore. His comrade stirred him once or twice and he became quiet. Presently the watcher began to nod; his head drooped lower and lower, both men began to snore now.

The boys drew a long, grateful breath. Tom whispered:

"Now's our chance—come!

Huck said:

---

infernal:지옥의, 악마와 같은 curl:웅크리다 snore:코 골다 comrade:동료, 친구, 동무 droop:떨어지다

디 있어!"

"나도 알아. 하지만 그런 일에 손을 댄 이후로 여기만큼 손쉬운 장소가 없어. 나도 오고 싶지 않아. 실은 어제 여길 나가고 싶었는데 언덕 위에 악마 새끼들이 놀고 있으니 나갈 수가 있어야지."

두 사나이는 먹을 것을 꺼내어 점심을 들기 시작했다. 한동안 생각에 잠긴 침묵 끝에 인디안 조가 말했다.

"이봐, 친구, 자네가 있던 상류로 되돌아가. 잠시 눈치를 봐서 그 일을 해도 괜찮을 성싶다고 생각되면 그 '위험한' 일을 해 보자. 다음은 텍사스로 가자고."

이것은 만족스러웠다. 두 사나이는 잠시 후 하품을 했다. 인디안 조가 말했다.

"졸려 죽겠어! 네가 망볼 차례야."

그는 잡초 속에 웅크리고 눕더니 잠시 후 코를 골기 시작했다. 그러자 그의 동료가 그를 한두 번 흔들어 보았고 다시 잠잠해졌다. 얼마 안 있어 이 보초도 고개를 끄덕이며 졸기 시작했다. 그의 고개가 점점 더 아래로 숙여졌다. 이제 둘 다 코를 골기 시작했다.

두 소년은 그제야 감사의 숨을 길게 내쉬었다. 톰이 속삭였다.

"이제 기회가 왔어, 가자!"

허크가 말했다.

"I can't—I'd die if they was to wake."

Tom urged— Huck held back. At last Tom rose slowly and softly, and started alone. But the first step he made wrung such a hideous creak that he sank down almost dead with fright. He never made a second attempt. The boys lay there counting the dragging moments till it seemed to them that time must be done; and then they were grateful to note that at last the sun was setting.

Now one snore ceased. Indian Joe sat up, stared around- smiled grimly upon his comrade, stirred him up with his foot and said:

"Here! You're a watchman, aren't you!"

"My! have I been asleep?"

"Oh, partly, partly. Nearly time for us to be moving. What'll we do with what little swag? "

"Leave it here as we've always done."

"Good idea," said the comrade, who walked across the room, knelt down, raised one of the rearward hearthstones and took out a bag.

He subtracted from it twenty or thirty dollars for himself and as much for Indian Joe and passed the bag to the lat- ter, who was digging with his bowie knife.

The boys forgot all their fears, all their miseries in an

---

wrung:(wring의 과거)짜다, 압축하다 hideous:소름끼치는, 무시무시한 creak: 삐걱거리는 grim:엄격한, 험상궂은 swag:약탈품 rearward:후미의, 제일 뒤의 hearth:벽난로, 가정 subtract:빼다, 공제하다

"난 못하겠어. 그들이 깨어난다면 난 죽을 거야."

톰이 재촉했다. 그러나 허크는 망설였다. 마침내 톰이 가만히 자리에서 일어나 슬며시 혼자 출발하려 했다. 그 첫 번째 걸음을 떼어 놓는 순간 삐거덕거리는 소리가 났으므로 톰은 너무 겁에 질려서 다시 바닥에 얼른 몸을 엎드렸다. 그는 두 번째 시도는 해볼 엄두도 못냈다.

소년들은 엎드려서 그 지긋지긋한 순간이 지나기를 기다리고 있었다. 마침내 기다림의 시간도 끝나고 드디어 그들이 매우 감사하게도 해가 저물어 가고 있었다.

그때 누군가 코골기를 그쳤다. 인디언 조가 자리에서 일어나 앉아 주위를 둘러보고—동료를 보고 웃으며—발길로 툭 걸어차 깨웠다.

"이봐, 네가 보초잖아. 안 그래."

"이런, 잠깐 졸았어?"

"그래, 잠깐, 잠깐이야. 이제 슬슬 움직일 시간인데. 여기 남은 장물을 어떻게 하지?"

"늘 그랬던 것처럼 여기 놔두자."

"좋은 생각이야." 그의 동료가 말했다. 그리고는 방을 가로질러 난로 있는 곳에 와서 그 앞에 무릎을 끓고 앉았다. 그 다음 벽난로 뒤의 돌을 일으켜 세운 다음 그 속에서 주머니 하나를 꺼냈다. 그는 그와 인디안 조의 몫으로 각각 20내지 30달러를 꺼낸 다음 주머니를 인디안 조에게 넘겨주었다.

엄두:감히 무엇을 하려는 마음   장물:훔친 물건

instant. With gloating eyes they watched every movement. Six hundred dollars was money enough to make half a dozen boys rich!

Joe's knife struck upon something.

"Hello!" said he.

"What is it?" said his comrade.

"Half— rotten plank— no, it's a box, I believe. Here— bear a hand and well see what— it's here for. Never mind, I've broke a hole."

He reached his hand in and drew it out -

"Man, it's money!"

The two men examined the handful of coins. They were gold. The boys above were as excited as themselves, and as delighted.

Joe's comrade said:

"We'll make quick work of this. There's an old rusty pick over among the weeds."

He ran and brought the boys' pick and shovel. Indian Joe took the pick, looked it over critically, shook his head, and then began to use it. The box was soon unearthed.

"There's thousands of dollars here," said Indian Joe.

"It was always said that Murrel's gang used to be around here one summer," the stranger observed.

---

gloat:흡족한듯 바라보다, 만족하다 plank:널판지, 판자 unearth:발굴하다, 발견하다

그는 사냥칼로 땅을 파고 있었다.

소년들은 잠시 동안 공포와 비참함도 잊고 눈을 번쩍이며 그들의 동작 하나 하나를 지켜보고 있었다. 600달러란 큰 돈은 대여섯 명의 소년을 큰 부자로 만들어 줄 만한 양이었다.

조의 나이프가 무언가를 건드렸다.

"이게 뭐야!" 그가 말했다.

"뭔데?" 또 한 사나이가 말했다.

"반쯤 썩은 판자야. 아니 상자인 것 같아. 이봐, 좀 도와줘. 왜 이런 것이 여기 있는지 알아보자. 됐어. 구멍이 뚫렸다."

그가 손을 집어넣어 그것을 끄집어내었다.

"이런, 돈이잖아!"

두 사나이는 한줌의 돈을 꺼내들고 살펴보았다. 그것은 모두 금화였다. 위에 있던 소년들도 역시 그들만큼 좋아서 어쩔 줄을 몰랐다.

인디언 조의 동료가 말했다.

"빨리 파내자. 녹슨 괭이가 잡초 속에 있었어."

그는 달려가서 소년들의 괭이와 삽을 가지고 왔다. 인디언 조가 곡괭이를 받아 들며 그것을 자세히 살펴보고는 머리를 가로젓더니 그것으로 궤짝을 파냈다.

"여기 수천 달러가 우리 눈앞에 있어." 인디언 조가 말했다.

"어느 해 여름 뮤렐 일당이 이 근처를 어슬렁거린다는 말이 있었지." 낯선 사내가 말했다.

"I know it," said Indian Joe; "and this looks like it."

"Now you won't need to do that job."

The half-breed frowned. Said he:

"You don't know all about that thing." and a wicked light flamed in his eyes.

"What'll we do with this—bury it again?"

"Yes. [Ravishing delight overhead.] No! no! [Profound distress overhead.] I'd nearly forgot. That pick had fresh earth on it! [The boys were sick with terror in a moment.] What business has a pick and a shovel here? What business with fresh earth on them? Who brought them here? What! bury it again and leave them to come and see the ground disturbed? Not exactly. Well take it to my den."

"Why, of course! You mean Number One?"

"No—Number Two—under the cross. The other place is bad—too common."

"All right. It's nearly dark enough to start."

Injun Joe got up and went about from window to window cautiously peeping out. Presently he said:

"Who could have brought those tools here? Do you think they can be upstairs?"

Injun Joe put his hand on his knife, halted a moment, undecided, and then turned toward the stairway. The boys

---

frown:눈쌀을 찌푸리다, 난색을 표하다 ravish:황홀하게 하다 profound:심연의 충분한 den:굴, 소굴 peep:엿보다, 슬쩍 들여다 보다

"나도 알아." 인디안 조가 말했다.

"그리고 그것은 아마 이것 때문이었던 것 같아."

"이제 넌 그 일을 할 필요가 없게 됐어."

"그 일에 대해 넌 아는 바가 전혀 없는 모양이군."

그의 눈에는 사악한 빛이 번득였다.

"그런데 이걸 어떡하지. 다시 묻어 놔?"

"그러자.(위층에선 뛸 듯이 기뻤다.) 안돼! 안돼!(위에선 이 만저만 실망한 게 아니었다.) 거의 잊고 있었는데 이 곡괭이에는 새 흙이 묻어 있었어! (소년들은 잠시 공포로 몸을 떨었다.) 괭이와 삽이 왜 여기 있지? 새 흙이 왜 여기 묻어 있을까? 누가 여기에 가져 왔지? 뭐! 다시 여기 묻어 두고 그들이 다시 와서 흙이 파 헤쳐진 것을 발견하도록 내버려두란 말야? 안되지. 내 소굴로 가지고 가자."

"물론 그래야지! 제 1호 소굴을 말하는 거야?"

"아니, 제2호, 십자가 아래에 있는 것 말야. 다른 장소는 좋지 않아. 너무 흔해."

"됐어. 이제 출발해도 될 정도로 거의 어두워졌어."

인디언 조가 일어나서 조심스럽게 내다보면서 이쪽 창에서 저쪽 창으로 움직였다. 곧 그가 말했다.

"누가 이 물건들을 여기에 가지고 왔을까? 너는 그들이 위층에 있다고 생각하니?"

사악한:도리에 어긋난

thought of the closet, but their strength was gone. The steps came creaking up the stairs. They were about to spring for the closet, when there was a crash of rotten timbers and Injun Joe landed on the ground amid the debris of the ruined stairway. He gathered himself up cursing, and his comrade said:

"Now what's the use of all that? If it's anybody, and they're up there, let them stay there. If they want to jump down, now, and get into trouble, who objects? It will be dark in fifteen minutes— and then let them follow us if they want to. I'm willing."

Joe grumbled for a while. Shortly afterward they slipped out of the house in the deepening twilight, and moved toward the river with their precious box.

Tom and Huck rose up, weak but vastly relieved, and stared after them through the chinks between the logs of the house. They were content to reach ground again without broken necks, and take the townward track over the hill.

They resolved to keep a lookout for that Spaniard when he should come to town spying out for chances to do his revengeful job, and follow him to 'Number Two,' wherever that might be. Then a ghastly thought occurred to

---

closet:찬장, 벽장 creak:삐걱 거리는 소리를 내다. 삐걱거리는 소리 crash:충돌 rotten:썩은, 부패한 timber:재목, 목재, 용재 comrade:동료 grumble:투덜대다, 불평하다. track: 흔적, 작은 길 resolve:결심하다.

인디언 조는 잠시 망설이다가 잠깐 멈추었다가 칼을 손에 쥐고 계단 쪽으로 움직였다. 소년들은 찬장을 생각했으나 그들은 힘이 쭉 빠져 버렸다. 발걸음은 계단 위에서 삐걱거렸다. 그들이 찬장 쪽으로 튀어 오르려고 할 때, 썩은 나무의 부러지는 소리가 들렸고 인디언 조는 부서진 계단의 파편과 함께 땅 바닥에 뒹굴었다. 그는 욕설을 퍼부어 대면서 일어섰고, 그의 동료가 말했다.

"그게 무슨 상관이 있어? 저 위에 누가 있다면 그들에게 거기에 있으라고 해. 뛰어 내리고 싶으면 지금 그렇게 하라고 해, 누가 반대하겠니? 15분 후에 어두워질 거야. 그리고 그들이 원하면 우리를 따라오라고 해. 나는 기꺼이 그렇게 하겠어."

조는 잠시 동안 투덜댔다. 잠시 후 그들은 짙은 황혼 속에서 그 집을 빠져 나가, 상자를 들고 강쪽으로 움직였다.

톰과 허크는 힘이 없었으나 대단히 안도감을 느끼며 일어났다. 그리고 그 집의 통나무 사이의 갈라진 틈을 통하여 그들을 응시했다. 그들은 목이 부러지지 않은 채 다시 땅을 밟은 데 대해 만족했고 언덕을 넘어서 마을로 향했다.

그들은 스페인 노인이 복수를 하기 위한 기회를 살피러 마을로 내려 올 때 그 노인에 대해 경계를 하면서, 그곳이 어디든 간에 그 두 번째 소굴로 따라가기로 결심했다. 그리고 톰은 무시무시한 생각을 했다.

파편:깨뜨러진 조각
찬장:반찬 그릇이나 음식을 넣어두는 가구

Tom:

"Revenge? What if he means us, Huck!"

"Oh, don't!" said Huck, nearly fainting.

They talked it all over, and as they entered town they agreed to believe that he might possibly mean somebody else. But he might at least mean nobody but Tom, since only Tom had testified.

Very, very small comfort it was to Tom to be alone in danger! Company would be a palpable improvement.

CHAPTER 27
Trembling on the Trail

THE ADVENTURE of the day mightily tormented Tom's dreams that night. Four times he had his hands on that rich treasure and four times it wasted to nothingness in his fingers as sleep forsook him and wakefulness brought back the hard reality of his misfortune. As he lay in the early morning recalling the incidents of his great adventure, he noticed that they seemed curiously subdued and far away— somewhat as if they had happened in

---

faint:희미하게 되다. 기절하다. 졸도하다. palpable: 명백한, 명료한 trail: 끌고간 자국, 흔적, 오솔길 forsake: 저버리다, 버리다 subdue:정복하다, 완화하다, 누그러지게 하다

"복수라고? 만약 그가 우리를 대상으로 한다면, 허크!"

"오, 아니야!" 거의 질겁을 하며 허크가 말했다.

그들은 계속 그것에 대해 이야기하며 마을에 도착했을 때는 그가 다른 누군가를 대상으로 할지도 모른다고 믿기로 했다. 그러나 최소한 톰 혼자서 증언을 했기 때문에 톰을 대상으로 할지도 몰랐다.

톰 혼자서 위험 속에 있다니 매우 마음이 편치 않았다. 동지가 있다면 무척 더 좋았을 것이다.

제 27 장
떨면서 추적하기

그날의 모험은 그날 밤 톰의 꿈자리를 매우 뒤숭숭하게 만들었다. 톰은 네 번이나 그 보물에 손을 댔는데 그때마다 잠을 깨었고 그때 그의 손가락은 허공에서 허우적거렸다. 그리고 잠에서 깨어나는 것은 그의 불운한 현실로 되돌아오는 일이었다. 그가 엄청난 모험을 회상하며 이른 아침에 누워 있을 때 그것들이 이상하게도 희미하고 딴 세상의 일인 것 같았다. 그는 그 큰 모험이 꿈임에 틀림없다고 생각했다. 그가 본 돈은 너무나

질겁:뜻밖에 몹시 놀람
뒤숭숭하다:정신이 산란하다.

another world or in a time long gone by. Then it occurred to him that the great adventure itself must be a dream! The quantity of coin he had seen was too vast to be real. He had never seen as much as fifty dollars in one mass before, and he was like all boys of his age and station in life, in that he imagined that all references to 'hundreds' and 'thousands' were mere fanciful forms of speech, and that no such sums really existed in the world. He never had supposed for a moment that so large a sum as a hundred dollars was to be found in actual money in anyone's possession.

But the incidents of his adventure grew sensibly sharper and clearer under the attrition of thinking them over, and so he presently found himself leaning to the impression that the thing might not have been a dream, after all. He would snatch a hurried breakfast and go and find Huck.

Huck was sitting on the gunwale of a flatboat. Tom concluded to let Huck lead up to the subject. If he did not do it, then the adventure would be proved to have been only a dream.

"Hello, Huck!"

"Hello, yourself."

Silence for a minute.

---

references: 참조, 관련, 언급, 문의 fanciful: 공상적인 snatch: 와락 붙잡다, 잡아 채다.

많아서 사실이 아니었다. 그는 아직까지 5달러 이상의 돈을 본 적이 없었고 그 또래의 모든 소년들과 인생의 그 단계에 있는 모든 사람들처럼 '수백', '수천'은 단지 말의 공상적이 한 형태에 지나지 않는다고 상상했다. 그리고 그러한 돈은 실제로 이 세상에 존재하지도 않는다고 생각했다. 그는 결코 잠시 동안 수백 달러라는 그렇게 큰 돈은 다른 사람의 재산 속에서 실제로 발견될 수 없다고 생각했다.

그러나 그 모험에서 겪은 사건을 생각하면 생각할수록 그것은 점점 더 날카로워지고 명확해졌으며 그것이 큰 꿈이 아니었다고 생각하게 되었다. 그는 아침을 급하게 먹고 나가서 허크를 찾기로 했다.

허크는 평저선의 뱃전에 앉아 있었다. 톰은 허크를 그 문제에 끌어들이기로 결정했다. 만약 허크가 그것을 하지 않는다면, 모험은 하나의 꿈에 지나지 않게 될 것이다.

"안녕, 허크"

"안녕, 너는"

얼마 동안 침묵이 흘렀다.

"톰, 우리가 그 죽은 나무에 밑에 도구를 남겨 두었더라면, 돈을 가질 수 있었을 텐데. 오, 정말 끔찍했어!"

"그것은 꿈이 아니었어, 절대 꿈이 아냐! 난 그것이 다소간

평저선:밑바닥이 평평한 배

"Tom, if we would have left the blame tools at the dead tree, we would have got the money. Oh, aren't it awful!"

"They aren't a dream, then, they aren't a dream! Somehow I most wish it was."

"What aren't a dream?"

"Oh, that thing yesterday. I have been half thinking it was."

"Dream! If the stairs hadn't broke down, you would have seen how much dream it was! I've had dreams enough all night."

"No, not rot him. Find him! Track the money!"

"Tom, well never find him. A fellow doesn't have only one chance for such a pile, and that one was lost. I would feel mighty shaky if I was to see him, anyway."

"Lordy, I don't want to follow him by myself"

"Why, it'll be night, sure. He might never see you, and if he did, maybe he'd never think anything."

"Well, if it's pretty dark, I think I'll track him. I don't know. I'll try."

"I'll follow him, if it's dark, Huck. Why, he might have found out he couldn't get his revenge, and be going right after that money."

"It's so, Tom, it's so. I'll follow him!"

---

awful:끔찍한, 무서운 pile:쌓아 놓은 더미, 큰 재산, 큰 돈 shaky:흔들리는, 떨리는, 불확실한 revenge:복수하다.

꿈이길 바랐어."

"무엇이 꿈이 아니라는 거지?"

"오, 어제 그 일 말이야. 나는 반쯤은 꿈이라고 생각했었어."

"꿈이라고! 만약 그 계단이 부서지지 않았다면 그것이 얼마나 굉장한 꿈이 었던가를 알 수 있었을 거야. 난 밤새도록 꿈을 꾸었어."

"아니, 아니 썩어빠질 놈이. 그를 찾자! 돈을 추적하자!"

"톰, 결코 그를 찾을 수 없을 거야. 어떤 사람도 그런 큰 돈을 만날 기회를 두 번 다시 가질 수 없고, 우리는 기회를 이미 잃어 버렸어. 어쨌든 난 그를 만난다면 매우 떨 것 같아."

"나 혼자 뒤를 밟고 싶지는 않아."

"왜 그래, 밤이어서 괜찮아. 그는 너를 결코 보지 못할 것이고, 설사 그가 너를 본다고 해도 그는 아무것도 생각하지 않을 거야."

"그래, 캄캄한 밤에 뒤쫓을 수 있다고 생각해. 잘은 모르지만 해보지."

"어둡다면 나도 뒤쫓을 수 있어 허크. 그는 복수를 할 수 없다고 생각하고 돈을 찾아 곧장 갈지도 몰라."

"그래 맞아, 톰. 나는 그를 쫓겠어."

"지금 넌 말했어! 절대 마음 약해지면 안돼, 허크. 나 역시

"Now you're talking! Don't you ever weaken, Huck, and I will not."

CHAPTER 28
In the Lair of Injun Joe

THAT NIGHT Tom and Huck were ready for their adventure. They hung about the neighborhood of the tavern until after nine, one watching the alley at a distance and the other the tavern door. Nobody entered the alley or left it. The night promised to be a fair one; so Tom went home with the understanding that if a considerable degree of darkness came on, Huck was to come and meow, whereupon he would slip out and try the keys. But the night remained clear, and Huck closed his watch and retired to bed about twelve.

Tuesday the boys had the same ill luck. Also Wednesday. But Thursday night promised better. Tom slipped out with his aunt's old tin lantern, and a large towel to blindfold it with. An hour before midnight the tavern closed up and its lights were put out. No Spaniard

---

lair:굴, 소굴 tavern: 선술집, 여인숙 meow: 고양이 울음소리 whereupon: 그 때까지 blindfold: 눈을 가리다 hogshead: 큰 통

그럴 거다."

제 28 장
인디언 조의 소굴에서

그 날밤 톰과 허크는 그들의 모험을 준비했다. 그들은 아홉 시까지 한 명은 한쪽에서 골목길을 감시하고 다른 한 명은 여인숙 입구를 감시하면서 아홉 시까지 그 근처를 서성거렸다. 한 사람도 골목으로 들어가거나 빠져나가지 않았다. 그 날은 밝은 밤이었다. 그래서 충분히 어두워지면 허크가 와서 "야옹" 소리를 내면 그때 빠져나와서 열쇠를 시험하기로 하고서 톰은 집으로 갔다. 그러나 밤은 여전히 밝았고, 허크는 감시를 끝내고 12시쯤에 그의 잠자리로 되돌아갔다.

화요일에 소년들은 마찬가지로 운이 나빴다. 수요일도 마찬가지였다. 그러나 목요일 밤은 좋을 것 같았다. 톰은 숙모의 오래된 랜턴과 랜턴을 쌀 큰 타월을 가지고 기회를 틈타 빠져 나왔다. 자정 한 시간 전쯤 여인숙은 문을 닫았고, 불도 모두 꺼졌다. 그 스페인 인이 나타나지 않았다. 어떤 사람도 그 오솔길

had been seen. Nobody had entered or left the alley. Everything was auspicious. The blackness of darkness reigned, the perfect stillness was interrupted only by occasional mutterings of distant thunder.

Tom got his lantern, lit it in the hogshead, wrapped it closely in the towel. And the two adventurers crept in the gloom toward the tavern. Huck stood sentry and Tom felt his way into the alley. Huck began to wish he could see a flash from the lantern, which would frighten him, but would at least tell him that Tom was alive yet. It seemed hours since Tom had disappeared. Surely he must have fainted; maybe he was dead; maybe his heart had burst under terror and excitement. In his uneasiness Huck found himself drawing closer and closer to the alley. Suddenly there was a flash of light and Tom came tearing by him:

"Run!" said he; "run for your life!"

He need not have repeated it. Once was enough. Huck was making thirty or forty miles an hour before the repetition was uttered. The boys never stopped till they reached the shed of a deserted slaughterhouse at the lower end of the village. Just as they got within its shelter the storm burst and the rain poured down. As soon as Tom got his breath he said:

---

reigned: 주군을 잡다, 군림하다 stillness: 정적, 고요함 interrupt: 방해하다 mutter: 중얼거리다, 불평하다 gloom: 어두침침한, 우울한 sentry: 보초, 파수꾼 disappear:사라지다. desert:버리다. slaughterhouse:도살장 shelter:거주지, 피난처, 방공호, 대피호

을 빠져나가거나 들어오지 않았다. 모든 것은 순조로웠다. 칠흑 같은 어둠이 지배했고, 완벽한 고요함은 가끔 멀리서 들려 오는 천둥소리에 의해 깨어지고 있었다.

톰은 랜턴을 들고 빈 통 속에서 불을 켜고 타월로 랜턴을 쌌다. 그리고 두 모험가는 어둠 속에서 여인숙 쪽으로 기어갔다. 허크는 보초를 서고 톰은 골목길을 더듬어 갔다. 허크는 랜턴의 불빛을 볼 수 있기를 바랐다. 그것은 물론 그를 놀라게 하겠지만 적어도 톰이 아직까지는 살아 있다는 것을 말해 줄 줄 것이다. 톰이 사라진 지 몇 시간이 흐른 것 같았다. 확실히 톰이 실신했는지도 모르고 죽었는지도 모르고, 그의 가슴이 공포와 흥분 때문에 터져 버렸는지도 모른다. 불안함으로 인해 허크는 골목길로 다가가고 있는 자신을 발견했다. 갑자기 불빛이 번쩍거렸고, 톰이 맹렬하게 그를 스쳐 갔다.

"도망쳐!"라고 그가 말했다. "살고 싶으면 도망쳐!"

그는 그것을 되풀이할 필요가 없었다. 한 번이면 충분했다. 허크는 한 번 더 되풀이 되기 전에 벌써 사오십 마일을 달리고 있었다. 그들이 마을 변두리의 외딴 도살장 오두막에 이를 때까지 결코 멈추지 않았다. 그들이 막 그 오두막에 도착하자마자 폭풍이 몰아쳤고 비가 쏟아졌다. 톰이 숨을 돌리자마자 말했다.

"Huck, it was awful! I tried two of the keys, just as soft as I could, but they seemed to make such a power of racket that I couldn't hardly get my breath I was so scared. They wouldn't turn in the lock, either. Well, without noticing what I was doing, I took hold of the knob, and open comes the door! It warn't locked! I hopped in, and shook off the towel."

"What, what'd you see, Tom?"

"Huck, I most stepped onto Injun Joe's hand!"

"Yes! He was laying there, sound asleep on the floor, with his old patch on his eye and his arms spread out."

"what did you do? Did he wake up?"

"No, never budged. Drunk, I think. I just grabbed that towel and started!

"I'd never have thought of the towel!"

"Well, I would. My aunt would make me mighty sick if I lost it."

"Say, Tom, did you see that box?"

"Huck, I didn't wait to look around. I didn't see the box, I didn't see the cross. I didn't see anything but a bottle and a tin cup on the floor by Injun Joe; yes, and I saw two barrels and lots more bottles in the room. Don't you see, now, what's the matter with that haunted room?"

---

knob:손잡이 patch: 헝겊 조각, 안대 budge: 움직이다, 태도를 바꾸다
barrels: 통 haunt:자주가다. 출몰하다 (흔히 귀신 등), 늘 따라다니다

"허크, 끔찍했어! 내가 할 수 있는 한 최대한 살짝 열쇠 두 개를 시험했으나, 그것들이 너무나 큰 소음을 내는 바람에 무서워서 숨도 제대로 쉴 수가 없었어. 열쇠는 둘 다 맞지가 않았어. 그래서 나도 모르게 손잡이를 잡았는데 문이 저절로 열리는 게 아니겠니! 문은 잠겨져 있지 않았어! 나는 들어가려고 했는데 타월이 벗겨졌어."

"무엇, 무엇을 보았니, 톰?

"허크, 나는 거의 하마터면 인디언 조의 손을 밟을 뻔했어!"

"그래! 그는 거기에 누워 있었어. 팔을 벌리고 눈에 헝겊을 대고 마루 바닥 위에서 잠자는 소리가 났어."

"아니, 결코 움직이지 않았어. 술에 취해 있었던 것 같아. 나는 타월을 쥐고는 도망쳤어."

"나 같으면 결코 수건 같은 건 생각도 안 했을 텐데!"

"그래, 난 그래야 돼. 내가 그걸 잃어버리면 숙모가 나를 괴롭힐 거야.

"톰, 그 상자를 보았니?"

"허크, 주위를 둘러볼 겨를도 없었어. 나는 상자를 보지 못했지, 그리고 십자가도 보이지 않더라. 나는 단지 인디언 조의 옆 마루 위에 병 하나와 컵을 제외하고는 아무 것도 보지 못했어. 그리고 방 안에는 통 두 개하고 병 몇 개가 더 있더라. 그러면

"How?"

"Why, it was haunted with whisky! Maybe all the Temperance Taverns have got a haunted room, hey, Huck?"

"Well, I think maybe that's so. Who would have thought such a thing? But say, Tom, now, it is a good time to get that box, if Injun Joe's drunk."

"It is that! You try it!

Huck shuddered.

"Well, no, I don't think."

"And I don't think, Huck. Only one bottle alongside of Injun Joe aren't enough. If there would be three, he would be drunk enough and I would do it."

There was a pause for reflection, and then Tom said:

"Look here, Huck. Let's not try that thing any more till we know Injun Joe's not in there. It's too scary. Now, if we watch every night, well be dead sure to see him go out, sometime or other, and then well snatch that box quicker than lightning."

"Well, I'm agreed. I'll watch the whole night long, and I'll do it every night, too, if you'll do the other part of the job."

"All right, I will. All you got to do is to trot up Hooper

---

scary:떨다

너는 그 도깨비 방이 어떻게 됐는지를 못 봤니?"

"어떻게라니?"

"왜, 위스키에 홀렸던 거지! 아마 모든 금주를 하는 여인숙은 귀신이 출몰하는 방을 가지고 있을 거야, 허크. 그렇지 않니?"

"그래, 나 역시 그렇게 생각해. 누가 그런 것을 생각하겠니? 그러나 톰 인디언 조가 술에 취해 있다면 지금이 그 상자를 가지기에는 가장 좋은 시간이야."

"그렇구나! 네가 한 번 해봐라!"

허크는 공포에 벌벌 떨었다.

"하지만, 안 돼, 난 안 된다고 생각해."

"그러면 허크, 나 역시 안 돼. 인디언 조 옆에는 단지 병 하나밖에 없기 때문에 충분하지 않아. 만약 세 개가 있다면 그는 충분히 취했을 것이고, 나는 할 수도 있을 텐데."

잠시 생각에 잠겨 있던 톰이 말했다.

"이봐, 허크. 인디언 조가 거기에 없다는 것을 알 때까지 더이상 그 짓을 하지 말자. 너무나 무서워. 지금부터 우리가 매일밤 지켜본다면, 언젠가 그가 틀림없이 외출하는 것을 알게 될 거야. 그때 번개처럼 그 상자를 낚아채는 거지."

"좋아, 나도 동의한다. 나는 매일 밤 밤새도록 감시하고, 너는

출몰:나타났다 숨었다 함

Street a block and meow. And if I'm asleep, you throw some gravel at the window and that'll fetch me.

"Agreed, and good as wheat!"

"Now, Huck, the storm's over, and I'll go home. It'll begin to be daylight in a couple of hours. You go back and watch that long, will you?"

"I said I would, Tom. I will sleep all day and I will stand watching all night."

"That's all right. Now, where you going to sleep?"

"In Ben Roger's hayloft. He lets me, and so does his nigger, Uncle Jake. I tote water for Uncle Jake whenever he wants me to, and any time I ask him he gives me a little something to eat if he can spare it. That's a mighty good nigger, Tom. Sometimes I've set right down and eat with him. But you needn't tell that. A body has got to do things when he's awful hungry he wouldn't want to do as a steady thing."

"Well, if I don't want you in the daytime, I'll let you sleep. I won't come bothering around. Any time you see something is up, in the night, just skip right around and meow.

---

gravel:자갈, 작은 돌 hayloft: 건초다락 tote: 나르다, 짊어지다.

낮에 감시하면 될 거야."

"좋아, 그렇게 할게. 네가 해야 할 일은 후퍼 거리까지 걸어 와서 고양이 울음소리를 내는 거야. 그리고 만약 내가 자고 있 거든 창문에 돌을 던져서 나를 깨워라."

"좋다. 매우 좋다!"

"허크, 폭풍도 그쳤으니 나는 집에 가련다. 한두 시간 후면 날이 밝을 거야. 너는 돌아가서 그때까지 망이나 보는 게 어 때?"

"그렇게 할게, 톰. 나는 낮에 잠자고, 밤에 망을 보겠어."

"좋아. 지금 넌 어디서 잘 거니?"

"벤 로저의 건초 다락에서. 그는 내게 허락했고, 그 집의 깜 둥이 제크도 허락했어. 나는 제크가 원하면 언제라도 그를 위 해서 물을 길어 주기로 하고, 그에게 먹을 것을 달라고 하면 언제든지 그는 나누어 줄 수 있는 것은 주기로 했어. 참 좋은 깜둥이 같아, 톰. 때때로 나는 그와 같이 앉아서 먹기도 하지. 그러나 너는 그것을 말하면 안돼. 아주 배가 고플 때는 보통 때는 하고 싶지 않던 일도 하게 되지."

"그래, 네가 필요 없는 낮 동안엔 자게 해주마. 나는 주위에 서 귀찮게 하지는 않을게. 밤에 무슨 일이 일어나면, 즉시 달려 와서 고양이 울음소리를 내라."

건초:마른 풀

CHAPTER 29
Huck Saves the widow

THE first thing Tom heard on Friday morning was a glad piece of news, that Judge Thatcher's family had come back to town the night before. Both Injun Joe and the treasure sank into secondary importance for a moment, and Becky took the chief place in the boys interest. He saw her, and they had an exhausting good time Playing 'hi-spy' and 'gully-keeper' with a crowd of heir schoolmates. The day was completed and crowned in a peculiarly satisfactory way: Becky teased her mother to appoint the next day for the long-promised and long-delayed picnic, and she consented. The invitations were sent out before sunset, and straightway the young folks of the village were thrown into a fever of preparation and pleasurable anticipation.

Morning came, eventually, and by ten or eleven o'clock a giddy and rollicking company were gathered at Judge Thatcher's, and everything was ready for a start. It was not the custom for elderly people to mar picnics with their presence. The children were considered safe enough under

---

exhaust: 다 써버리다, 고갈시키다 tease: 괴롭히다, 조르다 giddy: 현기증 나는, 아찔한 rollick: 흥겹게 뛰어 놀다, 까불며 날뛰다

제 29 장
허크가 미망인을 구하다

금요일 아침에 톰이 들은 첫 번째 소식은 기쁜 소식이었다. 그것은 대처 판사의 가족이 전날 밤에 돌아왔다는 것이었다. 인디언 조와 보물은 잠시 동안 두 번째로 중요한 일로 밀려났다. 그리고 베키가 소년들의 흥밋거리의 첫 번째를 차지했다. 그는 그녀를 만나서 학교 친구들과 함께 '탐정 놀이'나 '협곡 지키기' 놀이를 하면서 즐거운 시간을 보냈다. 그날은 완벽했고, 특별히 만족스런 일 때문에 영광스런 날이었다. 베키는 오래 전에 약속했지만 연기되었던 야유회를 다음날에 하자고 그녀의 어머니에게 졸라 승낙을 얻었다. 초대장은 해가 지기 전에 발송되었고 마을의 젊은 사람들은 당장 준비를 하면서 즐거운 기대에 들떴다.

마침내 아침이 되었다. 열 시나 열한 시경에 즐거움에 들뜬 사람들이 대처의 집에 모였고 출발할 준비가 모두 끝났다. 어른들은 야유회를 망쳐 버린다고 참가하지 않는 것이 마을의 관습이었다. 어린애들은 18세의 젊은 처녀들과 23세 정도의 청년들이 함께 있으므로 충분히 안전하다고 여겨졌다. 야유회를 위

the wings of a few young ladies of eighteen and a few young gentlemen of twenty-three or thereabouts. The old steam ferryboat was chartered for the occasion. Sid was sick and had to miss the fun; Mary remained at home to entertain him. The last thing Mrs. Thatcher said to Becky was:

"You'll not get back till late. Perhaps you'd better stay all night with some of the girls that live near the ferry landing, child."

"Then I'll stay with Susy Harper, mamma."

"Very well. And mind and behave yourself and don't be any trouble."

Presently, as they tripped along, Tom said to Becky:

"I'll tell you what we'll do. In stead of going to Joe Harper's well climb right up the hill and stop at the Widow Douglas's. Shell have ice cream! She has it most every day— dead loads of it. And she'll be awful glad to have us."

"Oh, that will be fun!"

Then Becky reflected a moment and said:

"But what will mamma say?"

"How'll she ever know?"

The girl turned the idea over in her mind, and said reluc-

---

thereabouts: 그 근처에, 그 당시에 ferryboat: 나룻배, 연락선 reflect: 반영하다, 반사하다

해 낡은 증기선 한 척을 전세 내었다. 시드는 아파서 즐거운
일을 놓쳤고, 메리는 시드를 간호하기 위해 남았다. 마지막으로
대처 부인이 베키에게 말했다.

"너는 늦게는 돌아오지 않도록 해라. 아마 너는 나루터 근처
에 사는 소녀들 몇몇과 같이 밤을 지새는 게 좋겠구나, 애야."

"그러면 수시 하퍼와 같이 지낼게요, 엄마."

"그래 알았다. 그러면 폐를 끼치지 않도록 행동을 조심해라."
발걸음도 가볍게 걸어가면서 톰이 베키에게 말했다.

"우리가 뭘 할건지 말할게. 조 하버 씨네댁에 가는 대신에
언덕에 올라가서 미망인 더글라스 부인 댁에서 머물기로 하자.
아이스크림을 줄 거다! 그녀는 거의 매일 그것을 가지고 있는
데 굉장히 많아. 우리를 보면 굉장히 기뻐 할거야."

"그거 재미있겠다!"

베키는 잠깐 생각에 잠긴 다음 말했다.

"그러나 엄마가 뭐라고 말할까?"

"엄마가 어떻게 알겠니?"

그녀는 속으로 생각을 이러저리 굴리다가 마지못해 말했다.

"나는 잘못이라 생각하는데, 그러나…."

"쳇! 너의 어머니는 모를 거야. 그러니 나쁠 게 뭐 있니? 어
머니가 원하는 것은 네가 안전한 것이야. 그리고 만약 안전을

tantly:

"I think it is wrong—but—"

"But shucks! Your mother won't know, and so what's the harm? All she wants is that you'll be safe; and I bet you she would have said go there if she would have thought of it. I know she would!"

The Widow Douglas's splendid hospitality was a tempting bait. So it was decided to say nothing to anybody about the night's program. Soon it occurred to Tom that maybe Huck might come this very night and give the signal. Still he could not bear to give up the fun at Widow Douglas's. The sure fun of the evening outweighed the uncertain treasure. And boylike, he determined to yield to the stronger inclination and not allow himself to think of the box of money another time that day.

Three miles below town the ferryboat stopped at the mouth of a woody hollow and tied up. The crowd swarmed ashore and soon the forest distances and craggy heights echoed far and near with shoutings and laughter. After the feast there was a refreshing season of rest and chat in the shade of spreading oaks. By and by somebody shouted:

"Who's ready for the cave?"

---

splend: 훌륭한 hospitality: 환대, 친절히 맞아줌 bait: 미끼 outweigh:보다 무겁다, 중대하다 hollow:속이 텅빈, 움푹한, 오목한 swarm:무리, 떼를 짓다 craggy :바위가 많은, 울퉁불퉁한

생각했다면 거기로 가라고 말했을 거야. 나는 어머니가 그렇다는 것을 알아."

미망인 더글라스 부인의 멋진 환대는 유혹하는 미끼였다. 그래서 그 날밤의 계획은 아무에게도 말하지 않기로 결정했다. 곧 톰은 허크가 그 날밤 와서 신호를 할지도 모른다는 생각이 들었다. 그러면서도 그는 더글라스 미망인 집에서의 즐거움을 포기할 수는 없었다. 저녁의 확실한 즐거움은 불확실한 보물찾기를 눌러 버렸다. 소년답게 더 강한 쪽에 굴복하기로 결정하고 그 날만은 돈 상자를 생각하지 않기로 결심했다.

마을에서 3마일쯤에 있는 우거진 숲 골짜기 입구에 나룻배는 묶여져 있었다. 일행은 강가로 올라갔고, 곧 멀리 숲과 바위 언덕 멀리 또는 가까이에 환호성과 웃음 소리가 울려 퍼졌다. 성찬을 먹고 난 후 사방으로 가지가 뻗은 참나무의 그늘 아래에서 휴식과 재잘거림의 상쾌한 시간이 있었다. 얼마 있다가 누군가가 소리쳤다.

"동굴에 가지 않을래?"

모든 사람이 가고 싶어했다. 여러 다발의 초가 준비되었다. 곧 언덕으로 재빨리 올라가기 시작했다. 동굴의 입구는 언덕 위에 있었고, 입구는 A자형을 이루고 있었다. 육중한 참나무로 된 문은 잠겨져 있지는 않았다. 내부에는 조그마한 방이 있었

환대:정성껏 대접함
성찬:푸짐하게 잘 차린 음식

Everybody was. Bundles of candles were procured, and straightway there was a general scampering up the hill. The mouth of the cave was up the hillside, and an opening shaped like a letter A. Its massive oaken door stood unbarred. Within it, there was a small chamber, chilly as an icehouse. It was romantic and mysterious to stand here in the deep gloom and look out upon the green valley shining in the sun. But the impressiveness of the situation quickly wore off, and the romping began again. When a candle was lighted, there was a general rushing upon the owner of it. But all things have an end. By and by the procession went filing down the steep descent of the main avenue. This main avenue was not more than eight or ten feet wide. Every few steps other lofty and still narrower crevices branched from it on either hand—for McDougal's Cave was but a vast labyrinth of crooked aisles that ran into each other and out again and led nowhere. No man knew the cave. That was an impossible thing. Most of the young men knew a portion of it, and it was not customary to venture much beyond this known portion. Tom Sawyer knew as much of the cave as anyone.

The procession moved along the main avenue some three-quarters of a mile, and then groups began to slip

bundle:묶음, 다발 procure:획득하다, 마련하다. straightway:곧, 즉시 scamper: 재빨리 달아나다, 장난치며 돌아다니다. unbar:빗장을 벗기다, 열다 chamber: 방 procession:행렬 steep:가파른 avenue:가로수 길, 도시의 큰길 lofty:매우 높은 crevice:갈라진 틈 labyrinth:미궁, 미로 crook:구부리다, 굽히다.

는데 빙고처럼 서늘했다. 깊고 어두운 동굴에 서서 태양에 빛나는 푸른 계곡을 바라보는 것은 참으로 신비롭고 낭만적이었다. 그 신비로운 상황이 끝나고, 다시 웅성거림이 시작됐다. 촛불이 켜졌을 때, 그것을 가지려고 달려드는 사람들이 있었다. 그러나 곧 모든 것은 끝났다. 얼마 후 행렬은 주 통로의 가파른 내리막 길 아래로 꽉 채우고 있었다. 이 주 통로는 8피트나 10피트 이상은 되지 않았다. 몇 발자국마다 높고 여전히 좁은 바위들이 양쪽으로 가지를 치고 있었는데, 왜냐하면 맥도걸의 동굴은 얽힌 길들이 만났다가 다시 갈려졌다가 결국 어딘지도 모르는 곳으로 이끌려지는 광대한 미로였기 때문이었다. 어떤 사람도 그 동굴에 대해서 몰랐다. 아는 것은 불가능했다. 젊은 사람들의 대부분은 그것의 일부분을 알고 있을 뿐이었고, 이 알려진 부분 외에 더 모험하는 것은 관습적인 일이 아니었다. 톰 소여는 다른 사람만큼은 동굴을 알고 있었다.

행렬은 4분의 3마일 정도 주 통로를 따라 움직였다. 각 그룹은 옆길로 빠져나가기 시작하여 음침한 통로를 따라 달리기도 했고, 통로가 다시 만나는 곳에서 서로를 놀라게 하기도 했다. 일행은 알려진 지역을 벗어남 없이 한 반시간 동안 서로를 피해 갈 수 있었다.

한 무리씩 사람들이 숨을 헐떡이고 떠들면서 머리에서 발끝

빙고:얼음을 넣어 두는 곳간

aside into branch avenues, fly along the dismal corridors, and take each other by surprise at points where the corridors joined again. Parties were able to elude each other for the space of half an hour without going beyond the 'known' ground.

By and by, one group after another came straggling back to the mouth of the cave, panting, hilarious, smeared from head to foot with tallow drippings. Then they were astonished to find that they had been taking no note of time and that night was about at hand. The clanging bell had been calling for half an hour. When the ferryboat with her wild freight pushed into the stream, nobody cared sixpence for the wasted time but the captain of the craft.

Huck was already upon his watch when the ferryboat's lights went glinting past the wharf. He heard no noise on board, for the young people were as subdued and still as people usually are who are nearly tired to death. He wondered what boat it was, and why she did not stop at the wharf. And then he dropped her out of his mind and put his attention upon his business. The night was growing cloudy and dark. Ten o'clock came, and the noise of vehicles ceased, scattered lights began to wink out, all straggling foot passengers disappeared. Eleven o'clock came,

---

dismal:음침한, 음산한 corridor:복도, 화랑 elude:속이다 stragge:뿔뿔히 흩어져 가다 panting:헐떡거리는 hilarious:유쾌한 smear:바르다, 칠하다.
astonish: 깜짝 놀라게 하다. clang:땡 하고 울리다. freight:화물 운송, 화물 wharf:선창, 부두

까지 촛농을 바른 채 동굴 입구로 흩어져서 나왔다. 그리고 나서 그들은 시간이 가는 것을 모르고 있는데 대해 또 밤이 가까이 왔음을 알고 놀랐다. 그들을 부르는 종은 삼십 분 전부터 울리고 있었다. 시끄러운 일행을 싣고 나룻배가 강에 띄워졌을 때 뱃사공을 제외하고는 누구도 시간을 낭비한데 대해서 아까워하지 않았다.

허크는 나룻배의 불빛이 부두를 지나가면서 번쩍일 때 이미 망을 보고 있었다. 그는 배 위에서 어떤 소리도 듣지 못했다. 왜냐하면 젊은 사람들이 거의 피로에 지쳐 죽을 정도였기 때문에 차분히 그리고 조용히 있었다. 허크는 무슨 배인지 그리고 왜 그 배가 부두에 멈추지 않는가에 대해서 궁금히 여겼다. 그리고 나서 그는 그 생각을 떨쳐 버리고 하던 일에 몰두했다. 그 밤은 구름이 점점 많이 꼈고 어두워졌다. 열 시가 되자 마차의 소리는 그쳤고, 불빛은 반짝이다가 사라지고 모든 보행자의 발걸음도 사라졌다.

열한 시가 되어 여인숙의 불빛은 꺼졌고, 모든 곳이 칠흑같이 어두웠다. 허크는 오랜 시간 동안 지루하게 기다렸으나 어떤 일도 일어나지 않았다. 그의 신념은 약해지고 있었다. 이게 다 무슨 소용이람? 정말 무슨 소용이 있다는 것인지? 왜 포기하고 돌아서지 않는 거지?

and the tavern lights were put out; darkness everywhere, now. Huck waited what seemed a weary long time, but nothing happened. His faith was weakening. Was there any use? Was there really any use? Why not give it up and turn in?

A noise fell upon his ear. He was all attention in an instant. The alley door closed softly. He sprang to the corner of the brick store. The next moment two men brushed by him, and one seemed to have something under his arm. It must be that box! So they were going to remove the treasure. Why call Tom now? It would be absurd because the men would get away with the box and never be found again. No, he would stick to their wake and follow them; he would trust to the darkness for security from discovery. So Huck stepped out and glided along behind the men, catlike, with bare feet, allowing them to keep just far enough ahead not to be invisible.

They moved up the river street three blocks, then turned to the left up a cross street. They went straight ahead, then, until they came to the path that led up Cardiff Hill. They passed by the old Welshman's house, halfway up the hill, without hesitating, and still climbed upward. Good, thought Huck; they will bury it in the old quarry. But they

---

glide:미끄러지다, 미끄러지듯이 움직이다. invisible:눈에 보이지 않는
halfway:중도의, 도중에 hesitate:머뭇거리다. bury:매장하다.

무슨 소리가 들렸다. 그는 즉시 집중했다. 골목길 쪽의 문이 부드럽게 닫혔다. 그는 그는 벽돌 더미의 구석으로 튀었다. 다음 순간 두 사람이 그를 스쳐 지나갔다. 한 사람은 그의 팔 아래 무언가를 가지고 있는 것 같았다. 그것은 그 상자임에 틀림없다! 그들이 보물을 옮길 예정이었다. 지금 톰을 불러야 할까? 그 남자들이 보물상자를 옮겨 버리면 다시는 그것을 찾을 수가 없을 것이기 때문에 지금 톰을 부르는 것은 어리석은 짓일 거야. 그래서 허크는 발을 내딛고 보이지 않을 만큼 충분한 거리를 두면서 그 남자들의 뒤를 따라 미끄러지듯이 움직였다.

그들은 강길 위로 3마일 정도 움직이더니 교차로에서 왼쪽으로 꺾었다. 그들은 커티프 언덕에 이를 때까지 곧장 나아갔다. 그들은 머뭇거림 없이 언덕의 중턱에 있는 낡은 웨일즈의 집을 지나 계속 올라 갔다. 됐어, 허크는 그들이 그것을 낡은 채석장에다 묻을 것이라고 생각했다.

그러나 그들은 결코 멈추지 않았다. 그들은 계속 지나치더니 꼭대기까지 올라갔다. 그들은 큰 북나무 숲 사이에서 좁은 길로 들어가 곧 어둠 속으로 사라졌다. 허크는 그들이 결코 그를 볼 수 없다고 여기고 바싹 다가가서 거리를 좁혔다. 그는 잠시 동안 빠른 걸음으로 뒤따랐다가 너무 빠르지는 않을까 하는 두려움 때문에 걸음을 멈추고 귀를 기울였다. 어떤 소리도 들리

never stopped at the quarry. They passed on, up the summit. They plunged into the narrow path between the tall sumach bushes, and were at once hidden in the gloom. Huck closed up and shortened his distance for they would never be able to see him. He trotted along for a while; then slackened his pace, fearing he was gaining too fast; moved on a piece, then stopped altogether; listened, no sound. But no footsteps. Heavens, was everything lost? He was about to spring with winged feet, when a man cleared his throat not four feet from him! Huck's heart shot into his throat, but he swallowed it again. He knew where he was. He knew he was within five steps of the stile leading into Widow Douglas's grounds. Very well, he thought, let them bury it there; it won't be hard to find.

Now there was a very low voice, Injun Joe's:

"Damn her, maybe she's got company— there's lights, late as it is."

"I can't see any."

This was that stranger's voice, who was the stranger in the haunted house. A deadly chill went to Huck's heart. Then this was the 'revenge' job! Then he remembered that the Widow Douglas had been kind to him more than once, and maybe these men were going to murder her. He

---

summit:정상, 꼭대기 plunge:던져넣다, 뛰어들다 sumach:붉나무, 옻나무
trot:빠른 걸음으로 가다 slacken:늦추다, 늘어지다, 약화시키다 murder:살인
하다, 죽이다.

지 않았다. 어떤 발소리도 들리지 않았다. 모든 것을 놓쳐버린 것일까? 그가 막 도망치려고 할 때 한 남자가 허크로부터 4피트도 안 되는 곳에서 기침을 토하고 있었다. 허크의 심장이 목까지 치밀어 올랐으나 그것을 삼켰다. 허크는 그가 어디 있는지를 알았다. 그가 미망인 더글라스의 땅에 이르는 계단에서 다섯 발자국 내에 있다는 것을 알았다. 허크는 그들이 거기에 묻는 것을 내버려두어도 좋다고 생각했다. 그것은 찾기가 어렵지 않을 것이다.

인디언 조의 매우 낮은 목소리가 났다.

"제기랄, 아마 그녀가 누구와 같이 있는 것 같은데, 불빛이 있어, 이렇게 늦은데도."

"난 안 보이는데."

이것은 도깨비 집에 있던 그 이상한 사람의 목소리였다. 무시무시함이 허크의 심장을 오싹하게 했다. 이것이 그 '복수'로구나! 그리고 나서 그는 미망인 더글라스 부인이 여러 번 그에게 친절했다는 것을 기억했다. 그리고 이 남자들이 그녀를 죽일지도 모른다고 생각했다. 그는 그녀에게 경고를 해줄 수 있기를 희망했지만 감히 그렇게 할 수 없음을 알았다.

"검불이 가려서 그래. 이쪽으로 와. 이제 볼 수가 있지, 그렇지?"

검불:마른 풀이나 낙엽

wished he dared venture to warn her; but he knew he didn't dare.

"Because the bush is in your way. Now—this way—now you see, don't you?"

"Yes. Well, there is company there, I think. Better give it up."

"Give it up, and I just leaving this country forever! Give it up and maybe never have another chance. I tell you again, as I've told you before, I don't care for her swag. But her husband was rough on me and mainly he was the justice of the peace that jugged me for a vagrant. And that ain't all. It ain't a millionth part of it! He had me horse-whipped!—horsewhipped in front of the jail, like a nigger! — with all the town looking on! HORSEWHIPPED!— do you understand? He took advantage of me and died. But I will take it out of her!"

"Oh don't kill her! Don't do that!"

"Kill? Who said anything about killing? I would kill him if he was here; but not her. When you want to get revenge on a woman you don't kill her! You go for her looks. You slit her nostrils and you notch her ears like a sow!"

"By God, that's—"

---

jug:감옥에 넣다. vagrant:방랑하는, 방랑자 horsewhip:말채찍, 말채찍으로 때리다.

"그래, 누구랑 같이 있는 것 같군. 차라리 포기하는 게 좋을 것 같다."

"포기하라고, 나는 지금 이 마을을 영원히 떠날 참이다! 포기하면 아마 결코 또 이런 기회는 없을 거야. 내가 전에 이야기했던 것처럼 다시 말하지만, 나는 그녀의 물건을 탐내는 것이 아니다. 그러나 그녀의 남편이 내게 거칠게 대했고, 나를 불량배로 몰아 감옥에 처넣은 게 바로 그 판사였어. 그리고 그게 전부가 아니야. 그것은 백만 분의 일도 안 돼. 그는 말채찍으로 나를 때렸어! 감옥 앞에서 검둥이처럼 말채찍으로! 모든 사람이 보는 앞에서! 말 채찍질을! 넌 이해하니? 그는 나를 괴롭히고는 죽었어. 그러나 나는 그녀에게 복수를 할거야!"

"그녀를 죽이면 안 돼! 그렇게 하면 안 돼!"

"살인이라니? 누가 살인에 대해 말했니? 그가 여기에 있다면 그를 죽였겠지만 그녀는 아니야. 네가 어떤 여자에 대해 복수를 원할 때 그녀를 죽이는 것은 아니지! 너는 그녀의 얼굴을 목표로 하는 거야. 너는 그녀의 코를 찢어발기고, 그리고 그녀의 귀에 암퇘지처럼 금줄을 새기는 거야!"

"오 저런….."

"참견하지 마라! 그게 너한테도 이로울 거야. 나는 침대에 그녀를 묶을 거야. 만약 그녀가 죽을 만큼 피를 흘린다면 그것

"Keep your opinion to yourself! It will be safest for you. I will tie her to the bed. If she bleeds to death, is that my fault? I will not cry, if she does. My friend, you'll help ill this thing— for my sake— that's why you're here— I might not be able alone. If you flinch, Ill kill you. Do you understand that? And if I have to kill you, I will kill her— and then I think nobody will ever know much about who done this business."

"Well, if it's got to be done, let's get at it. The quicker the better. I'm all in a shiver."

"Do it now? And company there? Look here. I'll get suspicious of you, first thing you know. No, we'll wait till the lights are out, and there's no hurry."

Huck felt that a silence was going to ensue. His breath stopped and he listened. There was no sound and the stillness was perfect. His gratitude was measureless. Now he turned in his tracks, between the walls of sumach bushes and turned himself as carefully as if he were a ship and then stepped quickly but cautiously along. When he emerged at the quarry he felt secure, and so he picked up his nimble heels and flew. Down, down he sped, till he reached the Welshman's. He banged at the door, and presently the heads of the old man and his two stalwart

---

flinch:겁내어 피하다, 움찔하다 shiver:후들후들 떨다 gratitude:감사, 사의 measureless:무한의, 측정할 수 없는 emerge:나타나다. quarry:채석장,(지식의)원천 nimble:민첩한, 재빠른 stalwart:건장한, 튼튼한

이 나의 잘못이니? 만약 그녀가 그렇다면 난 울지 않을 것이다. 친구여, 너는 나를 위하여 이 나쁜 일을 도와야 하고 그것이 네가 여기에 있는 이유다. 나 혼자서는 할 수가 없다. 네가 손을 뗀다면 너를 죽일 것이다. 너는 이해하지? 그리고 만약 내가 너를 죽인다면, 그녀도 죽일 것이다. 어떤 사람도 이 일을 모를 것이라고 생각하지."

"음, 만약 꼭 해야 한다면 해치우자. 빠르면 빠를수록 더 좋아. 나는 온몸이 떨리고 있어."

"지금 당장 하자고? 저기에 사람이 같이 있는데도? 이봐, 나는 너를 첫 번째로 의심할 것이다. 아니, 우리는 불이 꺼질 때까지 기다려야 해. 급할 것은 없어."

허크는 침묵이 계속 될 것이라고 느꼈다. 그는 숨을 죽이고 들었다. 어떤 소리도 들리지 않는 완벽한 정적이었다. 고마움이란 이로 말할 수 없었다. 그는 복나무가 벽처럼 되어 있는 사이에서 마치 배를 타고 있는 것처럼 조심스럽게 몸을 돌려 재빠르게 발을 내디뎠다. 그러나 조심스럽게 달렸다. 채석장에 이르렀을 때 그는 안전하다고 느꼈고, 그래서 빠른 걸음으로 달렸다. 그는 웨일즈 씨의 집에 이르렀을 때까지 아래로 아래로 계속 달렸다. 그는 문을 꽝꽝 두드렸다. 곧 노인과 건장한 두 아들이 창문에서 얼굴을 내밀었다.

sons were thrust from windows.

"What's the row there? Who's banging? What do you want?"

"Let me in—quick! I'll tell everything."

"Why, who are you?"

"Huckleberry Finn—quick, let me in!"

"Huckleberry Finn, indeed; it aren't a name to open many doors, I judge! But let him in, lads, and let's see what's the trouble."

"Please don't ever tell I told you" were Huck's first words when he got in. "Please don't, I'd be killed, sure, but the widow's been good friends to me sometimes, and I want to tell— I will tell if you'll promise you won't ever say it was me."

"By George, he has got something to tell, or he wouldn't act so!" exclaimed the old man. "Out with it and nobody here'll ever tell, lad."

Three minutes later the old man and his sons, well armed, were up the hill, and just entering the sumach path on tiptoe, their weapons in their hands. Huck accompanied them no farther. He hid behind a great boulder and fell to listening. There was a lagging, anxious silence, and then all of a sudden there was an explosion of firearms

---

accompany:동반하다, 동행하다. boulder:둥근 돌, 옥석 firearms:무기, 화기

"어찌 된 일이냐? 누가 문을 두드리는 거니? 무슨 일이냐?"

"빨리 들어가게 해 주세요! 말할 테니."

"왜, 넌 누구니?"

"허클베리핀입니다. 빨리 들어가게 해 주세요!"

"정말, 허클베리핀이네. 어디서나 문을 열어 줄 만한 이름은 아닌 것 같군. 그러나 들어오게 해서 무슨 일인지 알아보자."

"제발 내가 말했다고는 말하지 마십시오." 허크는 들어 서자마자 맨 먼저 말했다. "제발 말하지 마세요, 제가 죽을지도 몰라요. 확실히 미망인은 때때로 저에게는 아주 좋은 친구였어요. 전 당신들이 제가 말했다고 말하지 않는다고 약속한다면 말하겠어요."

"정말, 무슨 일이 있는 모양이다. 그렇지 않으면 이렇게 행동하지는 않을 텐데."라고 노인은 말했다. "애야 전부 다 이야기해봐라. 여기 있는 사람들은 결코 말하지 않을 거다."

3분 후 노인과 그의 아들들은 무장을 하고 언덕으로 올라갔다. 그리고 손에 무기를 들고 북나무 길로 살금살금 들어갔다. 허크는 더 이상 그들과 동행하지 않았다. 그는 큰 바위 뒤에서 몸을 숨기고 주위에 귀를 기울였다. 질질 끄는 근심스런 침묵이 흘렀다. 그리고 갑자기 총소리와 아우성이 터져 나왔다.

허크는 자세한 사항을 알 때까지 기다릴 수가 없었다. 그는

and a cry.

Huck waited for no particulars. He sprang away and sped down the hill as fast as his legs could carry him.

CHAPTER 30
Tom and Becky in the Cave

AS the earliest suspicion of dawn appeared on Sunday morning, Huck came groping up the hill and rapped gently at the old Welshman's door. The inmates were asleep, but it was a sleep that was set on a hair trigger, on account of the exciting episode of the night. A call came from a window:

"Who's there!"

Huck's scared voice answered in a low tone:

Please let me in! It's only Huck Finn!"

"It's a name that can open this door night or day, lad!—and welcome!"

These were strange words to the vagabond boy's ears, and the pleasantest he had ever heard. He could not recollect that the closing word had ever been applied in his

---

suspicion:혐의, 의심 inmates:피수용자, 입원자, 거주자, 동거인 trigger:방아쇠, 계기, 자극 pistol:권총 chap:놈, 녀석

뛰어 나와서 달릴 수 있는 한 빠르게 언덕 아래로 달렸다.

제 30 장
동굴 안에서의 톰과 베키

이른 일요일 새벽 허크는 언덕을 넘어 와서 웨일즈씨 댁의 문을 가볍게 두들겼다. 집 사람들은 자고 있었다. 그러나 그 날 밤의 놀라운 사건 때문에 머리카락 방아쇠를 설치해 둔 그런 잠이었다. 창문에서 소리가 났다.

"거기 누구야?"

겁에 질린 허크의 목소리가 낮게 대답했다.

"안으로 들어가게 해 주세요! 허크 핀입니다!"

"밤이건 낮이건 문을 열어 주어야 할 이름이군. 아이야! 어서 와라!"

이 말들은 방랑자인 소년의 귀에는 이상한 말들이었다. 그가 지금까지 들었던 말들 중에 가장 기쁜 말이었다. 이전에 이 마지막 말이 자기에게 쓰여졌던 기억이 있을 수 없었다. 문은 빨리 열렸고 그는 안으로 들어갔다. 허크에게 자리가 권해졌고

case before. The door was quickly unlocked, and he entered. Huck was given a seat and the old man and his brace of tall sons speedily dressed themselves.

"I was awful scared," said Huck, "and I run. I took out when the pistols went off, and I didn't stop for three mile. I have come now because I wanted to know about it, you know; and I come before daylight because I didn't want to run across them devils, even if they were dead."

"Well, poor chap, you do look as if you'd had a bard night of it— but there's a bed here for you when you've had your breakfast. No, they ain't dead, lad— we are sorry enough for that. You see we knew where to put our hands on them, by your description; so we crept along on tiptoe till we got within fifteen feet of them and just then I found I was going to sneeze. It was the meanest kind of luck! I tried to keep it back, but no use— it was bound to come, and it did come! I was in the lead with my pistol raised, and when the sneeze started those scoundrels rustling to get out of the path, I sung out, 'Fire, boys!' and blazed away at the place where the rustling was. So did the boys. But they were off in a jiffy, those villains, and we after them, down through the woods. I judge we never touched them. They fired a shot apiece as they started, but their

---

description:기술, 묘사 sneeze:재채기, 재채기를 하다 start:놀라게 하다
scoundrel:악당, 건달 rustle:살살 소리를 내며 움직이다. villain:악한, 악인
apiece:하나에 대하여

노인과 키가 큰 두 아들은 옷을 입었다.

"전 너무 무서웠어요." 라고 허크가 말했다. "전 달렸어요. 저는 총소리가 났을 때 막 뛰었어요. 그리고 저는 3마일까지 전혀 멈추지 않았어요. 저는 그 일에 대해서 알고 싶어서 왔어요. 그리고 만일 그들이 죽었을지라도 그들과 마주치지 않기 위해서 새벽에 왔습니다"

"그래, 불쌍한 녀석, 너는 마치 그 일 때문에 뜬눈으로 밤을 지샌 것과 같구나. 그러마, 네가 아침을 먹은 후 여기서 자도 된다. 아니, 그들은 죽지 않았어, 유감스럽지만. 우리는 네가 알듯이 너의 설명으로 그들이 우리 가까이 있다는 것을 알았지. 그래서 우리는 그들과 5피트가 될 때까지 조심스럽게 기어갔는데 그 때 막 재채기가 나오려 했지. 그것은 재수 중 가장 나쁜 것이지! 나는 참으려고 했으나 소용이 없어 결국 재채기를 하고 말았지! 나는 총을 들고 맨 선두에 서 있었는데 재채기가 악당을 깜짝 놀라게 해서 그들이 살살 도망가려고 할 때, 나는 '쏜다!' 라고 말하고 살랑살랑 소리나는 쪽으로 연이어 발사했어. 내 아이들도 그렇게 했지. 그러나 악당들은 순식간에 도망쳤고, 우리는 그들을 쫓았어. 숲속까지 뒤쫓았는데, 우리가 그들을 건드리지는 못했다고 생각해. 놈들이 도망칠 때 각자 한 발씩 쐈지만, 총알이 옆으로 스쳐 지나가 우리에게는 아무런

bullets whizzed by and didn't do us any harm. As soon as we lost the sound of their feet we quit chasing, and went down and stirred up the constables. They got a posse together, and went off to guard the riverbank, and as soon as it is light the sheriff and a gang are going to beat up the woods. My boys will be with them soon. I wish we had some sort of description of those rascals, which would help a good deal. But you couldn't see what they were like, in the dark, lad, I suppose?"

"Oh, yes, I saw them downtown and followed them."

"Splendid! Describe them— describe them, my boy!"

"One's the old deaf— and-dumb Spaniard that's ben around here once or twice, and the other's a mean-look-ing, ragged—"

"That's enough, lad, we know the men! Happened on them in the woods back of the widow's one day, and they slunk away. off with you, boys, and tell the sheriff— get your breakfast tomorrow morning!"

The Welshman's sons departed at once. As they were leaving the room Huck sprang up and exclaimed:

"Oh, please don't tell anybody it was me that blowed on them! oh, please!"

"All right if you say it, Huck, but you ought to have the

---

bullet:탄환, 총알 whizz:총알이 핑하고 소리내다 chase:쫓다, 추적하다.
posse:경관대, 민병대 rascal:악한, 불량배 mean-looking:인상이 고약한
sheriff:보안관 slunk:살금살금 도망치다. blow:바람에 흘날리다, 소리내다.

해도 입히지 않았어. 우리는 그들의 발자국 소리를 놓치자마자 쫓는 것을 그만두고 아래로 내려가서 경관들을 깨웠지. 그들은 민병대를 소집하여 강둑 일대를 수색하러 나갔어. 날이 밝자마자 보안관과 민병대가 그 숲을 샅샅이 뒤질 거야. 나의 애들도 곧 그들과 함께 할 것이다. 우리가 그놈들에 대해서 좀 알았으면 좋을 텐데, 그것은 많은 도움이 될 거야. 그러나 너는 어두워서 그들이 어떻게 생겼는지 보지 못했을 거야, 그렇지?"

"아니요, 전 마을에서 그들을 보았고요, 그들을 뒤쫓았어요."

"잘했어. 그놈들을 묘사해 봐, 그놈들을 묘사해 봐라. 애야."

"한 명은 마을에 한두 번 온 적이 있는 벙어리며 귀머거리인 스페인이고, 다른 한 명은 인상이 고약한 누더기를 걸친…."

"그래 충분하다, 애야, 우리는 그 놈들을 알아! 어느 날 미망인 집 뒤 숲 속에서 그들과 마주쳤는데 그들이 도망쳤어.

웨일즈의 아들들은 곧 떠났다. 그들이 떠나려고 할 때 허크는 벌떡 일어서서 소리쳤다.

"제발 누구에게도 제가 일러바쳤다고 이야기하지 마세요!"

"좋아, 네가 그렇게 말한다면, 허크. 그러나 네가 했던 것은 신용이 되는 것이다."

젊은이들이 떠날 때 노인은 말했다.

"그들은 말하지 않을 거고 나도 그럴 거다. 그러나 왜 너는

credit of what you did."

"Oh, no, no! Please don't tell!"

When the young men were gone, the old Welshman said:

"They won't tell—and I won't. But why don't you want it known?"

The old man promised secrecy once more, and said:

"How did you come to follow these fellows, lad? Were they looking suspicious?"

Huck was silent while he framed a duly cautious reply. Then he said:

"Well, you see, I'm a kind of a hard lot— least everybody says so, and I don't see nothing again it— and sometimes I can't sleep much on account of thinking about it and sort of trying to strike a new way of doing. That was the way of it last night. I couldn't sleep, and so I come along up street about midnight, and when I got to that old shack brick store by the Temperance Tavern, I backed up again the wall to have another think. Well, just then along comes these two chaps slipping along close by me, with something under their arm and I think they'd stole it. One was smoking, and the other wanted a light; so they stopped right before me and the cigars lit up their faces

---

frame:틀을 형성하다, 짜 맞추다. lot:운명 shack:오두막집, 통나무집 lit:light 의 과거 과거분사

그것이 알려지기를 원하지 않지?"

노인은 한 번 더 비밀을 약속하며 말했다.

"네가 어떻게 해서 그놈들 뒤를 밟게 되었지? 그들이 수상해 보였니?"

허크는 잠시 그가 조심스런 대답을 짜맞출 때까지 잠자코 있었다. 그리곤 말했다.

"아시다시피, 저는 팔자가 사나워서―적어도 모든 사람들이 그렇게 말하고, 저 역시 그렇다고 봅니다.―그리고 때때로 저는 그것에 관하여 생각과 새로 해야 할 무언가를 할 것을 생각하기 때문에 잠을 잘 수가 없었습니다.

지난 밤도 마찬가지로 그랬지요. 잠을 잘 수가 없어서 자정 쯤에 거리를 걸었죠. 제가 술을 금하는 여인숙 옆의 그 허름한 벽돌 더미에 이르렀을 때 어떤 생각에 잠겨 벽에 기대어 서 있었어요. 그때 마침 그 두 사람이 팔 아래 무언가를 끼고 바로 내 옆을 스쳐 갔는데, 전 그들이 그것을 훔쳤다고 생각했습니다. 한 놈은 담배를 피우고 있었고, 다른 놈은 불을 원했습니다. 그들이 제 앞에서 멈추고 담배를 얼굴로 들어 올렸는데 큰놈이 흰 수염을 가지고 눈 위를 헝겊으로 가린 벙어리며 귀머거리인 스페인 놈이라는 것을 알았고, 다른 한 놈은 악마처럼 보이는 누더기를 걸친 놈이었습니다."

and I see that the big one was the deaf-and-dumb Span
iard, by his white whiskers and the patch on his eye, and
the other was a rusty, ragged-looking devil."

"Could you see the rags by the light of the cigars?"

This staggered Huck for a moment. Then he said:

"Well, I don't know—somehow it seems as if I did."

"Then they went on, and you—"

"Followed them, yes. I wanted to see what was up since
they sneaked along so. I dogged them to the widow's stile,
and stood in the dark and heard the ragged one beg for the
widow, and the Spaniard swear he'd spoil her looks just as
I told you and your two—"

"What! The deaf-and-dumb man said all that!"

Huck had made another terrible mistake! He was trying
his best to keep the old man from getting the faintest hint
of who the Spaniard might be, and yet his tongue seemed
determined to get him into trouble in spite of all he could
do. Soon the Welshman said:

"My boy, don't be afraid of me. I wouldn't hurt a hair of
your head for all the world. No, I'd protect you. This
Spaniard is not deaf and dumb; you've let that slip with-
out intending it; you can't cover that up now. you know
something about that Spaniard that you want to keep dark

---

whiskers:구렛나루 patch:헝겊, 안대 rag:넝마, 넝마조각 sneak:살금살금 들어
오다, 숨다 dog:미행하다, 귀찮게 따라다니다 spoil:망치다, 못쓰게 만들어버
리다.

"담배불로 누더기 옷을 볼 수가 있니?"

이것은 잠깐 동안 허크를 주저하게 만들었다. 허크는 말했다.

"잘은 모르지만, 마치 그랬던 것 같아요."

"그런 다음 그들이 걸어가고 그리고 넌…."

"예. 그들을 추적했습니다. 그들이 너무 살금살금 갔기 때문에 무슨 일이 일어나는지를 보고 싶었어요. 저는 미망인의 계단까지 그들을 집요하게 추적하여 어둠 속에서 서 있었는데 누더기를 걸친 놈이 미망인을 죽이지 말자 했고, 그 스페인 놈이, 제가 할아버지와 할아버지의 두 아들에게 말했던 것처럼 그녀의 얼굴을 망쳐 버릴 것이라고 말하는 것을 들었습니다."

"뭐라고! 그 귀머거리가 그런 말을 했다고!"

허크는 또다시 끔찍한 실수를 했다. 그는 노인이 스페인 놈에 대해 희미한 암시라도 얻지 못하게 하려고 최선을 다했으나 혀는 그가 할 수 있는 모든 노력에도 불구하고 그를 고생하게 만들고 있는 것 같았다. 곧 다시 노인이 말했다.

"애야, 나를 두려워하지 마라. 나는 절대로 너의 머리카락 한 올도 다치게 하지 않을 게다. 절대 나는 너를 보호할 거야. 그 스페인 놈은 귀머거리도 벙어리도 아니다. 너는 그것을 알지도 못하고 입밖에 낸 거지. 넌 이제 감출 수가 없겠구나. 너는 네가 숨겨 두기를 원하는 그 스페인 놈에 관하여 무언가를 알고

집요:고집스럽게 끈질김

Now trust me— tell me what it is, and trust me— I won't betray you."

Huck looked into the old man's honest eyes a moment, then bent over and whispered in his ear:

"That aren't a Spaniard and it is Injun Joe!"

The Welshman almost jumped out of his chair. In a moment he said:

"It's all plain enough, now. When you talked about notching ears and slitting noses I judged that that was your own embellishment, because white men don't take that sort of revenge. But an Injun! That's a different matter altogether."

During the breakfast the talk went on, and in the course of it the old man said that the last thing which he and his sons had done, before going to bed, was to get a lantern and examine the stile and its vicinity for marks of blood. They found none, but captured a bulky bundle of—

"Of what?"

If the words had been lightning they could not have leaped with a more stunning suddenness from Huck's blanched lips. His eyes were staring wide, now, and his breath suspended and waiting for the answer. The Welshman replied:

---

betray:배반하다. whisper:속삭이다. embellishment:꾸밈, 장식, 과장 capture: 사로잡다, 포획하다. bulky:부피가 큰, 거대한 stunning:기절시키는, 아연하 게 하는, 멋진, 매력적인

있다. 제발 나를 믿고, 그것이 무언지를 말해라. 나를 믿어 난 너를 배신하지 않을 거야."

허크는 한순간 노인의 친절한 눈을 들여다보고 나서 허리를 굽히고 그의 귀에다 속삭였다.

"그 놈은 스페인 놈이 아니라 인디언 조예요!"

"이젠 분명해졌다. 네가, 귀에 금을 새긴거나 코를 찢는다고 이야기했을 때 나는 그것이 꾸민 줄로만 알았어. 왜냐하면 백인은 그따위 복수를 하지 않기 때문이지. 하지만 인디언이라! 그러면 문제는 다르지."

아침을 먹는 동안 이야기는 계속되었고, 이야기 도중에 노인은 그의 아들들이 했던 마지막 일을 말했다. 그들은 잠자기 전에 랜턴을 가지고 계단을 조사하고, 핏자국이 없나를 조사했다는 것이다. 그들은 아무 것도 발견하지 못했지만 커다란 보자기 하나는 손에 넣었다는 것이었다.

"무슨 보자기요?"

만약 그 말이 번개였을지라도 허크의 창백한 입술로부터 그렇게 갑작스럽게 튀어 나올 수는 없었을 것이다. 그의 눈은 둥그렇게 뜨고 숨을 죽이며 대답을 기다리고 있었다. 노인이 대답했다.

"도둑놈의 도구야. 왜, 그것이 너와 무슨 상관이 있냐?"

"Of burglar's tools. Why, what's the matter with you?"

Huck sank back, panting gently, but deeply, unutterably grateful. The Welshman eyed him gravely, curiously— and presently said:

"Yes, burglar's tools. That appears to relieve you a good deal. But what did give you that turn? What were you expecting we'd found?"

Huck was in a close place. He would have given any-thing for material for a plausible answer— nothing sug-gested itself. The inquiring eye was boring deeper and deeper. And there was no time to weigh it, so at a venture he uttered it— feebly:

"Sunday-school books, maybe."

Poor Huck was too distressed to smile, but the old man laughed loud and joyously. Then he added:

"Poor old chap, you're white and jaded— you ain't well a bit and no wonder you're a little flighty and off your balance. But you'll come out of it. Rest and sleep will fetch you out all right, I hope."

Huck was irritated to think he had been such a goose and betrayed such a suspicious excitement, for he had dropped the idea that the parcel brought from the tavern was the treasure, as soon as he had heard the talk at the

---

burglar:도둑놈, 도적놈 relieve:경감하다, 덜다 plausible:그럴듯한, 정말 같은 flighty:들뜬, 경솔한, 변덕스러운, 미친 듯한 fetch:의식을 회복하다 irritated: 신경질이 난 suspicious:의심 많은, 의심스러운 parcel:소포, 꾸러미

허크는 가슴을 두근거리며 조용히 뒤로 기댔고 그러나 심각하게 말할 수 없을 정도로 고마웠다. 웨일즈맨은 진지하게 그리고 신기한 듯이 허크를 쳐다보면서 말했다.

"그래, 도둑놈의 보자기야. 마음이 굉장히 놓이는 것처럼 보이구나. 그러나 왜 그렇게 안색이 변했지. 네가 찾고자 하는 것이 뭐지?"

허크는 궁지에 몰려 있었다. 허크는 적당한 대답거리가 생겼으면 했으나 어떤 것도 생각나지 않았다. 의심스런 눈초리는 점점 더 날카로워졌다. 그것을 깊이 생각해 볼 시간이 없어서 모험을 걸고 입을 열었다, 나직이.

"아마 주일학교 책인가 하고요"

불쌍한 허크는 너무나 괴로워 웃음조차 지을 수가 없었으나, 노인은 큰 소리로 유쾌하게 웃었다. 그리고는 덧붙였다.

"오, 불쌍한 애야, 너는 창백하고 지쳐 있군, 너는 몸이 약간 나쁜 게 아닌가, 이상한 것도 아니지, 네가 조금 정신이 나간 듯한 것도 안정을 잃은 것도 무리는 아니지. 하지만 곧 괜찮아질 거야. 휴식과 잠은 너를 다시 괜찮게 해 줄 거다. 그렇게 해."

허크는 의심스러운 사실을 누설한 것에 대해 화가 났다. 그는 층계에서 얘기하는 소리를 듣자마자 여인숙에서 가져온 꾸

widow's stile. He had only thought it was dot the treasure, however he had not known that it wasn't and so the suggestion of a captured bundle was too much for his self-possession. But on the whole he felt glad the little episode had happened, for now he knew beyond all question that that bundle was not the bundle, and so his mind was at rest and exceedingly comfortable. In fact, everything seemed to be drifting just in the right direction, now; the treasure must be still in No. 2, the men would be captured and jailed that day, and he and Tom could seize the gold that night without any trouble or any fear of interruption.

Just as breakfast was completed there was a knock at the door. Huck jumped for a hiding place, for he had no mind to be connected even remotely with the late event. The Welshman admitted several ladies and gentlemen, among them the Widow Douglas, and noticed that groups of citizens were climbing up the hill to stare at the stile. So the news had spread.

The Welshman had to tell the story of the night to the visitors. The widow's gratitude for her preservation was outspoken.

"Don't say a word about it, madam. There's another that you're more beholden to than you are to me and my boys,

selfpossession:냉정, 침착 exceedingly:대단히, 엄청나게 interruption:간섭
drift:표류하다. 떠가다. 어슬렁거리다.

러미가 보물이라는 생각을 해 버렸던 것이다. 그것이 보물이 아닐 거라는 것도 단순한 추측일 뿐 자기 눈으로 본 것은 아니었다. 그런데 보따리를 발견했다는 사실을 알고 괜히 홍분해 버린 것이다. 그러나 한편으로 어차피 잘 된 일이라는 생각도 들었다. 그 보따리가 문제의 그 보따리가 아니라는 것은 분명해졌고, 덕분에 안심도 되고 한결 홀가분해진 것이다. 사실 모든 것이 제대로 되어 가는 것 같았다. 보물은 아직도 2호실에 있는 게 분명했다. 오늘 중으로 그들이 붙잡혀 감옥에 갇힌다면, 당장 오늘밤 톰과 둘이서 아무런 방해도 없이 보물을 손에 넣을 수 있을 것이다.

식사가 끝났을 때 문을 두드리는 소리가 들렸다. 허크는 자리에서 일어나 숨었다. 그가 이번 사건에 어떤 관계가 있다는 것을 모르게 하기 위해서였다. 웨일즈 노인은 미망인 더글라스를 포함하여 몇 명의 남녀를 맞아들였다. 그 소식은 멀리 퍼졌다.

웨일즈 노인은 손님들에게 어젯밤의 사건을 이야기했다. 미망인은 그녀를 구해준 것에 대해 감사의 말을 했다.

"천만에요. 부인. 그 말을 들을 사람은 우리가 아니라 다른 사람이예요. 이름을 말하지 말라고 해서요. 그 사람이 아니었다면 전혀 모르고 지나갈 뻔했는걸요."

maybe, but he don't allow me to tell his name. We wouldn't have been there but for him."

Of course this excited a curiosity so vast that it almost belittled the main matter but the Welshman allowed it to eat into the vitals of his visitors, and through them be transmitted to the whole town, for he refused to part with his secret. When all else had been learned, the widow said:

"I went to sleep reading in bed. Why didn't you come and wake me?"

"We judged it warn't worth while. Those fellows warn't likely to come again— they hadn't any tools left to work with, and what was the use of waking you up and scaring you to death? My three Negro men stood guard at your house all the rest of the night. They've just come back."

More visitors came, and the story had to be told and retold for a couple of hours more.

There was no Sabbath school during day-school vacation, but everybody was early at church: The stirring event was well canvassed. News came that not a sign of the two villains had been yet discovered. When the sermon was finished, Judge Thatcher's wife dropped alongside of Mrs. Harper as she moved down the aisle with the crowd and

---

stirring:감동시키는 aisle:측면의 복도, 통로

물론 이 말이 사건 자체를 축소하려는 것인 만큼 사람들의 호기심을 불러일으켰다. 웨일즈 노인은 이 일이 온 마을에 퍼져나갔지만, 비밀을 밝히기를 거절했다. 미망인은 다 들은 뒤에 말했다.

"책을 읽다가 잠이 들었어요. 왜 깨우러 오지 않았죠?"

"그럴만한 일이 아니라고 생각했어요. 그 사람들은 다시 올 것 같지도 않았고 그들은 일을 할 도구도 없고 또 당신을 깨워 놀라게 할 필요도 없을 것이라고 생각했습니다. 그래서 우리집 검둥이 세 놈을 시켜 밤새도록 지키도록 한 겁니다. 그들은 방금 돌아왔어요."

더 많은 손님들이 왔고 그 이야기는 2시간 이상이나 계속 되풀이 되었다.

방학 동안에는 주일학교도 없었다. 그러나 모든 사람들이 일찍 교회에 왔다. 이 대사건이 널리 전파되었기 때문이다. 두 악인은 아직 발견되지 않았다는 소식이었다. 설교가 끝나자 대처 판사의 부인이 사람들 틈에 끼여 출입구 쪽으로 가는 하퍼 부인에게 다가갔다.

"우리집 베키는 하루 종일 잘 모양인가요? 몸이 고단하기는 하겠지만요."

said:

"Is my Becky going to sleep all day? I just expected she would be tired to death.

"Your Becky?"

"Yes," with a startled look; "didn't she stay with you last night?"

"Why, no."

Mrs. Thatcher turned pale, and sank into a pew, Just as Aunt Polly, talking briskly with a friend, passed by. Aunt Polly said:

"Good morning, Mrs. Thatcher. Good morning, Mrs. Harper. I've got a boy that's turned up missing. I reckon my Tom stayed at your house last night— one of you. And now he's afraid to come to church."

Mrs. Thatcher shook her head feebly and turned paler than ever.

"He didn't stay with us," said Mrs. Harper, beginning to look uneasy. A marked anxiety came into Aunt Polly's face.

"Joe Harper, have you seen my Tom this morning?"

"When did you see hum last?"

Joe tried to remember, but was not sure he could say. The people had stopped moving out of church. Whispers

---

startled:놀란 briskly:활발하게, 힘차게 reckon:계산하다.

"댁의 베키 말인가요?"

"예, 베키가 어젯밤에 댁의 집에서 자지 않았나요?"

판사 부인은 놀란 표정이었다.

"아뇨."

대처 부인은 얼굴이 창백해지며 의자에 주저앉았다. 바로 옆에서 폴리 이모가 열심히 이야기를 하며 지나가면서, 대처 부인에게 말을 걸었다.

"안녕하세요, 대처 부인. 안녕하세요. 하퍼 부인. 우리집 아이가 안 보이네요. 혹시 톰이 어젯밤 두 분 집에서 자지 않았나요? 아마 교회에 가기 싫은 모양인가봐요. 혼을 내야겠네요."

대처 부인은 힘없이 머리를 저으며 아까보다 더 얼굴색이 창백해졌다.

"우리집에 안 왔어요."

하퍼 부인이 불안한 표정을 지었다. 폴리 이모의 얼굴에도 불안한 기색이 떠올랐다.

"조 하퍼, 오늘 아침에 톰을 못 봤니?"

"마지막으로 본 게 언제니?"

조는 생각을 되살리려고 했지만 확실하지 않은 듯 말했다. 교회를 나가려던 사람들이 걸음을 멈췄다. 속삭이는 소리가 교

passed along, and a boding uneasiness took possession of every countenance. Children were anxiously questioned, and young teachers. They all said they had not noticed whether Tom and Becky were on board the ferryboat on the homeward trip; it was dark; no one thought of inquiring if anyone was missing. One young man finally blurted out his fear that they were still in the cave! Mrs. Thatcher swooned away. Aunt Polly fell to crying and wringing her hands.

The alarm swept from lip to lip, from group to group, from street to street, and within five minutes the bells were wildly clanging and the whole town was up! The Cardiff Hill episode sank into instant insignificance, the burglars were forgotten, horses were saddled, the ferryboat ordered out, and was half an hour old two hundred and river toward the cave.

All the long afternoon the village seemed empty and dead. Many women visited Aunt Polly and Mrs. Thatcher and tried to comfort them. All the tedious night the town waited for news; but when the morning dawned at last, all the word that came was, "Send more candles— and send food." Mrs. Thatcher was almost crazed; and Aunt Polly also. Judge Thatcher sent messages of hope and encour-

---

countenance:표정, 안색 ferryboat:나룻배 연락선 blurt:불쑥 말하다. 무심결에 누설하다. swoon:기절하다.

회 안으로 퍼지고 불길한 기색들이 얼굴에 떠올랐다. 아이들과 젊은 선생님들에게 질문이 쏟아졌다.

돌아오는 배에 톰과 베키가 타고 있었는지는 아무도 모른다는 것이었다. 어두워져서 누가 없어졌는지 물어볼 겨를도 없었다는 것이었다. 한 젊은 청년이 어쩌면 그들이 아직도 동굴에 남아 있을지도 모른다고 말했다. 이 말에 대처 부인은 기절하고 폴리 이모는 그만 손을 쥐어짜며 울음을 터뜨렸다.

이 소식은 입에서 입으로, 무리에서 무리로, 거리에서 거리로 퍼져 나갔다. 5분도 안 되는 사이에 종이 울리기 시작했고, 마을 안이 온통 뒤집혔다. 카디프 언덕의 사건은 즉시 하찮은 문제가 되었다. 말에 안장을 얹고, 배를 동원하고 30분이 안 되어 2백 명의 사람들이 동굴을 향해 몰려갔다.

긴 오후 동안 마을은 텅 비었다. 많은 여자들이 폴리 이모와 대처 부인에게 와서 위로를 했다. 그 지루한 밤 동안 좋은 소식을 기다렸다.

그러나 날이 새자 '초와 먹을 것을 좀더 보내라.' 는 전갈뿐이었다. 대처 부인은 거의 미칠 지경이었고 폴리 이모도 그랬다. 대처 판사가 동굴에서 용기와 희망의 메세지를 보내왔지만, 기운을 돋우지는 못했다.

agement from the cave, but they conveyed no real cheer.

The old Welshman came home toward daylight, spattered with candle grease, smeared with clay, and almost worn out. He found Huck still in the bed that had been provided for him, and delirious with fever. The physicians were all at the cave, so the Widow Douglas came and took charge of the patient. She said she would do her best by him, because, whether he was good, bad, or indifferent, he was the Lord's and nothing that was the Lord's was a thing to be neglected. The Welshman said Huck had good spots in him, and the widow said:

"You can depend on it. That's the Lord's mark. He don't leave it off. Puts it somewhere on every creature that comes from His hands."

Early in the forenoon parties of jaded men began to straggle into the village, but the strongest of the citizens continued searching. All the news that could be gained was that remotenesses of the cavern were being ransacked that had never been visited before; that every corner and crevice was going to be thoroughly searched; lights were to be seen flitting hither and thither in the distance, and shoutings and pistol shots sent their hollow reverberations to the ear down the somber aisles. In one place, far from

---

smear:바르다. 칠하다. delirious:헛소리를 하는, 열중한 widow:미망인, 과부
remotenesses:원거리, 거리가 먼 thither:저쪽으로, 그쪽에(there) reverberation:
반향음, 반사광, 반사열

새벽녘에 웨일즈 노인이 온몸에 촛농을 뒤집어 쓰고 진흙투성이가 된 채 녹초가 되어 집에 돌아왔다. 허크는 아직 침대에서 자고 있었는데, 신열로 헛소리를 했다.

마을 의사들은 모두 동굴에 나가고 없었으므로 더글라스 미망인이 와서 간호를 했다. 그녀는 최선을 다하겠다고 하며, 이 아이가 좋은 애든 나쁜 애든, 혹은 그 어느 쪽도 아니라고 해도 하느님의 아들이고 하느님의 아들인 이상 어느 누구도 소홀히 할 수 없기 때문이라고 말했다. 그에게도 착하고 좋은 점이 있다고 웨일즈 노인이 말하자 과부는 이렇게 대답했다.

"그렇고 말고요, 그것이 하느님의 표시지요. 하느님은 그것을 지우시지 않아요. 그의 손으로 만든 모든 창조물에는 어디엔가 표를 붙이지요."

아침이 되자 마을 사람들은 모두 녹초가 되서 집으로 돌아왔고, 기운이 남는 사람들은 아직도 남아서 수색을 계속했다. 동굴에서의 소식을 말하면, 아직까지 들어가 본 적이 없는 구석까지 샅샅이 찾았다는 것이다. 미로를 찾아보기도 하고, 멀리 등불이 반짝이는 게 보였고, 외치는 소리와 권총 소리가 어두운 동굴 안에서 메아리를 불러일으키더라는 것이다.

사람들이 보통 다니는 곳에서 멀리 떨어진 암벽에 촛불의 그

신열:병 때문에 더워지는 몸의 열

the section usually traversed by tourists, the names 'BECKY & TOM' had been found traced upon the rocky wall with candle smoke, and near at hand a grease-soiled bit of ribbon. Mrs. Thatcher recognized the ribbon and cried over it. She said it was the last relic she should ever have of her child; and that no other memorial of her could ever be so precious, because this one parted latest from the living body before the awful death came. Some said that now and then, in the cave, a faraway speck of light would glimmer, and then a glorious shout would burst forth and then a sickening disappointment always followed; the children were not there; it was only a searcher's light.

Three dreadful days and nights dragged their tedious hours along, and the village sank into a hopeless stupor. No one had heart for anything. The accidental discovery, just made, that the proprietor of the Temperance Tavern kept liquor on his premises scarcely fluttered the public pulse, tremendous as the fact was, and finally asked— dimly dreading the worst— if anything had been discovered at the Temperance Tavern since he had been ill.

'Yes," said the widow.

Huck started up in bed, wild-eyed:

---

grease: 기름, 지방 glimmer:희미하게 빛나다. 깜박이다. tedious:지루한, 지겨운, 진저리나는 tremendous:무서운, 거대한

을음으로 '베키와 톰'이라고 씌여 있고, 그 옆에 촛농이 묻은 리본이 떨어져 있었다고 한다. 대처 부인은 이 말을 듣고 다시 흐느껴 울기 시작했다. 이것이 그 애의 마지막 유물, 끔찍한 죽음이 오기 전에 마지막으로 딸의 몸에서 떨어진 것보다 더 귀중한 것이 어디 있겠느냐며 눈물을 흘렸다. 사람들 말에 의하면 동굴 안 먼 곳에서 불빛이 보여서 환성을 지르며 달려가 보면 그 불빛이 찾고 있는 아이들이 아니라서 실망을 했다고 한다.

사흘 밤 사흘 낮이 지리하게 흘러가고, 마을 사람들은 희망을 잃고 넋이 나간 상태에 빠져 있었다. 누구 하나 무엇을 해 보려는 의욕이 나지 않았다.

마침 여인숙 주인이 술을 감추어 두었다는 사실이 발각되었지만 이런 중대한 사건도 사람들의 관심을 돌리지는 못했다. 허크는 아팠지만 그 여인숙에서 어떤 것이 발견되었는지 조심스럽게 물었다.

"그럼, 발견됐지."

미망인이 대답했다.

허크는 눈빛이 바뀌면서 침대에서 일어났다.

"뭐, 뭐였어요?"

"술이란다! 그래서 문을 닫게 됐지. 자, 누워라. 그렇게 놀랄 일이 뭐 있니?"

"What! What was it?"

"Liquor!— and the place has been shut up. Lie down, child—what a turn you did give me!"

"Only tell me just one thing— only just one— please! Was it Tom Sawyer that found it?"

The widow burst into tears. "I've told you before, you must not talk. you are very, very sick!"

Then nothing but liquor had been found. So the treasure was gone forever-gone forever! But what could she be crying about? Curious that she should cry.

These thoughts worked their dim way through Huck's mind, and under the weariness they grave him-he fell asleep. The widow said to herself;

"There— he's asleep, poor wreck. Tom Sawyer find it! Pity but somebody could find Tom Sawyer! Ah!— there ain't many left, now, that's got hope enough, or strength enough, either, to go on searching."

---

liquor: 술, 알코올 음료 wreck: 난파, 파선, 파열, 좌절

"하나만 얘기해 줘요. 하나만. 톰 소여를 발견한 게 아니예요?"

미망인은 눈물을 흘렸다.

"자, 그만. 아무 말도 말아라! 말을 하면 안 좋다고 했잖아. 너는 몸이 너무 아프단다."

그렇다면 발견된 것은 술뿐인가. 그럼 보물은 영원히 사라져 버린 것일까. 그런데 아주머니는 왜 우는 걸까? 그녀가 왜 우는지.

이런저런 생각과 걱정을 하면서 허크는 깊은 잠에 빠져들었다. 미망인은 속으로 혼자 중얼거렸다.

'이제 잠이 들었구나. 불쌍도 해라. 톰 소여가 그걸 발견했다고! 톰 소여는 영영 찾을 수 없는 걸까! 아아, 이젠 희망도, 찾을 힘이 있는 사람들도 많이 없는데….'

CHAPTER 31
Found and Lost Again

NOW to return to Tom and Becky's share in the picnic. They tripped along the murky aisles with the rest of the company, visiting the familiar wonders of the cave— wonders dubbed with rather overdescriptive names, such as 'The Drawing Room,' 'The Cathedral,' 'Aladdin's Palace,' and so on. Presently the hide-and-seek frolicking began, and Tom and Becky engaged in it with zeal until the exertion began to grow a trifle wearisome; then they wandered down a sinuous avenue holding their candles aloft and reading the tangled webwork of names, dates, post-office addresses, and mottoes with which the rock walls had been frescoed (in candle smoke). Still drifting along and talking, they scarcely noticed that they were now in a part of the cave whose walls were Dot frescoed. They smoked their own names under an overhanging shelf and moved on. Presently they came to a place where a little stream of water, trickling over a ledge and carrying a limestone sediment with it, had, in the slow-dragging ages, formed a laced and ruffled Niagara in gleaming and

---

dub: 작위를 주다. 더빙하다. frolicking: 장난치며 놀다 뛰놀다. fresco:프레스코 그림을 그리다.

제 31 장
찾았다가 다시 잃다

이제 이야기를 피크닉에 참가한 톰과 베키에게 돌리기로 하자. 둘은 다른 애들과 함께 컴컴한 동굴 속을 돌아다니며, '응접실' 이니 '대사원' 이니 '알라딘의 궁전' 이니 하는 다소 과장된 이름이 붙은, 동굴 안의 명소를 찾아 다녔다. 그리고 술래잡기 놀이가 시작되어 톰과 베키는 재미있게 뛰어 놀았다.

얼마 후 그 장난도 싫증이 나기 시작했다. 둘은 일행에서 떨어져 꼬불꼬불한 길로 들어가 촛불을 들고서 바위틈에 마치 거미줄처럼 긁어져 있는 이름, 날짜, 주소, 금언 등을 읽으면서 계속 걸어갔다. 그리고 자기들도 이야기에 정신이 팔려 깊이 들어오게 된 것을 몰랐다. 둘은 돌출된 커다란 바위에 촛불 그을음으로 자기들의 이름을 쓰고 계속 걸어갔다.

잠시 후 물이 졸졸 흐르는 곳이 나왔다. 암벽에서 뚝뚝 떨어지는 물은 석회암 퇴적물을 날라다 긴 세월 동안 번쩍이는 바위를 만들어, 레이스 모양, 나이애가라 폭포 같은 모양을 만들었다. 톰은 몸을 벽에 기대고 촛불을 비춰서 폭포를 베키에게 보여 주었다. 그리고 거기서부터 아래쪽으로 좁은 벽 사이에서

금언:생활의 본보기가 될 귀중한 내용을 가진 짧은 어구
돌출:툭 튀어나옴

imperishable stone. Tom squeezed his small body behind it in order to illuminate it for Becky's gratification. He found that it curtained a sort of steep natural stairway which was enclosed between narrow walls, and at once the ambition to be a discoverer seized him. Becky responded to his call, and they made a smoke mark for future guidance, and started upon their quest. They wound this way and that, far down into the secret depths of the cave, made another mark, and branched off in search of novelties to tell the upper world about In one place ceiling depended a multitude of shining stalactites of the length and circumference of a man's leg; they walked all about it, wondering and admiring, and presently left it by one of the numerous passages that opened into it. This shortly brought them to a bewitching spring, whose basin was encrusted with a frostwork of glittering crystals; it was in the midst of a cavern whose walls were supported by many fantastic pillars which had been formed by the joining of great stalactites and stalagmites together, the result of the ceaseless waterdrip of centuries. Under the roof vast knots of bats had packed themselves together, thousands in a bunch; the lights disturbed the creatures, and they came flocking down by hundreds, squeaking and

gratification:만족시키기, 흐뭇하게 해주기 stairway:계단, 층계 ambition:야심, 대망 stalactites:종유석 squeaking:찍찍(끽끽)거리는, 삐꺽거리는 험한 천연적인 계단이 만들어져 있는 것을 발견하고 대번에 탐험하고 싶다는 욕망에 사로잡혔다.

톰이 부르자 베키가 달려와, 둘은 돌아올 때 길을 잃어버리지 않기 위해 촛불 그을음으로 표시를 하고는 탐험을 시작했다. 이리저리 굽이를 틀고 동굴의 깊숙한 곳으로 내려가서 표시를 했다. 바깥 사람들에게 자랑할 진기한 광경을 찾아 다른 길로 접어들었다. 어떤 곳에는 길이와 둘레가 사람 다리만한 종유석들이 무수히 천장에 있었다. 둘은 감탄을 금치 못하며 사방을 걸어다녔다.

얼마 후 거기서 나와 여러 갈래로 난 길 하나를 골라 들어갔다. 그러자 곧 매혹적인 모습을 한 샘이 나왔는데, 바닥에는 수정이 빛나는 듯했다. 이 샘은 동굴 한 가운데 있었는데, 사방의 벽에는 여러 가지 환상적인 모양의 기둥들이 서 있었다. 이 기둥들은 몇 백년 동안 쉬지 않고 물이 떨어져 커다란 종유석과 석순이 같이 붙어서 형성된 것이다.

천장에는 수천 마리나 되는 박쥐떼가 무리를 지어 모여 있었다. 불빛에 놀란 박쥐들이 떼를 지어 수백 마리가 날아올라 촛불을 향해 무서운 기세로 덤벼들었다. 톰은 그들의 성질을 잘 알고 있었으므로 이러다간 위험할지도 모른다고 생각했다. 그

darting furiously at the candles. Tom knew their ways and the danger of this sort of conduct. He seized Becky's hand and hurried her into the first corridor that offered; and none too soon, for a bat struck Becky's light out with its wing while she was passing out of the cavern. The bats chased; but the fugitives plunged into every new passage that offered, and at last got rid of the Perilous things. Tom found a subterranean lake, shortly, which stretched its dim length away until its shape was lost in the shadows. He wanted' to explore its borders, but concluded that it would be best to sit down and rest awhile, first. Becky said:

"Why, I didn't notice, but it seems ever so long since I heard any of the others."

"Come to think, Becky, we are away down below them - and I don't know how far away north, or south, or east, or whichever it is. We couldn't hear them here."

Becky grew apprehensive.

"I wonder how long we've been down here, Tom. We better start back."

"Yes, I reckon we better. P'raps we better."

"Can you find the way, Tom? It's an a mixed-up crookedness to me."

"I reckon I could find it— but then the bats. If they put

---

chase: 쫓는 사람, 추격자 subterranean: 지하의, 지하의 사람 apprehensive: 염려하는, 걱정하는

래서 재빨리 베키의 손을 잡고 가까운 샛길로 몸을 피했다. 그러나 박쥐 한 마리가 베키가 든 촛불에 날아와 그만 불을 꺼버렸다. 잠시 후에 톰은 지하 호수를 발견했다. 얼마나 넓은지 크기가 그림자의 어둠속에 가려졌다. 톰은 그 둘레를 탐험해 보고 싶었지만, 우선 쉬는 게 좋겠다고 생각해서 바닥에 주저 앉았다. 베키가 입을 열었다.

"저기, 지금까지 모르고 있었지만 다른 애들의 말소리가 들리지 않은 지가 꽤 오래 된 것 같아."

"그렇지, 베키. 우리는 훨씬 아래에 와 있어. 그런데 북쪽인지 남쪽인지 동쪽인지 서쪽인지 전혀 모르겠어. 다른 애들의 목소리가 안 들리니까 더 그래."

베키가 걱정하기 시작했다.

"우리가 얼마나 왔을까? 톰. 이젠 돌아가는 게 낫겠어."

"그래 가자. 가는 게 낫겠다."

"길을 찾을 수 있겠니? 난 전혀 모르겠어."

"찾아낼 수 있을 것 같아. 하지만 박쥐들이 있어서 둘 다 촛불이 꺼지면 큰일이야. 그 길 말고 다른 길로 가보자."

"글쎄, 길을 잃는 건 아닐까? 길을 잃으면 큰일인데!"

둘은 좁은 길을 걷기 시작했다. 한동안 서로 아무 말 없이

both our candles out it will be an awful fix. Let's try some other way, so as not to go through there."

"Well. But I hope we won't get lost. It would be so awful!" and the girl shuddered at the thought of the dreadful possibilities.

They started through a corridor, and traversed it in silence a long way, glancing at each new opening to see if there was anything familiar about the look of it; but they were all strange. Every time Tom made an examination, Becky would watch his face for an encouraging sign, and he would say cheerily:

"Oh, it's all right. This ain't the one, but we'll come to it right away!"

But he felt less and less hopeful with each failure, and presently began to turn off into diverging avenues at sheer random, in desperate hope of finding the one that was wanted. He still said it was "all right," but there was such a leaden dread at his heart that the words had lost their ring and sounded just as if he had said, "All is lost!" Becky clung to his side in an anguish of fear, and tried hard to keep back the tears, but they would come. At last she said:

"Oh, Tom, never mind the bats, let's go back that way!

shudder: 벌벌떨다, 몸서리치다. corridor: 복도 random: 닥치는 대로의, 되는 대로의 anguish: 심하게 괴롭히다. 고뇌 conspicuous: 눈에 띄는, 현저한, 저명한 걸었다. 그리고 새 입구가 나올 적마다 낯익은 데가 없나 하고 유심히 살펴보았다. 하지만 모두가 처음 보는 곳이었다. 톰이 조사를 할 때마다 베키는 무슨 밝은 표정이 있는지 톰의 얼굴을 살폈다. 그때마다 톰은 씩씩하게 말했다.

"괜찮아! 이건 아니지만 곧 진짜 길이 나올거야."

그러나 실패가 거듭되면서 희망이 없어지기 시작했다. 얼마 후에는 어쩌면 자기들이 찾고 있는 길로 나갈 수 없을지도 모르겠다는 절망적인 희망을 가지고, 되는 대로 아무 샛길이나 들어가기 시작했다.

여전히 '문제 없다' 고 말하고 있었지만 마음속에는 무서운 공포가 스며들고 있었다. 마치 '이젠 틀렸다!'라고 말하는 것처럼 들렸다. 베키는 두려워서 톰에게 바싹 달라붙었고 이를 악물었다.

마침내 베키가 말했다.

"이봐, 톰. 박쥐 같은 건 상관하지 말고 그 길로 돌아가자. 가면 갈수록 길을 잃어버리는 것 같아."

톰이 걸음을 멈추었다.

"쉿! 들어!"

사방이 죽은 듯이 고요하기만 했다. 자기들의 숨소리가 유난

we seem to get worse and worse off all the time."

Tom stopped.

"Listen!" said he.

Profound silence; silence so deep that even their breathings were conspicuous in the hush. Tom shouted. The call went echoing down the empty aides and died out in the distance in a faint sound that resembled a ripple of mocking laughter.

"Oh, don't do it again, Tom, it is too horrid," said Becky.

"It is horrid, but I better, Becky; they might hear us, you know," and he shouted again.

The "might" was even a chillier horror than the ghostly laughter, it so confessed a perishing hope. The children stood still and listened; but there was no result. Tom turned upon the back track at once, and hurried his steps. It was but a little while before a certain indecision in his manner revealed another fearful fact to Becky— he could not find his way back!

"Oh, Tom, you didn't make any marks!"

"Becky, I was such a fool! Such a fool! I never thought we might want to come back! No— I can't find the way. It's all mixed up."

---

ripple: 잔물결, 파문 confess:고백하다. 자인하다.

히 뚜렷하게 들릴 만큼 고요했다. 톰은 '어이!' 하고 부르짖었다. 그 소리는 텅빈 동굴에 메아리쳐 비웃는 듯한 웃음 소리와도 같은 희미한 울림이 되어 사라져 버렸다.

"그만둬, 톰. 너무 무서워."

베키가 말했다.

"무섭지만 해보는 게 좋아. 베키. 다른 애들이 들을지도 모르니까."

톰은 다시 한번 큰소리를 질렀다.

그러나 톰의 '들릴지도 모른다.'란 말은 음침한 웃음 소리보다 더 무서웠다. 그것은 희망이 단절되었다는 것을 고백하는 것이었다. 둘은 가만히 선 채 귀를 기울였다. 아무 소득이 없었다.

톰은 오던 길로 되돌아 서서 걸음을 빨리했다. 그러나 잠시 후 톰의 이런 태도에서 아까와는 또 다른 무서운 사실을 깨달았다. 돌아갈 길조차 모르고 있는 것이다.

"톰, 너 표시를 해 놓지 않았구나!"

"그래, 베키야, 난 바보였어. 정말 멍청이야! 되돌아올지도 모른다는 생각은 통 안했어! 이젠 틀렸어. 길을 모르겠어. 어디가 어딘지 모르겠단 말이야."

"톰, 우리는 길을 잃은 거야! 그렇지? 이 무서운 곳에서 평생

음침한:어두컴컴하고 스산한

"Tom, Tom, we're lost! we're lost! we never can get out of this awful place! Oh, why did we ever leave the others!"

She sank to the ground and burst into such a frenzy of crying that Tom was appalled with the idea that she might die, or lose her reason. He sat down by her and put his arms around her; she buried her face in his bosom, she clung to him, she poured out her terrors, Tom begged her to pluck up her terrors, hope again, and she said she could not He fell to blaming and abusing himself for getting her into this miserable situation; this had a better effect. She said she would try to hope again, she would get up and follow wherever he might lead if only he would not talk like that. For he was no more to blame than she, she said. So they moved on again— aimlessly— simply at random— all they could do was to move, keep moving.

By and by Tom took Becky's candle and blew it out This economy meant. Becky understood, and her hope died again. She knew that Tom had a whole candle and three or four pieces in his pockets— yet he must economize.

By and by, fatigue began to assert its claims; the children tried to pay no attention, for it was dreadful to think

---

frenzy:광란, 열광, 격앙시키다. appall:간담을 서늘하게 하다. miserable:불쌍한, 비참한 assert:단언하다, 주장하다.

나갈 수 없는 거야! 아아. 어쩌다 다른 애들과 떨어지게 됐지!"

베키는 땅바닥에 털썩 주저앉아 울음을 터뜨렸다. 그녀의 울음 소리가 너무 커서 톰은 혹시 저러다 죽는 게 아닌가 하는 걱정까지 들었다. 톰은 옆에 앉아 베키를 꼭 껴안았다. 베키는 톰의 가슴에 얼굴을 묻고 무섭다고 했다. 기운을 내라고 말했지만 소용이 없었다. 톰은 베키를 이런 비참한 지경에 빠뜨린 것은 자기 때문이라고 스스로를 책망했다.

이것이 효과를 나타냈다. 베키는 이제부터 힘을 내보겠다며, 톰이 가는 곳이라면 어디라도 따라갈테니 두 번 다시는 그런 말을 하지 말라고 했다. 톰만 잘못한 게 아니고 자기한테도 잘못이 있다고 했다. 그래서 그들은 목적지도 없이 발 가는 대로 걷기 시작했다.

잠시 후, 톰은 베키의 촛불을 훅 불어 껐다. 만약의 경우를 대비해 초를 아끼자는 것이었다. 베키는 그것을 알고는 다시 희망을 잃었다. 그녀는 톰의 주머니 속에 새 초 하나와 쓰다 남은 것이 서너 개 남아 있다는 것을 알았다.

시간이 갈수록 몸이 피곤해졌다. 둘은 애써 그것을 무시하려고 했다. 시간이 매우 귀중한데 앉아서 쉰다는 것은 생각할 수

책망:허물을 들어 꾸짖음

of sitting down when time was grown to be so precious; moving, in some direction, in any direction, was at least progress and might bear fruit; but to it down was to invite death and shorten its pursuit.

At last Becky's frail limbs refused to carry her farther. She sat down. Tom rested with her, and they talked of home, and friends there, and the comfortable beds and, above all, the light! Becky cried, and Tom tried to think of some way of comforting her, but all his encouragements were grown threadbare with use, Fatigue bore so heavily upon Becky that she drowsed off to sleep. Tom was grateful. He sat looking into her drawn face and saw it grow smooth and natural under the influence of pleasant dreams; and by and by a smile dawned and rested there. The peaceful face reflected somewhat of peace, and his thoughts wandered away to bygone times and dreamy memories. While he was deep in his musings, Becky woke up with a breezy little laugh— but it was stricken dead upon her lips, and a groan followed it.

"Oh, how could I sleep! I wish I never, never had waked! No! No, I don't, Tom! Don't look so! I won't say it again."

"I'm glad you've slept, Becky; you'll feel rested, now,

---

threadbare:입어서 낡은, 누더기를 걸친, 진부한 musings:꿈을 꾸는 듯한, 생각에 잠긴

도 없는 일이었다. 어느 방향으로건 움직인다는 것은 적어도 지금보다 나은 것을 말하며, 좋은 결과를 얻을 수 있을지도 모르는 일이었다. 그러나 주저앉는다는 것은 곧 죽음을 의미하며, 죽음의 추적을 좁히는 결과밖에 안 되었다.

드디어 베키의 가냘픈 다리는 한 발짝도 움직이지 못하게 되었다. 베키는 앉았다. 톰도 함께 쉬었다. 둘은 집 이야기, 친구들 이야기, 폭신한 침대 이야기, 그리고 무엇보다도 그리운 등불에 대한 이야기를 주고 받았다. 베키는 마침내 울음을 터뜨리고 말았다. 톰은 어떻게 해서든지 그녀를 위로하려고 애썼지만, 베키를 위로할 수 없었다.

베키는 너무 피곤해서 꾸벅꾸벅 졸기 시작했다. 톰은 오히려 고마웠다. 베키의 얼굴을 찬찬히 들여다보니, 즐거운 꿈이라도 꾸는 듯 차츰 편안하고 자연스러운 얼굴이 되어갔다. 조금 후 미소를 지으면서 편히 잠들었다. 그 평온한 얼굴을 보고 있는 동안 톰의 마음도 평온해졌다. 괜히 지난 날의 추억을 떠올리게 되었다. 이렇게 생각에 잠겨 있을 때 베키가 환한 미소를 지으며 눈을 떴다. 그러나 그 미소는 입술가에서 멎더니 신음 소리가 그 뒤를 이었다.

"어머, 깜박 졸았나봐! 영영 깨어나지 않았으면 좋았을걸! 아니야, 거짓말이야, 톰! 그런 얼굴 하지마! 다시는 그런 말 안

and well find the way out."

"We can try, Tom; but I've seen such a beautiful country in my dream. I reckon we are going there."

"Maybe not, maybe not. Cheer up, Becky, and let's go on trying.

They rose up and wandered alone, hand in hand and hopeless. They tried to estimate how long they had been in the cave, but all they knew was that it seemed days and weeks, and yet it was plain that this could not be, for their candles were not gone yet A long time after this they could not tell how long Tom said they must go softly and listen for dripping water-they must find a spring. Tom said it was time to rest again. Both were cruelly tired, yet Becky said she thought she could go on a little farther. They sat down, and Tom fastened his candle to the wall in front of them with some clay. Nothing was said for some time; then Becky spoke:

"Tom, I am so hungry!"

Tom took something out of his pocket.

"Do you remember this?" said he.

Becky almost smiled.

"It's our wedding cake, Tom."

"Yes— I wish it was as big as a barrel, for it's all we've

---

reckon:세다, 계산하다. 단정하다. estimate:누렇게 뜨게 하다. cruelly:잔인하게 barrel:통한, 통의 분량

할 테니까."

"네가 자고 일어나서 기뻐, 베키. 자, 나가는 길을 찾아보자."

"그래 찾을수 있을거야. 꿈속에서 아주 멋진 나라를 보았어. 이제부터 둘이서 거기로 가는 건지도 몰라."

"그렇지 않아. 기운을 내, 베키. 자, 가보자."

둘은 일어서서 손을 잡고 다시 희망없이 걷기 시작했다. 이 동굴에 들어온 지 얼마나 되었을까 계산해 보았지만, 아무래도 며칠 아니 몇 주일이 지난 것 같았다. 하기야 아직 초가 다 없어지지 않은 것을 보면 그렇게까지 되지는 않은 게 분명한 일이었다. 한참만에 톰은 샘물을 찾아야겠다며 가급적 발소리를 죽여 걸었다. 둘은 샘물을 찾아냈다. 톰은 잠시 쉬었다가 가자고 했다. 베키는 지치기는 했지만 아직 더 걸을 수 있다고 했다. 둘은 자리에 주저앉아 진흙으로 초를 바위에다 붙였다. 잠시 동안 말이 없었다. 그때 베키가 입을 열었다.

"톰, 나 배고파!"

톰이 주머니에서 무엇을 꺼냈다.

"이거 생각나?"

베키는 미소를 지었다.

"우리 약혼식 과자지?"

"그래. 이게 통처럼 크면 좋겠지만 이게 전부야."

got."

"I saved it from the picnic for us to dream on, Tom, the way grown-up people do with wedding cake but it'll be our "

She dropped the sentence where it was. Tom divided the cake and Becky ate with good appetite, while Tom nibbled at his moiety. There was abundance of cold water to finish the feast with. By and by Becky— suggested that they move on again. Tom was silent a moment. Then he said:

"Becky, can you bear it if I tell you something?"

Becky's face paled, but she thought she could.

"Well, then, Becky, we must stay here, where there's water to drink. That little piece is our last candle!"

Becky gave loose to tears and wailings. Tom did what he could to comfort her, but with little effect At length Becky said:

"Tom!"

"Well, Becky?"

"They'll miss us and hunt for us!"

"Yes, they will! Certainly they will!"

"Maybe they're hunting for us now, Tom."

"Why, I reckon maybe they are. I hope they are."

---

nibbled:조금씩 갉아 먹다. moiety:일부분, (재산의)반 wailings: 전차, 북두칠성

"난 그걸 보면서 여러 가지 꿈을 꾸어 보려고 일부러 야유회에 가져오지 않았어. 어른들도 결혼식 과자는 그렇게 두잖아? 하지만 이렇게 될 줄 알았으면…."

베키는 여기서 말을 끊었다. 톰은 그 과자를 반으로 나눴다. 베키는 한 입에 다 먹어 버렸지만 톰은 자기 몫을 조금씩 뜯어 먹었다. 이 성찬의 마지막을 장식해 줄 냉수는 얼마든지 있었다. 잠시 후 베키가 움직이자고 했다. 톰은 잠시 말이 없다가 입을 열었다.

"베키, 내가 무슨 말을 해도 참을 수 있겠어?"

베키의 얼굴이 창백해지더니 참을 수 있다고 했다.

"그렇다면 말이야, 베키. 우리는 여기 물이 있는 곳에 있어야해. 초도 이게 마지막이야."

베키가 그만 울음을 터뜨렸다. 톰은 온갖 노력을 다하여 달래 보았지만 소용이 없었다. 드디어 베키가 말했다.

"톰!"

"왜, 베키?"

"다들 우리가 없어진 걸 알고 찾고 있겠지?"

"그럴거야. 틀림없이 그럴거야."

"그래! 그랬으면 좋겠어."

"우리가 없어진 걸 언제쯤 알았을까?"

성찬:푸짐하게 잘 차린 음식

"When would they miss us, Tom?"

"When they get back to the boat, I reckon."

"Tom, it might be dark then— would they notice we hadn't come?"

"I don't know. But anyway, your mother would miss you as soon as they got home."

A frightened look in Becky's face brought Tom to his senses and he saw that he had made a blunder. Becky was not to have gone home that night! The children became silent and thoughtful. In a moment a new burst of grief from Becky showed Tom that the thing in his mind had struck hers also— that the Sabbath morning might be half spent before Mrs. Thatcher discovered that Becky was not at Mrs. Harper's.

The children fastened their eyes upon their bit of candle and watched it melt slowly and pitilessly away; saw the half inch of wick stand alone at last; saw the feeble flame rise and fall, climb the thin column of smoke, linger at its top a moment, and then— the horror of utter darkness reigned!

How long afterward it was that Becky came to a slow consciousness that she was crying in Tom's arms. All that they knew was, that, after what seemed a mighty stretch

---

blunder: 큰 실수, 실수하다 fasten:단단히 고정시키다. 단단히 묶다. pitilessly: 무자비하게, 냉혹하게 feeble:연약한, 미약한 utter:전적인, 절대적인, 순전한

"배에 타고 나서겠지."

"하지만 그땐 이미 어두워졌을텐데. 우리가 없는 걸 모르고 지나칠 수도 있어."

"글쎄? 하지만 그들이 집에 돌아가면 네 엄마가 알 거 아냐. 너만 안 돌아온 걸 말야."

놀란 베키의 얼굴을 보고서 톰은 자신이 실수한 것을 알았다. 베키는 그날 밤 집으로 가지 않기로 되어 있었던 것이다. 둘은 다시 생각에 잠겼다. 그러다가 베키가 다시 울음을 터뜨리는 바람에 톰은 베키도 자신과 같은 생각을 하고 있다는 것을 알아차렸다. 대처 부인이, 베키가 하퍼 부인의 집에서 자지 않았다는 사실을 알게 되는 것은 일요일 오전이 훨씬 지난 뒤에야 가능한 일이었다.

둘은 촛불을 응시하며, 야속하게 자꾸만 짧아져 가는 것을 지켜보았다. 심지가 반 인치밖에 안 남고, 불꽃이 심하게 흔들리면서 가느다란 연기가 한 가닥 피어오르며, 빨간 빛이 반짝하고 타오르더니 그만 사방이 암흑에 싸이고 말았다. 그 후 얼마쯤 시간이 지난 후에 베키가 톰의 팔에 매달려 울면서 조금씩 정신이 돌아왔다. 그들이 알 수 있었던 것은 긴 시간이 경과한 후 죽음과 같은 깊은 잠에서 깨어나 새삼스럽게 자신들의 불행을 깨달았다는 것뿐이었다. 톰이 "오늘이 일요일일지, 아니

야속:인정머리 없고 쌀쌀함

of time, both awoke out of a dead stupor of sleep and resumed their miseries once more. Tom said it might be Sunday, now maybe Monday. He tried to get Becky to talk, but her sorrows were too oppressive, all her hopes were gone. Tom said that they must have been missed long ago, and no doubt the search was going on. He would shout and maybe someone would come. He tried it, but in the darkness the distant echoes sounded so hideous that he tried it no more.

The hours wasted away, and hunger came to torment the captives again. A portion of Tom's half of the cake was left; they divided and ate it. But they seemed hungrier than before. The poor morsel of food only whetted desire.

By and by Tom said:

"Sh! Did you hear that?"

Both held their breath and listened. There was a sound like the faintest, far-off shout Instantly leading Becky by the hand, started groping down the corridor in its direction. Presently he listened again; again the sound was heard, and apparently a little nearer.

"It's them!" said Tom. "They're coming! Come along, Becky we're all right now!"

The joy of the prisoners was almost overwhelming.

---

stupor:무감각, 혼수, 멍해짐 oppressive:압재적인, 가혹한 hideous :무시무시한, 소름끼치는 faintest:겁쟁이 corridor:복도

월요일일지도 모른다." 고 말했다. 그리고 베키에게 이야기를 시켜 보려고 했지만 그녀는 모든 희망을 잃고 슬픔에 빠져 있었다.

마을 사람들이 벌써 오래 전에 자기들이 없어진 것을 알고 틀림없이 수색을 시작했을 거라고 톰은 말했다. 소리를 지르면 누가 들을지도 모른다. 그래서 톰은 있는 힘을 다해서 소리를 질러보았다. 그러나 암흑 저쪽에서 메아리쳐 오는 소리가 어찌나 무서운지 두 번 다시 되풀이해 볼 생각이 나지 않았다. 시간은 자꾸만 흘러가고 또다시 배가 고팠다. 톰의 몫인 과자가 아직 얼마간 남아 있었으므로 둘은 그것을 나눠 먹었다. 그러나 먹기 전보다 더 시장한 것 같았다. 한 입의 음식은 오히려 식욕만 돋우었을 뿐이었다. 갑자기 톰이 말했다.

"쉿! 저게 무슨 소릴까?"

둘 다 숨을 죽이고 그 소리에 귀를 기울였다. 멀리서 아주 희미한 소리가 들려 온 것이었다. 톰은 베키의 손을 잡고, 소리가 난 통로쪽으로 더듬어 가기 시작했다. 다시 한번 귀를 기울였다. 또다시 소리가 들려왔다. 아까보다 가까워진 것 같았다.

"사람들이야! 마을 사람들이 왔어! 자, 기운을 내. 베키. 이젠 살았어!"

둘의 기쁨은 이루 헤아릴 수가 없었다. 그러나 여기저기 움

Their speed was slow, however, because pitfalls were somewhat common, and had to be guarded against. They shortly came to one and had to stop. It might be three feet deep, it might be a hundred— there was no passing it, at any rate. Tom got down on his breast and reached as far down as he could. No bottom. They must stay there and wait until the searchers came. They listened; evidently the distant shoutings were growing more distant; a moment or two more and they had gone altogether. Tom whooped until he was hoarse— but it was of no use. He talked hopefully to Becky, and no sounds came again.

The children groped their way back to the spring. The weary time dragged on; they slept again, and awoke famished and woe-stricken. Tom believed it must be Tuesday by this time.

Now an idea struck him. There were some side passages near at hand. It would be better to explore some of these than bear the weight of the heavy time in idleness. He took a kite line from his pocket, tied it to a projection, and he and Becky started, Tom in the lead, unwinding the line as he groped along. At the end of twenty steps the corridor ended in a "jumping-off place." Tom got down on his knees and felt below, and then as far around the

---

pitfalls:함정, 유혹 evidently:분명하게, 명백히 ished:굶주림 woe-stricken:절망 grop:손으로 더듬다, 더듬어 찾다 corridor:복도

푹 파인 웅덩이가 있어서 조심해야 했기 때문에 걸음이 늦어질 수밖에 없었다. 얼마 가지 않아 커다란 웅덩이 하나가 앞에 가로놓여 있어서 더 갈 수가 없었다. 깊이가 3피트, 아니 백 피트가 될지도 몰랐다. 어쨌든 뛰어넘을 수는 없었다. 톰은 배를 깔고 엎드려 손을 아래로 뻗어 보았다. 그러나 바닥 같은 것이 만져지지 않았다. 그렇다면 여기서 그들이 오기를 죽은 듯이 가만히 기다리고 있을 수 밖에 없다. 다시 귀를 기울였다. 멀리서 들려오는 소리가 점점 더 멀어져 갔다. 그리고는 이내 완전히 들리지 않게 되고 말았다. 톰은 목이 쉴 정도로 외쳤지만 아무 소용이 없었다. 베키에게는 그래도 가망이 있다는 듯이 말했지만, 그 소리는 다시 들리지 않았다. 둘은 다시 더듬으며 샘물이 있는 데로 돌아왔다. 지루한 시간이 느릿느릿 흘러갔다. 다시 잠이 들었다가 눈을 떴을 때는 지독한 굶주림과 절망을 맛보아야 했다. 오늘은 화요일일 거라고 톰은 생각했다.

그때 무슨 생각 하나가 언뜻 머리에 떠올랐다. 근처에 샛길이 몇 개 있다는 생각이었다. 아무 일도 안 하고 무거운 시간을 보내기보다는 길을 찾아 보는 편이 나을지도 몰랐다. 톰은 주머니에서 연 줄을 꺼내 바위에 묶고 베키와 함께 떠났다. 연줄을 가지고 톰이 앞장서서 스무 발짝 정도 걸어가자, 길은 끊어져 있었다. 톰은 무릎을 꿇고 손이 미치는 데까지 아래를 더

corner as he could reach with his hands conveniently- he made an effort to stretch yet a little farther to the right, and at that moment, not twenty yards away, a human hand, holding a candle, appeared from behind a rock! Tom lifted up a glorious shout, and instantly that hand was followed by the body it belonged to--- Injun Joe's! Tom was paralyzed; he could not move. He was vastly gratified the next moment to see the "Spaniard" take to his heels and get himself out of sight. Tom wondered that Toe had not recognized his voice. But the echoes must have disguised the voice. Without doubt, that was it, he reasoned. Tom's fright weakened every muscle in his body. He said to himself that if he had strength enough to get back to the spring he would stay there, and nothing should tempt him to run the risk of meeting Injun Joe again. He was careful to keep from Becky what it was he had seen. He told her he had only shouted 'for luck.'

But hunger and wretchedness rise superior to fears in the long run. Another tedious wait at the spring and another long sleep brought changes. The children awoke tortured with a raging hunger. Tom believed that it must be Wednesday or Thursday or even Friday or Saturday, now, and that the search had been given over. He proposed to

---

paralyze:마비시키다. 무력하게 하다 tedious:지루한, 장황한

듬어 보았다. 그리고 오른쪽으로 좀 더 손을 뻗으려고 하는 순간, 20야드도 안 떨어진 곳에 촛불을 든 사람의 손이 뒤에서 불쑥 나타났다! 톰은 기쁜 나머지 '와!' 하고 소리를 질렀으나, 그와 동시에 그 손의 주인이 인디언 조인 것을 알았다. 톰은 꼼짝도 할 수 없었다. 다음 순간 '스페인 사람'이 휙 몸을 돌려 저쪽으로 모습을 감추는 것을 보고 톰은 비로소 안도의 한숨을 내쉴 수 있었다. 자기 목소리를 알아채지 못해서 이상했다. 아니, 어쩌면 메아리가 목소리를 다르게 들리게 했는지도 모른다. 맞아, 그게 틀림없다. 톰은 이렇게 단정했다. 이 일로 너무 크게 놀라서 근육이 마비된 것 같았다. 만일 샘 있는 데까지 돌아갈 수만 있다면 거기 그대로 꼼짝 말고 있자. 무슨 일이 있어도 인디언 조와 마주쳐서는 안 된다. 그리고 자기가 본 것을 베키에게 말하지 않았다. 그저 '재수가 좋으라고' 한번 소리를 질러본 것이라고 말했다.

그러나 결국 기아와 절망감이 공포심을 앞지르게 되었다. 샘물가에서 지리한 시간을 보낸 다음, 한참 자고 나니 사정이 달라졌다. 배고픈 것을 참지 못해 잠이 깬 것이다. 톰은 오늘이 수요일이나 목요일, 아니 금요일이나 토요일일지도 모른다고 생각했다. 그렇다면 수색은 이미 끝났을 게 분명했다. 톰은 다시 길을 찾아 보자고 했다. 인디언 조건 뭐건 무서울 게 없다

안도:마음을 놓음 기아:굶주림

explore another passage. He felt willing to risk Injun Joe and all other terrors. But Becky was very weak. and would not be aroused. Now where she was, and die - it would not be long. she told Tom to go with the kite line and explore if he chose; but she implored him to come back every little while and speak to her; and she made him promise that when the awful time came, he would stay by her and hold her hand until all was over.

Tom kissed her, with a choking sensation in his throat, and made a show of being confident of finding the searchers or an escape from the cave; then he took the kite line in his hand and went groping down one of the passages on his hands and knees, distressed with hunger and sick with bodings of coming doom.

CHAPTER 32
"Turn Out! They're Found!"

TUESDAY afternoon came and waned to the twilight. The village of St. Petersburg still mourned. The lost children had not been found. Public prayers had been offered

---

arouse:일으키다. 깨우다. 자극하다. implore:탄원하다. 애원하다.

는 생각이었다. 그러나 베키는 지쳐서 힘이 없었다. 제대로 설 수 있을 것 같지도 않았다. 결국 죽고 말 거라면 차라리 여기 있는 것이 낫다는 것이었다. 그리고 톰에게는 가도 좋지만 연줄을 가지고 가서, 자주 돌아와 자기한테 소식을 알려 달라고 했다. 만일 죽게 되는 순간이 다가오면 자기 옆에서 숨을 거둘 때까지 손을 잡아 달라는 말도 했다.

톰은 가슴이 메어질 듯한 심정으로 베키에게 키스를 하고, 이제 곧 수색대가 자기들을 구하러 올 테니 걱정하지 말라고 했다. 그리고는 굶주린 배를 움켜지고, 다가올 운명에 대해 불길한 예감을 하면서 연줄을 손에 쥐고서 길을 더듬어갔다.

제 32 장
나오다, 그들이 발견되다.

화요일 오후가 지나고 곧 황혼이 다가왔다. 세인트 피터즈버그 마을은 여전히 슬픔에 잠겨 있었다. 실종된 아이들을 찾지 못했다. 여러 사람들이 그들을 위해 기도했다. 여전히 동굴에서는 좋은 소식이 없었다. 대부분의 수색 대원들은 아이들을 찾

up for them, and many and many a private prayer that had the petitioner's whole heart in it; but stilt no good news came from the cave. The majority of the searchers had given up the quest and gone back to their daily vocations, saying that it was plain the children could never be found. Mrs. Thatcher was very ill. Aunt Polly had drooped into a settled melancholy, and her gray hair had grown almost white. The village went to its rest on Tuesday night, sad and forlorn.

Away in the middle of the night a wild peal burst from the village bells, and in a moment the streets were swarming with frantic half-clad people, who shouted, "Turn out! Turn out! They're found! They're found!" Tin pans and horns were added to the din, the population massed itself and moved toward the river, met the children coming in an open carriage drawn by shouting citizens, thronged around it, joined its homeward march, and swept magnificently up the main street roaring huzzah after huzzah!

The village was illuminated; nobody went to bed again; it was the greatest night the little town had ever seen. During the first half hour a procession of villagers filed through Judge Thatcher's house, seized the saved ones and kissed them, squeezed Mrs. Thatcher's hand, tried to

---

twilight:어스름, 미광, 여명 petitioner:청원자, 원고 mourner:슬퍼하는 사람, 애도자 droop:수그러지다. 소침하다. melancholy:우울, 울적한, 우울증 forlorn:고독한, 버림받은, 쓸쓸한 peal:우렁찬 소리, 울리다. half-clad:옷을 제대로 걸치지 않은 huzzah:만세(=hurrah)

을 수 없다며 각기 일터로 돌아갔다. 대처 부인은 병석에 누웠다. 폴리 이모도 지칠 대로 지쳐 희끗희끗한 머리가 거의 백발이 되고 말았다. 화요일 밤, 마을은 슬픔과 절망 속에 깊이 침잠해 있었다.

그 한밤중에 마을의 종이 요란하게 울렸다. 삽시간에 거리란 거리는 옷도 제대로 안 걸친 사람들로 꽉 찼다. 그리고 '일어나! 일어나! 찾았어! 애들을 찾았어!' 하고 흥분해서 외치며, 양철 냄비와 호각 소리를 요란하게 울려댔다. 사람들은 강둑을 따라 떼를 지어 몰려가, 마차에 실려오는 두 아이를 맞이했다. 그리고 "만세!"라고 소리 높이 외치며 마을로 무리를 지어 돌아왔다.

온 동네에 불이 환히 켜지고, 아무도 다시 자려는 사람이 없었다. 이 작은 마을이 생긴 이래 이처럼 커다란 사건이 발생한 밤은 일찍이 한 번도 없었다. 마을 사람들은 대처 판사네 집으로 몰려가, 살아 돌아온 아이들을 껴안고 키스를 퍼부으며, 대처 부인의 손을 꼭 잡고서는 말도 못한 채 눈물만 줄줄 흘렸다.

폴리 이모도 더할 나위 없이 기뻤다. 대처 부인도 마찬가지였다. 톰은 흥분한 청중에 둘러싸인 채 의자에 드러누워, 자신의 이야기에 살을 붙여가며 이야기했는데 베키를 남겨두고 혼

침잠:깊이 가라앉음

speak but couldn't— and drifted out raining tears all over the place.

Aunt Polly's happiness was complete, and Mrs. Thatcher's nearly so. Tom lay upon a sofa with an eager auditory about him and told the history of the wonderful adventure, putting in many striking additions to adorn it withal; and closed with a description of how he left Becky and went on an exploring expedition; how he followed two avenues as far as his kite line would reach, and was about to turn back when he glimpsed a far-off speck that looked like daylight; dropped the line and groped toward it, pushed his head and shoulders through a small hole and saw the broad Mississippi rolling by! And if it had only happened to be night he would not have seen that speck of daylight and would not have explored that passage any morel He told how he went back for Becky and broke the good news and she told him not to fret her with such stuff, for she was tired, and knew she was going to die, and wanted to. He described how he labored with her and convinced her; and how she almost died with joy, how he pushed his way out at the hole and then helped her out; how they sat there and cried for gladness; how some men came along in a skiff and Tom hailed them and told them

---

auditory:청각의 withal:~으로서 expedition:탐험, 원정 speck:오점, 반점 반점 을 찍다. glimpse:흘끗봄, 희미한 감시, 얼핏보다 fret:초조하게 하다.

자서 탐험에 나간 이야기로 끝을 맺었다. 연줄이 닿는 데까지 두 가닥 길을 따라갔다가 돌아오려고 막 돌아설 때 멀리서 햇빛 같은 빛줄기가 새어 들어오는 게 보여서 연줄을 버리고 그쪽으로 가 조그만 틈으로 머리를 내밀고 보니 눈앞에 넓고 넓은 미시시피강이 보이더라는 것이었다. 만일 이 때가 밤이었다면 빛을 보지도 못했을 것이다. 그리고 더이상 찾으러 갈 생각도 나지 않았을 것이다. 톰이 돌아와서 베키에게 이 기쁜 소식을 전하자, 베키는 그런 터무니없는 말로 귀찮게 하지 마라며, 이제 지칠 대로 지쳤고 어차피 죽게 될 테니 그냥 자기가 원하는 대로 두라고 했다. 톰은 갖은 애를 써서 간신히 베키를 납득시켰다고 했다. 그리하여 겨우 햇빛이 보이는 데까지 왔을 때, 베키는 너무 기뻐 죽을 지경이었다는 것이다. 톰은 구멍에서 빠져나와 베키가 나오도록 도와 주었다. 둘은 거기 앉아 너무 기쁜 나머지 엉엉 울었다. 마침 쪽배가 한 척 지나가는 게 보여 큰 소리를 질러 세우고, 자신들의 상황를 이야기했다.

사람들은 처음에는 "그런 터무니 없는 소리가 어딨어. 여기는 동굴이 있는 골짜기로부터 5마일이나 하류인데" 하며 믿으려고 하지 않았다. 그러나 그들은 둘을 배에 태워 어느 집으로 데리고 가서 저녁을 먹이고, 날이 저물자 두서너 시간 쉬게 한

their situation and their famished condition; how the men didn't believe the wild tale at first, because," said they, "you are five miles down the Aver below the valley the cave is in"— then took them aboard, rowed to a house, gave them supper, made them rest till two or three hours after dark, and then brought them home.

Before daydawn, judge Thatcher and the handful of searchers with him were tracked out, in the cave, and informed of the great news.

Three days and nights of toil and hunger in the cave were not to be shaken off at once, as They were bedridden all of Wednesday and Thursday, and seemed to grow more and more tired. Tom got about a little on Thursday, was downtown Friday, and nearly as whole as ever Saturday; but Becky did not leave her room until Sunday, and then she looked as if she had passed through a wasting illness.

Tom learned of Huck's sickness and went to see him on Friday, but could not be admitted to the bedroom; neither could he on Saturday or Sunday. He was admitted daily after that, but was warned to keep still about his adventure and introduce no exciting topic. The Widow Douglas stayed by to see that he obeyed. At home Tom learned of the Cardiff Hill event; also that the 'ragged man's' body

---

shaken off:회복하다.

후에 마을로 보내 주었다는 것이다.

새벽녘에 동굴 속의 대처 판사와 동행했던 수색 대원들에게 이 기쁜 소식을 전해 주었다.

동굴 안에서 겪은 사흘 밤 사흘 낮 동안의 피로와 굶주림은 빨리 회복되지 않았다. 톰과 베키는 목요일까지 줄곧 침대에서 지냈으나 피곤은 점점 더해질 뿐이었다. 톰은 목요일이 되어서 야 간신히 자리에서 일어났고, 금요일에는 마을에 나가 보았다. 토요일에는 평소와 다름없이 회복이 되었지만, 베키는 일요일 까지도 방을 나오지 못하고, 그 뒤로도 중병 환자처럼 보였다.

톰은 허크가 앓고 있다는 것을 알고는 금요일에 병문안을 갔 지만, 침실까지는 들어가지 못했다. 토요일에도 또 일요일에도 마찬가지였다. 그 후 겨우 면회가 허용되었지만, 그래도 동굴에 서 겪은 이야기나 환자를 흥분시키는 화제를 꺼내서는 안 된다 고 사전에 엄한 경고를 받았다. 더글라스 미망인은 톰이 약속 을 지키는지를 보러 들어왔다. 톰은 카디프 언덕의 사건을 집 에서 들어 알고 있었다. 그리고 '누더기를 걸친 사나이' 가 나루 터 부근에서 발견되었다는 이야기도 들었다. 아마 도망치다가 익사한 모양이다.

동굴에서 나온 지 약 2주일이 지난 뒤, 톰은 다시 한번 허크

had eventually been found in the river near the ferry land-
ing, he had been drowned while trying to escape, perhaps.

About a fortnight after Tom's rescue from the cave, he
started off to visit Huck, who had grown plenty strong
enough, now, to hear exciting talk, Judge Thatcher's
house was on Tom's way, and he stopped to see Becky.
The judge and some friends set Tom to talking, and some-
one asked him ironically if he wouldn't like to go to the
cave again. Tom said he thought he wouldn't mind it. The
judge said:

"Well, there are others just like you, Tom. I've not the
least doubt. But we have taken care of that. Nobody will
get lost in that cave any more."

"Why?"

"Because I had its big door sheathed with boiler iron
two weeks ago, and triple locked and I've got the keys."

Tom turned as white as a sheet.

"What's the matter, boy! Here, run, somebody! Fetch a
glass of water!"

The water was brought and thrown into Tom's face.

"Ah, now you're all right. What was the matter with
you, Tom?"

"Oh, judge, Injun Joe's in the cave!"

---

ferry:나루터, 나룻배, 배로 건너다. 공수하다. rescue:구하다. 구출하다. fetch:
가지고 오다. (눈물이) 나오게 하다. 도달 범위

의 병문안을 갔다. 이제 허크도 재미난 이야기를 들어도 괜찮을 만큼 회복이 되었다. 가는 길에 대처 판사의 집이 있었으므로 톰은 베키를 문병했다. 판사와 친구들은 톰과 이야기를 나누었는데 어떤 사람이 톰에게 다시 동굴에 가보고 싶지 않느냐고 농담을 했다. 톰은 다시 가보고 싶다고 대답했다. 그러자 판사는 톰의 말 뜻을 못 알아듣고 이렇게 말했다.

"음, 너같은 애가 또 있을지도 모르지. 하지만 이젠 문제 없어. 이젠 아무도 그 동굴에서 길을 잃는 일은 없을 거야."

"왜요?"

"2주일 전에 그 입구에다 철판을 대고, 자물쇠를 삼중으로 채웠단다. 열쇠는 내가 가지고 있어."

톰의 얼굴이 파랗게 질렸다.

"왜 그러니? 빨리 물을 좀 가져와!"

톰의 얼굴에 물이 끼얹어졌다.

"이제 됐다. 왜 그러니, 톰?"

"오, 판사님. 인디언 조가 동굴 안에 있어요!"

CHAPTER 33
The Fate of Injun Joe

WITHIN a few minutes the news had spread, and a dozen skiffloads of men were on their way to McDougal's Cave, and the ferryboat, well filled with passengers, soon followed. Tom Sawyer was in the skiff that bore Judge Thatcher.

When the cave door was unlocked, a sorrowful sight presented itself in the dim twilight of the place. Injun Joe lay stretched upon the ground, dead, with his face close to the crack of the door, as if his longing eyes had been fixed, to the latest moment, upon the light and the cheer of the free world outside. Tom was touched, for he knew by his own experience how this wretch had suffered. His pity was moved, but nevertheless he felt an abounding sense of relief and security.

Injun Joe's bowie knife lay close by, its blade broken in two. The great foundation beam of the door had been chipped; useless labor, too, it was, for the native rock formed a sill outside it, and upon that stubborn material the knife had wrought no effect. Ordinarily one could find

skiffload:작은 배 ferryboat:나룻배, 연락선 dim:어두침침한, 희미한 abound:많이 있다. 풍부하다. beam:광선, 미소, 빛을 내다. 비추다. stubborn:고집 센, 완고한 wrought:work의 과거분사. 가공한, 흥분한

제 33 장
인디언 조의 최후

순식간에 이 소문이 퍼져, 열두 척의 쪽배가 사람을 싣고 맥도갈 동굴을 향해 떠났다. 나룻배가 사람들을 꽉 채우고 그 뒤를 따랐다. 톰 소여는 대처 판사와 같은 배에 타고 있었다.

동굴 문을 열어젖히자 컴컴했던 내부에는 처참한 광경이 전개되어 있었다. 인디언 조가 땅바닥에 쓰러진 채 죽어 있는 것이었다. 얼굴을 문틈에 바싹 갖다대고 눈은 최후의 순간까지 바깥 세상의 빛과 자유를 동경하며 발악을 한 것 같았다. 톰은 자신도 똑같은 경험을 했던 만큼 이 자가 얼마나 고통스러웠을지 알 수 있었다. 한편으로 불쌍하다는 생각도 들었지만, 무한한 안도감을 느끼기도 했다.

인디언 조의 사냥 칼이 두 동강이 나서 옆에 있었다. 문의 튼튼한 빗장이 많이 깎여져 있었다. 바깥에는 커다란 바위가 천연적으로 이루고 있었다. 보통 때 같으면 입구 근처에는 구경꾼들이 내버린 초 토막이 대여섯 개 굴러다녔을 것이다. 박쥐를 잡아먹기도 했던지 발톱이 여기저기 굴러다녔다. 결국 그는 굶어 죽은 것이다. 바로 근처에 몇 세기에 걸쳐 천장의 종

발악:앞뒤를 헤아리지 않고 모진 소리나 짓을 함

half a dozen bits of candle stuck around in the crevices of this vestibule, left there by tourists; but there were none now. The prisoner had searched them out and eaten them. He had also contrived to catch a few bats, and these, also, he had eaten, leaving only their claws. The poor unfortunate had starved to death. In one place near at hand, a stalagmite had been slowly growing up from the ground for ages, builded by the water-drip from a stalactite overhead. The captive had broken off the stalagmite, and upon the stump had placed a stone, wherein he had scooped' a shallow hollow to catch the precious drop that fell once in every three minutes with the dreary regularity of a clock tick a dessert-spoonful once in four and twenty hours. That drop was falling when the Pyramids were new; when Troy fell; when the foundations of Rome were laid; when Christ was crucified; when the Conqueror created the British Empire; when Columbus sailed; when the massacre at Lexington was 'news.' It is falling now; it will still be falling when all these things shall have sunk down the afternoon of history and the twilight of tradition and been swallowed up in the thick night of oblivion. Has everything a purpose and a mission? Did this drop fall patiently during five thousand years to be ready for this

---

vestibule:현관, 차대는 곳, 다가가는 방법 stalactite:석순 stump:그루터기
crucify: 십자가에 못박다. 억제하다. oblivion: 망각, 잊기 쉬움

유석에서 떨어진 물방울로 조금씩 자라난 석순이 있었다. 조는 그 종유석 끝을 잘라버리고는 그 자리에다 조금 움푹 패인 돌을 놓고 물방울을 받을 수 있게끔 해 놓았다. 이 물방울은 시계처럼 정확하게 3분마다 한 방울씩 떨어져, 스물네 시간이 지나야 겨우 한 숟가락이 될까 말까 하는 양이 고였다. 그러나 그 물은 피라미드가 새로 새워졌을 때에도, 트로이가 함락되었을 때에도, 로마의 기초가 잡혔을 때에도, 예수 그리스도가 십자가에 못 박혔을 때에도, 정복자 윌리엄 1세가 대영제국을 창건했을 때에도, 콜럼버스가 항해를 했을 때에도, 렉싱톤의 대학살이 뉴스거리가 되었을 때에도 똑같이 한 방울씩 똑똑 떨어지고 있었다. 그리고 이 모든 것이 역사의 오후와 전통의 황혼 속에 가라앉아, 망각의 암흑 속으로 사라질 때에도 역시 한 방울씩 떨어질 것이다. 세상 만사에는 목적이 있고 사명이 있다고들 한다. 그렇다면 이 물방울은 벌레와 같은 이 인간의 갈증을 달래 주기 위하여 5천년을 쉬지 않고 이처럼 떨어졌단 말인가? 그리고 앞으로도, 아니 1만년 후에도 무엇인가 이루고자 하는 중요한 목적이 있는 것일까? 그런 것은 아무래도 좋다. 이 불행한 혼혈아가 귀중한 물방울을 받기 위하여 돌을 파낸 것은 이미 여러 해가 지난 일이었다. 오늘날에도 맥도갈 동굴

flitting human insect's need? And has it another important object to accomplish ten thousand years to come? No matter. It is many and many a year since the hapless half-breed scooped out the stone to catch the priceless drops, but to this day the tourist stares longest at that pathetic stone and that slow-dropping water when he comes to see the wonders of McDougal's Cave. Injun Joe's cup stands first in the list of the cavern's marvels; even "Aladdin's Palace' cannot rival it.

Injun Toe was buried near the mouth of the cave; and people flocked there in boats and wagons from the towns and from all the farms and hamlets for seven miles around, they brought their children, and all sorts of provisions, and confessed that they had had almost as satisfactory a time at the funeral as they could have had at the hanging.

This funeral stopped the further growth of one thing the petition to the governor for Injun Joe's pardon.

The petition had been largely signed; many tearful and eloquent meetings had been held, and a committee of sappy women been appointed to go in deep mourning and wail around the governor, and implore him to be a merciful ass and trample his duty underfoot. Injun Joe was

---

scoop: 국자, 푸다, 앞지르다 pathetic: 애처로운, 슬픈 애상 rival: 경쟁자
petition: 청원, 탄원, ~에 기원하다 eloquent: 웅변의, 감동적인 merciful: 자비로운

의 장관을 구경하러 오는 사람들은 이 사연 깊은 돌과 천천히 한 방울씩 떨어지는 물방울에서 가장 많은 시간을 보낸다. 인디언 조의 컵은 이 동굴에서도 가장 유명한 구경거리가 되었다. '알라딘의 궁전'보다도 더 유명했다.

인디언 조는 동굴 입구 근처에 매장되었다. 장례식에는 사방 7마일에 이르는 이 일대의 모든 마을과 농장에서 배와 마차로 사람들이 모여들었다. 어린애들을 데리고 먹을 것을 장만해 와서 이 장례식을 보고는 교수형을 보는 것만큼 가슴이 후련하다고 한 마디씩 했다. 이 장례식으로 인해 어떤 일의 진행이 중단되고 말았다. 그것은 인디언 조의 석방에 관해 주지사에게 보내는 청원 운동이었다. 이 탄원서에는 많은 사람들이 서명하고 있었다. 눈물을 자아내는 웅변적인 모임이 여러 번 열리고, 위원으로 뽑힌 어리석은 부인네들이 눈물로 호소하러 지사에게 가서 자비를 베풀어 형의 집행을 중지해 달라는 탄원을 할 예정이었다. 인디언 조는 이미 마을 사람을 다섯 명이나 죽인 셈이다. 그러나 그게 어떻다는 말이냐? 비록 그가 인간의 탈을 쓴 악마라 할지라도 탄원서에 자기 이름을 써넣고, 물 새는 수도 꼭지와 같은 눈에서 눈물을 흘리는 마음 약한 사람들은 얼마든지 있을 테니 말이다.

believed to have killed five citizens of the village, but what of that? If he had been Satan himself there would have been plenty of weaklings ready to scribble their names to a pardon petition, and drip a tear on it from their permanently impaired and leaky waterworks.

The morning after the funeral Tom took Huck to a private place to have— an important talk. Huck had learned all about Tom's adventure from the Welshman and the Widow Douglas, by this time, but Tom said he reckoned there was one thing they had not told him; that thing was what he wanted to talk about now. Huck's face saddened. He said:

"I know what it is. you got into Number Two and never found anything but whisky. Nobody told me it was you; but I just knowed it must 'a' ben you, soon as I heard 'bout that whisky business; and I knowed you hadn't got the money becuz you'd 'a' got at me some way or other and told me even if you was mum to everybody else. Tom, something's always told me we'd never get holt of that swag."

"Why, Huck, I never told on that tavernkeeper. You know his tavern was all right the Saturday I went to the picnic. Don't you remember you was to watch there that

---

weakling: 나약한 사람, 약한 동물 scribble: 갈겨 쓰다 permanently: 영구히
swag:약탈품, 장물 tavernkeeper:술집 주인

장례식 다음날 아침, 톰은 허크를 외딴 곳으로 데리고 가서 중대한 이야기를 털어놓았다. 그때는 이미 허크도 웨일즈 영감과 더글라스 부인으로부터 톰의 모험에 관한 이야기를 자세히 듣고서 알고 있었다. 그러나 한 가지 아직 못 들은 이야기가 있을 것이라고 말하고, 그것에 관해 말하겠다고 하자, 허크는 말했다.

"무슨 말인지 나도 알아. 2호실에 가봤더니, 위스키밖에 없더라는 말이겠지. 그게 너라고는 아무한테도 안 했지만 위스키 얘기를 듣고 대번에 너라는 것을 알았어. 그리고 돈을 찾아낼 수 없었다는 것도 알았어. 찾았다면 다른 사람에게는 몰라도 나에게만은 어떻게 해서든지 알렸을 게 아냐. 톰, 암만해도 그 보물은 우리들과는 인연이 없나 봐."

"허크, 난 그 여인숙 얘기는 하지 않았어. 내가 야유회 갔던 토요일에는 여인숙에 아무 일도 없었어. 그날 밤 네가 망보기로 한 걸 잊어버렸니?"

"기억하고 있고 말고! 하지만 꼭 1년 전의 일 같아. 내가 더글라스 아주머니네 집까지 인디언 조의 뒤를 따라간 게 그날 밤이었어."

"뒤를 따라갔단 말이니?"

night?"

"Oh, yes! Why, it seems 'bout a year ago. It was that very night that I follered Injun Joe to the widder's."

"You followed him?"

"Yes, but you keep mum. If it hadn't ben for me he'd be down in Texas now, all right."

Then Huck told his entire adventure in confidence to Tom, who had only heard of the Welshman's part of it before.

"Well," said Huck, presently, coming back to the main question, "Whoever nipped the whisky in Number Two nipped the money, too, I reckon— anyways it's a goner for us, Tom."

"Huck, that money wasn't ever in Number Two!"

"What!" Huck searched his comrade's face keenly. "Tom, have you got on the track of that money again?"

"Huck, it's in the cave!"

Huck's eyes blazed.

"Say it again, Tom."

"The money's in the cave!"

"Tom, is it fun or earnest?"

"Earnest, Huck just. Will you go in there with me and help get it out?"

---

reckon:방해하다, 간주하다. comrade:친구, 동무 keenly:날카롭게, 예민하게
blazed:불길, 섬광 나팔 불어 알리다. 포고하다.

"그래, 이건 절대 비밀이다. 나만 잠자코 있었다면 놈들은 지금쯤 텍사스로 날아가 아무일도 없었던 듯이 지내고 있었을 테니 말이야."

허크는 자기가 겪은 모험을 톰에게 들려 주었다. 톰은 그 일부만을 웨일즈 노인에게서 들어 알고 있었던 것이다.

"그런데 말이야." 허크는 본론을 꺼내기 시작했다. "누군지 모르지만 2호실에서 위스키를 훔친 놈이 돈도 가져 갔을 거라고 생각해. 이제 우리 손에 들어오기는 다 틀렸어, 톰."

"허크, 그 돈은 처음부터 2호실에 없었어, 알겠어?"

"뭐!" 허크는 놀란 얼굴로 톰의 얼굴을 바라보았다.

"그 돈이 어디 있는지 아는 거야?"

"돈은 동굴 속에 있어!"

허크의 두 눈이 빛났다.

"다시 말해 봐, 톰!"

"돈은 동굴 속에 있어!"

"톰! 너 돌았니? 그게 농담이야 진심이야?"

"틀림없다니까. 같이 가서 가지고 오자."

"가고 말고! 길을 잃지 않는다면 말이야."

"그런 걱정은 조금도 없어."

"I bet I will! I will if it's where we can blaze our way to it and not get lost."

"Huck, we can do that without the least bit of trouble in the world."

"Good as wheat! What makes you think the money's—"

"Huck, you just wait till we get in there. If we don't find it I'll agree to give you my drum and everything."

"All right—it's a whiz. When do you say?"

"Right now, if you say it. Are you strong enough?"

"Is it far in the cave? I ben on my pins a little, three or four days now, but I can't walk more'n a mile. "

"It's about five mile into there the way anybody but me would go, Huck, but there's a mighty short cut that they don't anybody but me know about Huck, I'll take you right to it in a skiff. I' ll float the skiff down there, and I'll pull it back again all by myself. You needn't ever turn your hand over."

"Le's start right off, Tom."

"All right. We want some bread and meat, and our pipes, and a little bag or two, and two or three kite strings, and some of these newfangled things they call lucifer matches. I tell you, many's the time I wished I had some when I was in there before."

---

wheat: 밀 newfangled: 신식의

"좋아! 그런데 어떻게 그 돈이 거기…."

"그건 가면 알아. 만일 발견하지 못한다면 북이건 뭐건 내가 가진 걸 전부 너에게 줄게, 정말로."

"좋아, 그럼 언제 하지?"

"좋다면 지금 당장이라도. 몸은 괜찮니?"

"많이 들어가니? 사나흘 전부터 약간씩 좋아졌지만 아직도 1마일 이상은 못 걷겠어."

"다른 사람이라면 5마일은 걸어야 하지만, 나는 아무도 모르는 지름길을 알아. 쪽배를 타고 거기까지 데리고 갈게. 하류 쪽이니까 갈 때는 그냥 가고, 올 때는 내가 배를 저으면 되잖아. 너는 손 하나 움직이지 않아도 돼."

"그럼 바로 떠나자, 톰."

"좋아, 빵과 고기가 좀 필요해. 그리고 파이프와 조그만 보자기 두세 장하고, 연줄 두 서너 개, 그리고 요새 나온 성냥이라는 거 있으면 가져와. 동굴 속에 있을 때 그 성냥 생각이 얼마나 나던지."

정오를 지나서 두 소년은 주인 없는 쪽배를 타고 바로 출발했다. '동굴 골짜기'에서 수마일 내려간 곳에 이르자 톰이 말했다.

A trifle after noon the boys borrowed a small skiff from a citizen who was absent, and got under way at once. When they were several miles below "Cave Hollow," Tom said:

"Now you see this bluff here looks all alike all the way down from the cave hollow— no houses, no woodyards, bushes all alike. But do you see that white place up yonder where there's been a landslide? Well, that's one of my marks. Well get ashore, now."

They landed.

"Now, Huck, where we're a-standing you could touch that hole I got out of with a fishing pole. see if you can find it."

Huck searched all the place about, and found nothing. Tom proudly marched into a thick clump of sumac bushes and said:

"Here you are! Look at it, Huck; it's the snuggest hole in this country. You just keep mum about it. All along I've been wanting to be a robber, but I knew I'd got to have a thing like this, and where to run across it was the bother. We've got it now, and well keep it quiet, only we'll let Joe Harper and Ben Rogers in— because of course there's got to be a gang, or else there wouldn't be any style about it.

---

trifle:사소한 일 bluff:위협하다. 허세부리다. 허세 proudly: 당당하게, 거만하게 sumac: 슈막의 마른 잎 gang: 폭력단, 한 떼

"저 동굴 골짜기에서부터 여기까지 절벽이란 절벽은 다 똑같아 보이지. 집도 없고 나무 쌓아 두는 광도 없고 전부 똑같이 생겼잖아. 그런데 저 위쪽 낭떠러지가 무너져 내린 하얀 곳이 보이지? 저기가 내가 점찍어 놓은 표적이야. 자, 올라가자."

그들은 육지로 올라갔다.

"이제 여기서부터 내가 빠져나온 구멍은 낚시대 하나만한 거리에 있어. 한번 찾아 봐."

허크는 그 근처를 찾아 보았지만 아무것도 발견하지 못했다. 톰은 우쭐대며 북나무 덤불 사이로 들어갔다.

"여기야, 봐. 허크. 이렇게 아늑한 구멍은 세상에 없을걸. 아무한테도 얘기하지 마. 지금까지 산적이 되는 게 소원이어서 이런 걸 찾아다녔는데도 발견하지 못했어. 그런데 이렇게 좋은 장소를 발견했으니까 우리 둘만 아는 사실로 해두자. 패거리가 있어야 하니까 조 하퍼나 로저스한테는 가르쳐 줘도 좋지만, 안 그러면 멋이 없잖아. 톰 소여 일당. 근사하게 들리니?"

"그래, 멋지다. 그런데 누굴 습격하는 거지?"

"누구든지."

"아니, 반드시 그렇지는 않아. 몸 값을 낼 때까지 굴 속에다 가둬두는 거지."

광:물건을 넣어 두는 창고

Tom Sawyer's Gang—it sounds splendid, don't it, Huck?"

"Well, it just does, Tom. And who'll we rob?"

"Oh, most anybody."

"And kill them?"

"No, not always. Hide them in the cave till they raise a ransom."

"What's a ransom?"

"Money. You make them raise all they can, off their friends; and after you've kept them a year, if it ain't raised then you kill them. That's the general way. Only you don't kill the women. You shut up the women, but you don't kill them. They're always beautiful and rich, and awfully scared. You take their watches and things, but you always take your hat off and talk polite. They ain't anybody as polite as robbers you'll see that in any book. Well, the women get to loving you, and after they've been in the cave a week or two weeks they stop crying and after that you couldn't get them to leave. If you drove them out they'd turn right around and come back. It's so in all the books."

"Why, it's real bully, Tom. I b'lieve it's better'n to be a pirate."

"Yes, it's better in some ways, because it's close to

---

ransom: 몸값, 배상하다. 배상금

"몸 값이 뭔데?"

"돈이지 뭐야. 적당한 액수를 부르는 거야. 그 사람 가족이나 친구들한테서 돈을 빼내는 거지. 그리고 1년이 지나도 돈을 안 내면 그 때는 죽여 버리는 거지. 일반적인 방법이야. 하지만 여자는 죽여선 안돼. 가둬 두기만 해야지. 여자는 모두가 예쁘고, 돈 많고, 겁쟁이들이니까 시계나 소지품 같은 건 빼앗아도 되지만, 말을 건넬 때에는 모자를 벗고 정중하게 해야 해. 산적만큼 예의바른 자들도 세상에 없으니까. 어느 책을 봐도 모두 그렇게 적혀 있더라. 그러면 그 여자는 산적에게 빠지게 된단 말이지. 그래서 동굴에 갇혀 한두 주일 지내다 보면, 울지도 않을 거고 떠나려고 하지도 않을거야. 그러면 다시 되돌아오지. 책에는 다 그렇게 적혀 있어."

"그거 정말 신나는데, 톰. 해적이 되는 것보다 훨씬 낫겠다."

"낫다마다. 우선 집에서 가깝고, 써커스와 모든 일이 있으면 갈 수 있으니까."

모든 것이 준비되었고 두 소년은 구멍속으로 들어갔다. 굴의 한 쪽 끝까지 다 가서 기다란 연줄을 맨 다음 앞으로 나아갔다. 몇 발짝 가자 샘물 있는 데가 나왔다. 톰은 갑자기 전신이 오싹해지며 덜덜 떨렸다. 암벽 진흙 덩어리로 괴어 놓은 타다

home and circuses and all that."

By this time everything was ready and the boys entered the hole. They toiled their way to the farther end of the tunnel, then made their spliced kite strings fast and moved on. A few steps brought them to the spring, and Tom felt a shudder quiver all through him. He showed Huck the fragment of candlewick perched on a lump of clay against the wall, and described how he and Becky had watched the flame struggle and expire.

The boys began to quiet down to whispers, now, for the stillness and gloom of the place oppressed their spirits. They went on, and presently entered and followed Tom's other corridor until they reached the "jumping-off Place." The candles revealed the fact that it was not really a precipice, but only a steep clay hill twenty or thirty feet high. Tom whispered:

"Now I'll show you something Huck."

He held his candle aloft and said:

"Look as far around the corner as you can. Do you see that? There on the big rock over yonder-done with candle smoke."

"Tom, it's a cross!"

"Now where's your Number Two? 'Under the cross,'

---

splice:꼬아 잇다. 결혼시키다. 조직 quiver:흔들리다. clay:찰흙, 점토
corridor:복도, 회랑 precipice:낭떠러지, 벼랑, 위기 aloft:~위에, 높이

남은 초의 심지를 허크에게 보여주며, 베키와 함께 불꽃이 꺼져가는 것을 지켜보던 일을 들려 주었다.

두 소년은 이제 목소리를 죽여가며 속삭이기 시작했다. 주위의 고요함과 음침한 분위기에 압도되고 만 것이다. 둘은 계속 앞으로 가서, 톰이 발견한 샛길로 접어 들었다. 잠시 후 그 '낭떠러지' 가 나타났다. 그러나 촛불에 비춰 보니, 그것은 낭떠러지가 아니라 2, 30피트 높이의 험준한 진흙산에 지나지 않았다. 톰은 속삭였다.

"좋은 걸 보여 줄 테니까 이리와봐, 허크."

톰은 촛불을 높이 쳐들었다.

"저 구석 쪽을 바라봐. 보여? 저기, 저 큰 바위 위 말이야. 촛불 그을음으로 씌여 있잖아!"

"그래. 십자가다!"

"저게 바로 그 2호라는 거야. '십자가 밑' 이라고 했잖아? 바로 저기서 인디언 조가 촛불을 내민 걸 봤어!"

허크는 신비스러운 표적을 잠시 바라보다가 떨리는 목소리로 말했다.

"톰, 여기서 나가자!"

"뭐? 보물을 앞에 두고 나가자고?"

hey? Right yonder's where I saw Injun Joe poke up his candle, Huck!"

Huck stared at the mystic sign awhile, and then said with a shaky voice:

"Tom, le's git out of here!"

"What! and leave the treasure?"

"Yes, leave it. Injun Joe's ghost is round about there, certain."

"No, it ain't, Huck no, it ain't. It would ha'nt the place where he died away out at the mouth of the cave five mile from here."

"No, Tom, it wouldn't. It would hang around the money. I know the ways of ghosts, and so do you."

Tom began to fear that Huck was right. Misgivings gathered in his mind. But presently an idea occurred to him:

"Looky-here, Huck, what fools we're making of ourselves! Injun Joe's ghost ain't a-going to come around where there's a cross!"

The point was well taken. It had its effect.

"Tom, I didn't think of that. But that's so. It's luck for us, that cross is. I reckon well climb down there and have a hunt for that box."

----

awhile:잠시

"그래, 그냥 내버려 두고 가자. 인디언 조의 유령이 있을 거야."

"말도 안돼, 허크. 그가 죽은 장소는 여기서 5마일이나 떨어져 있어."

"아냐, 톰. 돈이 있는 곳에 붙어 다닐 거야. 유령이 하는 짓은 나도 알고 있어. 너도 알잖아?"

톰은 허크가 하는 말이 옳지 않을까 하는 생각이 들자 갑자기 불안해지기 시작했다. 그러나 동시에 무슨 생각이 머리에 떠올랐다. "허크, 정말 우린 멍청이들이야! 십자가가 있는데 조의 유령이 나올 리 없잖아.!"

그것은 현명한 생각이었다. 대번에 효과가 있었다.

"맞다, 톰. 그걸 생각 못 했네. 네 말이 옳아. 십자가가 있어서 다행이구나. 내려가서 상자를 찾아보자."

톰이 앞서서 조심조심 발을 디뎌 진흙 언덕을 내려갔고 허크가 그 뒤를 따랐다. 큰 바위가 있는 조그만 굴에서 길이 네 갈래로 나뉘어졌다. 둘은 길 세 군데를 찾아 보았지만 아무것도 발견하지 못했다. 바위에서 제일 가까운 길에 움푹 들어간 곳이 있었는데, 그 안에 담요가 한 장 깔려 있고, 헌 멜빵바지와 베이컨 껍질, 그리고 살이라곤 조금도 붙어있지 않은 두 서너

Tom went first, cutting rude steps in the clay hill as he descended. Huck followed. Four avenues opened out of the small cavern which the great rock stood in.

The boys examined three of them with no result. They found a small recess in the one nearest the base of the rock, with a pallet of blankets spread down in it; also an old suspender, some bacon rind, and the well-gnawed bones of two or three fowls. But there was no money box.

"He said under the cross. Well, this comes nearest to being under the cross. It can't be under the rock itself, because that sets solid on the ground."

They searched everywhere once more, and then sat down discouraged. Huck could suggest nothing. By and by Tom said:

"Looky—here, Huck, there's footprints and some candle grease on the clay about one side of this rock but not on the other sides. Now, what's that for? I bet you the money is under the rock. I'm going to dig in the clay."

"That ain't no bad notion, Tom!" said Huck with animation.

Tom's "real barlow" was out at once, and he had not dug four inches before he struck wood.

"Hey, Huck!—do you hear that?"

---

clay:찰흙, 인격 avenue:가로수길 bacon:약탈품, 이익, 베이컨 rind:껍질
well-gnawed:갉아먹힌, 부식된 fowl:닭 barlow:효모, 거품

마리 분의 닭뼈가 여기저기 흩어져 있었다. 그러나 돈 상자는 없었다. 두 소년은 몇 번이나 찾아보았지만 헛수고였다. 마침내 톰이 말했다.

"십자가 밑이라고 했지. 여기가 바로 십자가 밑인데, 설마 바위 아래는 아닐테지. 이렇게 단단히 박혀 있으니 말이야."

둘은 다시 한번 주위를 샅샅이 찾아 보았지만 결국 실망하여 주저앉고 말았다. 허크는 아무런 생각도 떠오르지 않았다. 잠시 후 톰이 말했다.

"이봐, 허크. 바위 한쪽 진흙에는 발자국과 촛농 자국이 있는데, 저쪽에는 아무것도 없잖아. 왜 그럴까? 역시 바위 밑에 있어. 진흙을 파보자."

"그래, 그게 좋겠다!"

톰이 칼을 꺼냈다. 4인치를 파기도 전에 칼끝에 탁하고 무슨 나무 같은 것이 부딪혔다.

"허크, 너도 들었지?"

허크도 톰을 도와 흙을 파헤쳤다. 몇 장의 판자가 나타나고, 그것을 젖히자 그 밑에 조그만 구멍이 있었는데 바위 밑으로 연결되어 있었다. 톰은 안으로 들어가 손을 쭉 내밀고 촛불로 비춰 보고는 몸을 움추려 기어가기 시작했다. 좁은 길이 완만

Huck began to dig and scratch now. Some boards were soon uncovered and removed. They had concealed a natural chasm which led under the rock Tom got into this and held his candle as far under the rock as he could. He proposed to explore. He stooped and passed under; the narrow way descended gradually. He followed its winding course, first to the right, then to the left, Huck at his heels. Tom turned a short curve, by and by, and exclaimed:

"My goodness, Huck, looky—here!"

It was the treasure box, sure enough, along with an empty powder keg, a couple of guns in leather cases, two or three pairs of old moccasins, a leather belt, and some other rubbish well soaked with the water drip.

"Got it at last!" said Huck, plowing among the tarnished coins with his hands. "My, but we're rich, Tom!" Huck, I always reckoned we'd get it. It's just too good to believe, but we have got it, sure! Say—let's not fool around here. Let's snake it out Lemme see if I can lift the box."

It weighed about fifty pounds. Tom could lift it, but could not carry it conveniently.

"I thought so," he said; "they carried it like it was heavy, that day I noticed that. I reckon I was right to think of fetching the little bags along."

---

scratch: 할퀴다. 모으다 chasm: 깊게 갈라진 틈, 간격 keg: 작은 나무통
moccasin: 굽없는 구두, 독사 tarnish: 흐리게 하다. 녹슬게 하다. 저하시키다.
conveniently: 편리하게, 형편이 닿게 fetch: 가져오다, 눈물 나오게 하다.

한 내리막으로 되었다. 톰은 길을 따라 오른쪽 왼쪽으로 방향을 틀며 기어갔다. 허크가 그 뒤를 따랐다. 얼마 후 조그만 모퉁이를 돌다 톰이 소리를 질렀다.

"찾았다." 틀림없는 보물 상자였다. 아늑한 굴 속에 자리를 잡고, 옆에는 빈 화약통과 가죽 케이스에 든 총 두 자루가 있고, 두서너 켤레의 헌 가죽 구두와 가죽 혁대, 그리고 자질구레한 물건들이 습기에 젖은 채로 뒹굴고 있었다.

"야, 드디어 찾았다!" 허크가 빛바랜 금화를 손으로 휘저으면서 말했다. "우리는 이제 부자가 된 거야, 톰!"

"우리 손에 들어올 줄 알았어. 너무 좋아서 믿을 수 없을 지경이지만, 정말 손에 넣은 거야! 자, 여기서 꾸물거리지 말고, 밖으로 나가자. 들어올릴 수 있을까?"

한 50파운드 가량 되는 것 같았다. 간신히 들어 올리기는 했지만 나르는 것은 어림도 없을 것 같았다. "이럴 줄 알았어. 그날 둘다 무거운 듯하더니 이럴 줄 알았지. 역시 조그만 자루를 가져오기를 잘 했어." 금화는 곧 몇개의 자루에 나누어지고, 두 소년은 십자가 바위 있는 데까지 끌어올렸다.

"총도 가지고 가자." 허크가 말했다.

"아냐. 그건 내버려 둬. 나중에 산적이 된 후에 그게 있으면

The money was soon in the bags and the boys took it up to the cross rock.

"Now le's fetch the guns and things," said Huck.

"No, Huck— leave them there. They're just the tricks to have when we go robbing. Well keep them there all the time, and well hold our orgies there, too. It's an awful snug place for orgies."

"What's orgies?"

"But robbers always have orgies, and of course we've got to have them, too. Come along, Huck; we've been in here a long time. It's getting late, I reckon. I'm hungry, too. Well eat and smoke when we get to the skiff."

They presently emerged into the clump of sumac bush-es, looked warily out, found the coast clear, and were soon lunching and smoking in the skiff. As the sun dipped toward the horizon they pushed out and got under way. Tom skimmed up the shore through the long twilight, chatting cheerily with Huck, and landed shortly after dark.

"Now, Huck," said Tom, "we'll hide the money in the loft of the widow's woodshed, and I'll come up in the morning and well count it and divide, and then well hunt up a place out in the woods for it where it will be safe. Just you lay quiet here and watch the stuff till I run and

---

orgy:마구 마시고 법석거리는, 주연, 주신제 clump:수풀 horizon:지평선
skim:스쳐지나가다.

좋을거야. 늘 여기다 두고서 파티를 하는 거야. 파티하기에는 딱 좋은 장소야, 그지?" "파티라니?"

"산적은 언제나 파티를 벌여. 그러니까 우리들도 열어야지. 이제 가자, 허크. 우리 여기서 너무 많은 시간을 보낸 것 같아. 배도 고프고. 배 있는 데로 돌아가서 뭘 좀 먹자. 담배도 한 대 피우고."

두 소년은 북나무 덤불에서 빠져 나와 세심히 주위를 둘러보고는, 사람들이 없는 것을 확인한 다음 배에 올라타서 점심을 먹고 담배를 피웠다. 해가 수평선 너머로 지기 시작할 무렵, 두 소년은 배를 타고 집으로 향했다. 톰은 짙어지는 황혼 속을 허크와 즐겁게 지껄이면서 강가를 따라 노를 계속 저었고, 어두워진 후 얼마 있다가 뭍으로 올라갔다.

"허크, 이 돈은 우선 더글라스 아주머니네 집 다락방에 숨겨 두자. 그리고 내일 아침에 계산해서 나누어 가지자. 그리고 나서 숲속으로 가서 안전한 장소를 찾아서 감추자. 여기서 잠시 이걸 지키고 있어. 베니 테일러 집에 가서 손수레를 빌어 가지고 올테니까. 곧 돌아올게."

톰이 사라졌다가 잠시 후 손수레를 끌고 돌아왔다. 수레에다 자루 두 개를 실었다. 그 위에다 넝마를 몇 장 덮고서 끌기 시

hook Benny Taylor's little wagon; I won't be gone a minute."

He disappeared, and presently returned with the wagon, put the two small sacks into it, threw some old rags on top of them, and started off, dragging his cargo behind him. When the boys reached the Welshman's house, they stopped to rest. Just as they were about to move on, the Welshman stepped out and said:

"Hello, who's that?"

"Huck and Tom Sawyer."

"Good! Come along with me, boys; you are keeping everybody waiting, Here— hurry up, trot ahead— I'll haul the wagon for you. Why, it's not as light as it might be. Got bricks in it?— or old metal?"

"Old metal," said Tom.

"I judged so; the boys in this town will take more trouble and fool away more time hunting up six bits' worth of old iron to sell to the foundry than they would to make twice the money at regular work. But that's human nature hurry along, hurry along!"

The boys wanted to know what the hurry was about.

"Never mind; you'll see when we get to the Widow Douglas's."

---

cargo:화물, 뱃짐 foundry:주조, 주조소, 유리 공장

작했다. 바로 웨일즈 노인 집 앞에서서 수레를 세우고 잠시 숨을 돌렸다. 막 떠나려고 할때 웨일즈 노인이 나와 물었다.

"누구냐?"

"허크와 톰이예요"

"마침 잘 왔다. 자, 같이 가자. 모두들 기다리고 있단다. 자, 가자. 수레는 내가 끌어줄테니. 아니. 이거 보기보다 무겁구나. 벽돌이라도 주워왔니? 아니면 고철인가?"

톰이 얼른 말했다. "고철이예요."

"그럴 줄 알았다. 이 동네 애들은 조금만 일하면 배나 되는 돈을 벌 수 있는데도, 일부러 고생을 하며 75센트나 될까말까 하는 고철을 주워 모아 고철 공장에 팔러 가는데 더 많은 시간을 낭비하다니. 자, 어서, 어서!" 두 소년은 무슨 일이 있느냐고 물었다.

"별거 아니다. 더글라스 부인댁에 가보면 안다."

허크는 부당하게 혼난 일이 있었기 때문에 왠지 불안해졌다.

"존스씨, 우린 아무짓도 안했어요."

웨일즈 노인은 껄껄 웃었다.

"난 모른다. 허크. 난 아무것도 몰라. 하지만 넌 그 부인과 친한 사이잖니?"

Huck said with some apprehension.

"Mr. Jones, we haven't been doing nothing."

The Welshman laughed.

"Well, I don't know, Huck, my boy. I don't know about that. Ain't you and the widow good friends?"

"Yes. Well, she's ben good friends to me, anyways."

"All right, then. What do you want to be afraid for?"

This question was not entirely answered in Huck's slow mind before he found himself pushed, along with Tom, into Mrs. Douglas's drawing room. Mr. Jones left the wagon near the door and followed.

The place was grandly lighted, and everybody that was of any consequence in the village was there. The Thatchers were there, the Harpers, the Rogerses, Aunt Polly, Sid, Mary, the minister, the editor, and a great many more, and all dressed in their best. They were covered with clay and candle grease. Aunt Polly blushed crimson with humiliation, and frowned and shook her head at Tom. Nobody suffered half as much as the two boys did, however. Mr. Jones said:

"Tom wasn't at home, yet, so I gave him up; but I stumbled on him and Huck right at my door, and so I just brought them along."

---

grease:유지 crimson:진홍색의 피로 물들은 심홍색, 얼굴을 붉히다.
humiliation:창피, 굴욕 frown:눈살을 찌푸리다. 찡그린 얼굴을 하다.

"예, 아주머니는 나에게 잘 대해 주셨죠."

"그러면 됐다. 겁낼 필요가 뭐 있니?"

이 질문에 대한 대답이 허크의 둔한 머리 속에서 채 떠오르기도 전에 허크와 톰은 등을 떠밀려 더글라스 미망인의 응접실로 들어갔다. 웨일즈 노인은 손수레를 현관 근처에다 두고서 뒤따라 들어왔다. 방안에는 환히 불이 켜져 있고 마을의 어른들이 모두 모여 있었다. 대처 판사 부부도 있었고, 하퍼 일가, 로저스 일가, 폴리 이모, 시드, 메리, 목사, 신문기자, 그밖에도 많은 사람들이 모여 있었는데, 모두가 정장 차림을 하고 있었다. 허크와 톰은 온몸이 온통 진흙과 촛농투성이었다. 폴리 이모는 부끄러워서 얼굴색이 빨갛게 변했고, 톰에게 얼굴을 찡그리며 고개를 가로저었다. 그러나 이들 두 소년만큼 당황해하는 사람은 없었다. 존스 씨가 입을 열었다.

"톰이 돌아오지 않아서 단념하려던 참이었는데, 마침 집 앞에서 허크와 함께 있길래 데려왔습니다."

"잘 하셨어요." 미망인이 말했다. "자, 나하고 같이 가자." 부인은 두 소년을 침실로 데려갔다. "세수를 하고 옷을 갈아 입어라. 여기 너희들 옷이 있다. 셔츠, 양말까지 전부 준비되어 있다. 두 벌 다 허크 거다. 고마워할 건 없어. 한 벌은 존스 씨가,

"And you did just right," said the widow. "Come with me, boys."

She took them to a bedchamber and said:

"Now wash and dress yourselves. Here are two new suits of clothes— shirts, socks, everything complete.

They're Huck's— no, no thanks, Huck— Mr. Jones bought one and I the other. But they'll fit both of you. Get into them. Well wait— come down when you are slicked up enough."

CHAPTER 34
Floods of Gold

HUCK said: "Tom, we can slope, if we can find a rope. The window ain't high from the ground."

"Shucks, what do you want to slope for?"

"Well, I ain't used to that kind of crowd. I can't stand it. I ain't going down there, Tom."

"Oh, bother! It ain't anything. I don't mind it a bit. I' ll take care of you."

Sid appeared.

---

slope: 비탈, 경사, 경사지다.

또 한 벌은 내가 산 거니까. 몸에 맞을꺼야. 입어봐. 입고서 아
래로 내려와라."

제 34 장
황금의 홍수

허크가 말했다. "이봐, 톰. 밧줄만 있으면 도망칠수 있을텐데?
이 창이 별로 높지 않으니까 말이야."

"바보같은 소리! 도망가서 어쩌자는 거니?"

"저렇게 사람들이 많이 모인 데는 가 본 적이 없어. 서 있을
수도 없어. 난 가지 않을래."

"허크야, 아무것도 아니야. 난 아무렇지도 않아. 내가 옆에 있
으니까 염려마."

그때 시드가 불쑥 나타났다.

"톰, 이모가 오후 내내 기다라고 있었어. 메리 누나가 형 나
들이옷을 가져왔어. 웬 진흙하고 촛농이 그렇게 옷에 많이 묻

"Tom," said he, "auntie has been waiting for you an the afternoon. Mary got your Sunday clothes ready, and everybody's been fretting about you. say—ain't this grease and clay, on your clothes?"

"Now, Mr. Siddy, you jist tend to your own business. What's all this blowout about, anyway?"

"It's one of the widow's parties that she's always having. This time it's for the Welshman and his sons, on account of that scrape they helped her out of the other night. And say—I can tell you something, if you want to know."

"Well, what?"

"Why, old Mr. Jones is going to try to spring something on the people here tonight, but I overheard him tell auntie today about it, as a secret, but I reckon ifs not much of a secret now. She don't Mr. Jones was bound Huck should be here-couldn't get along with his grand secret without Huck you know!"

"Secret about what, Sid?"

"About Huck tracking the robbers to the widow's. I reckon Mr. Jones was going to make a grand time over his surprise, but I bet you it will drop pretty flat."

Sid chuckled in a very contented and satisfied way.

---

fret:초조하게 하다. scrape:문지르다. 긁어모으다. overheard:엿듣다. grand: 위대한

었어?"

"시드, 남의 일에 상관하지 마. 왜들 야단이니?"

"더글라스 아줌마야 늘 파티를 열잖아. 오늘은 웨일즈 할아버지와 그 아들들을 위한 특별 파티래. 언젠가 아주머니를 구해준 사례로 여는 거래. 그리고 듣고 싶다고 하면 얘기할 게 있어."

"그게 뭔데?"

"그건 말이야. 오늘 밤 존스 할아버지가 모든 사람을 깜짝 놀라게 할 만한 것이 있다는 거야. 아까 아줌마하고 귀엣말을 하는 걸 들었어. 대단한 비밀은 아닐거야. 허크가 꼭 있어야 한다는 거야. 허크가 없으면 비밀을 털어놓을 수 없다는 거야."

"비밀? 그게 뭔데?"

"허크가 도둑놈 뒤를 따라가서 아주머니네 집까지 간 거 말이야. 존스 씨는 모두를 깜짝 놀라게 하여 기쁘게 할 작정이래. 하지만 그렇게는 안 될걸?"

이렇게 말하고는 시드는 자못 만족스러운 듯이 혼자 웃었다.

"시드, 네가 퍼뜨렸구나?"

"아무려면 어때, 누군가 말한 사람이 있을 게 아냐?"

"시드, 이 마을에서 그런 짓을 할 놈은 하나밖에 없어. 바로

"Sid, was it you that told?"

"Oh, never mind who it was. Somebody told— that's enough."

"Sid, there's only one person in this town mean enough to do that, and that's you. If you had been in Huck's place you'd 'a' sneaked down the hill and never told anybody on the robbers. You can't do any but mean things, and you can't bear to see anybody praised for doing good ones. Tom cuffed Sid's ears and helped him to the door with several kicks. "Now go and ten auntie if you dare— and tomorrow you'll catch it!"

Some minutes later the widow's guests were at the supper table, and a dozen children were propped up at little side tables in the same room, after the fashion of that country and that day. At the proper time Mr. Jones made his little speech, in which he thanked the widow for the honor she was doing himself and his sons, but said that there was another person whose modesty— And so forth and so on. He sprung his secret about Huck's share in the adventure in the finest dramatic manner he was master of, but the surprise it occasioned was largely counterfeit and not as clamorous and effusive as it might have been under happier circumstances. However, the widow made a pretty

---

cuff:소맷부리, 수갑, 수갑 채우다. 손바닥으로 때리다. auntie:아줌마(aunt의 애칭) prop:버티다. 보강하다. modesty:겸손, 정숙, 얌전함 counterfeit:모조의, 허위의, 위조품 clamorous:소란한, 불만이 많은 effusive:심정을 토로하는

너야. 만약 네가 허크 입장이었다면 언덕을 살금살금 내려와서 아무한테도 도둑에 관해 말하지 않았을 거야. 너는 언제나 야비한 짓만 골라서 하니까. 그리고 남이 좋은 일을 하고 칭찬받은 건 참을 수 없단 말이지?"

톰은 시드의 얼굴을 때리고, 발로 걷어차 문밖으로 내쫓았다.

"이모한테 가서 일러. 그 대신 내일은 죽을 줄 알아!"

얼마 후 손님들이 전부 만찬 테이블에 앉고, 당시 이 지방의 습관에 따라 열 명 남짓한 아이들이 조그마한 식탁에 앉았다. 적당한 때를 보아 존스 씨가 일어서서 간단한 연설을 하고, 자기들 부자를 정식으로 초대해 준 것에 대해 감사의 뜻을 표했다. 그리고 정작 이 자리의 주인공이 되어야 할 사람은 따로 있다고 말했다.

그리고 사건에서 대해 이야기를 시작했다. 그러나 사람들은 이 얘기를 미리 다 알고 있었는지 별로 놀라는 것 같지 않았다. 미망인만 놀란 표정을 지으며 허크에게 감사의 눈길을 보냈다. 사람들의 시선과 찬사가 자기에게 쏠리자 허크는 왠지 그 자리가 불편해서 견딜 수가 없었다. 오죽했으면 새 옷을 입은 어색함마저 깨끗이 잊어버릴 지경이었다.

야비한:행동이나 성질이 더러움

fair show of astonishment, and heaped so many compliments and so much gratitude upon Huck that he almost forgot the nearly intolerable discomfort of his new clothes in the entirely intolerable discomfort of being set up as a target for everybody's gaze and everybody's laudations.

The widow said she meant to give Huck a home under her roof and have him educated; and that when she could spare the money she would start him in business in a modest way. Tom's chance was come. He said:

"Huck don't need it. Huck's rich."

The company kept back the due and proper complimentary laugh at this pleasant joke. But the silence was a little awkward. Tom broke:

"Huck's got money. Maybe you don't believe it, but he's got lots of it oh, you needn't smile— I reckon I can show you. you just wait a minute."

Tom ran out of doors. The company looked at each other with a perplexed interest— and inquiringly at Huck, who was tongue-tied.

"Sid, what ails Tom?" said Aunt Polly. "He well, there ain't ever any making of that boy out. I never."

Tom entered, struggling with the weight of his sacks, and Aunt Polly did not finish her sentence. Tom poured

---

intolerable:참을 수 없는 laudation:찬양, 찬미 complimentary:인사의, 경의를 표하는 inquiringly:조사, 질문, 연구 struggle:바둥거리다. 싸우다.

미망인은 허크를 자기 집에 데려다 교육도 시키고, 또 돈이 생기면 적당한 일이라도 시킬 작정이라고 했다. 톰이 끼여들 기회가 온 셈이다.

"그럴 필요 없어요, 허크는 부자니까요."

사람들은 하찮은 농담이라 생각하고 웃지도 않았다. 왠지 분위기가 이상해졌다. 톰이 그 어색한 분위기를 깨뜨렸다.

"허크는 돈을 벌었어요. 거짓말이라고 생각할지 모르지만 굉장히 많은 돈을 벌었다니까요. 웃지 마세요. 증거를 보여드릴게요. 조금만 기다려 주세요."

그리고 톰은 밖으로 뛰어 나갔다. 사람들은 이상하다는 듯이 서로 얼굴을 쳐다보았다. 허크는 입을 꼭 다문 채 말이 없었다.

"시드, 톰이 어떻게 된거니? 폴리 이모가 물었다.

"정말 어떻게 된 건지 전혀 모르겠어."

이때 톰이 비틀거리는 걸음으로 묵직한 자루를 가지고 들어왔다. 톰은 금화를 산더미처럼 수북히 식탁에 쏟아 놓았다.

"자, 봐요. 얘기한 대로죠? 반은 허크 것이고, 나머지 반은 내 거예요!"

이 광경에 다들 숨을 죽였다. 모두가 눈을 크게 뜨고 들여다

the mass of yellow coin upon the table and said:

"There—what did I tell you? Half of it's Huck's and half of ifs mine!"

The spectacle took the general breath away. All gazed, nobody spoke for a moment Then there was a unanimous call for an explanation. Tom said he could furnish it, and he did. The tale was long, but brimful of interest. There was scarcely an interruption from anyone to break the charm of its flow. When he had finished, Mr. Jones said:

"I thought I had fixed up a little surprise for this occasion, but it don't amount to anything now. This one makes it sing mighty small, I'm willing to allow."

The money was counted. The sum amounted to a little over twelve thousand dollars. It was more than anyone present had ever seen at one time before, though several persons were there who were worth considerably more than that in property.

---

brimful:넘칠 듯이 가득찬 considerably:상당히, 꽤

만 볼 뿐, 한동안 입을 여는 사람이 없었다. 그러자 사람들이 궁금해서 일제히 질문을 했다. 톰은 설명을 하겠다며, 그간의 이야기를 늘어놓았다. 이야기는 꽤 길었지만 조금도 지루하지 않았다. 어느 누구 하나 이야기를 가로막지 않았다. 톰이 말을 마치자 존스씨가 입을 열었다.

"난 오늘 밤 여러분을 깜짝 놀라게 할 작정이었는데 이렇게 된 이상 별거 아닌 게 되버렸군요. 이 얘기에 비하면 정말 아무것도 아니라는 것을 인정하는 바입니다."

돈을 헤아려 보았다. 1만 하고도 2천달러가 넘는 액수였다. 거기 모인 사람들 가운데 그 이상의 재산을 가진 사람도 몇 있었지만, 한꺼번에 이렇게 많은 액수의 현금을 본 사람은 하나도 없었다.

CHAPTER 35
Respectable Huck Joins the Gang

THE READER may rest satisfied that Tom and Huck's windfall made a mighty stir in the poor little village of St. Petersburg. So vast a sum, all in actual cash, seemed next to incredible. It was talked about, gloated over, glorified, until the reason of many of the citizens tottered under the strain of the unhealthy excitement. Every "haunted" house in St. Petersburg and the neighboring villages was dissected, plank by plank, and its foundations dug up and ransacked for hidden treasure— and not by boys, but men— pretty grave, unromantic men, too, some of them. Wherever Tom and Huck appeared they were courted, admired, stared at. The boys were not able to remember that their remarks had possessed weight before; but now their sayings were treasured and repeated; everything they did seemed somehow to be regarded as remarkable;more-over, their past history was raked up and discovered to bear marks of conspicuous originality. The village paper published biographical sketches of the boys.

The Widow Douglas put Huck's money out at six per

---

incredible:믿을 수 없는 glorify:영광을 찬송하다. totter:비틀거리다. 위기에 놓이다. ransack:샅샅이 뒤지다. conspicuous:눈에 띄는, 현저한 originality:독 창성

제 35 장
존경받는 허크가 갱단에 가담하다

톰과 허크의 뜻하지 않은 행운이 이 초라한 세인트 피터즈버그 마을에 얼마나 커다란 선풍을 불러일으켰을지는 독자들도 익히 짐작이 갈 것이다. 액수도 엄청났지만, 전부 현금이라 사실이 도저히 믿기지 않을 정도였다. 가는 곳마다 이 이야기는 화제가 되어 도처에서 부러움을 샀고, 심지어는 너무 열을 올려 머리가 이상해진 사람들도 있었다. 세인트 피터즈버그와 그 부근 마을의 모든 '도깨비집'의 마루 판자가 뜯겨졌고, 숨겨진 보물 찾기가 일대 유행이 되었다. 그것도 애들만이 아니라 어른들까지 가세했다. 톰과 허크는 가는 곳마다 귀여움을 받고 주목의 대상이 되었다. 이제까지 자기들이 말하는 것은 한 번도 존중된 적이 없었는데, 이제는 무슨 말을 하건 다 중요하게 생각되고 사람들 사이로 퍼져 나갔다. 그리고 무슨 짓을 하건 그것이 굉장한 일처럼 보였다. 더욱이 과거의 일까지 일일이 들추어 내서, 그때부터 보통 아이들과는 다르다고 말했다. 마을 신문에서는 이 두 소년의 전기를 게재하기까지 했다.

더글라스 미망인은 허크의 돈을 6부 이자로 굴렸으며, 대처

선풍:돌발적인 사건으로 사회에 큰 동요가 생기는 일

cent, and Judge Thatcher did the same with Tom', at Aunt Polly's request. Each lad had an income, now, that was simply prodigious—a dollar for every weekday in the year and half of the Sundays. It was just what the minister got— no, A dollar and a quarter a week would board, lodge, and school a boy in those old simple days— and clothe him and wash him too, for that matter.

Judge Thatcher had conceived a great opinion of Tom. He said that no commonplace boy would ever have got his daughter out of the cave. When Becky told her father, how Tom had taken her whipping at school, the judge was visibly moved; and when she pleaded grace for the mighty lie which Tom had told in order to shift that whipping from her shoulders to his own, the judge said with a fine outburst that it was a noble, a generous, a magnanimous lie— a lie that was worthy to hold up its head and march down through history breast to breast with George Washington's lauded Truth about the hatchet! Becky thought her father had never looked so tall and so superb as when he walked the floor and stamped his foot and said that. she went straight off and told Tom about it.

Judge Thatcher hoped to see Tom a great lawyer or a great soldier someday. He said he meant to look to it that

---

whip: 채찍질하다. hatchet: 손도끼, 자귀 superb: 장려한, 훌륭한

판사는 폴리 이모의 요청으로 톰의 돈에도 똑같은 조처를 취했다. 톰과 허크는 각기 1년을 통하여 주일마다 1달러, 일요일에는 그 반액이라는 막대한 수입을 올리게 되었다. 정말로 목사의 수입과 같은 액수였던 것이다. 그 당시는 주에 1달러와 25센트만 있으면 식비를 치르고도 애 하나를 학교에 보낼 수 있었다. 게다가 아이에게 양복을 입히고, 언제나 깨끗이 몸치장을 시키는 것까지 가능했다.

대처 판사는 톰을 매우 높게 평가했다. 보통 애들 같으면 자기 딸을 동굴에서 구출해 낸다는 것은 어림도 없을 거라면서 칭찬이 자자했다. 베키가 학교에서 자기 대신 톰이 매를 맞았다는 이야기를 하자, 판사는 그야말로 감동했다는 것이다. 그리고 베키가 당연히 자기 어깨에 떨어져야 할 채찍을 대신 받기 위해 톰이 한 그런 거짓말은 거룩하고도 고결한 것이다, 조지 워싱턴이 도끼로 나무를 베었을 때 보여준 정직성만큼이나 후세에 전할 정도로 위대한 거짓말이라는 말까지 했다. 베키는 아버지가 방 안을 거닐면서 이런 말을 했을 때만큼 멋지고 당당하게 보인 적이 없다는 생각을 했다. 베키는 곧장 톰에게 달려가 그 말을 전했다.

대처 판사는 톰이 장차 위대한 법률가나 군인이 되기를 바랐

자자하다:소문 따위가 여러 사람 입에 오르내려 떠들썩하다.
고결:고상하고 깨끗함

Tom should be admitted to the National Military Academy and afterward trained in the best law school in the country.

Huck Finn's wealth and the fact that he was now under the Widow Douglas's protection introduced him into society— no, dragged him into it, hurled him into it— and his sufferings were almost more than he could bear. The widow's servants kept him clean and neat, combed and brushed, and they bedded him nightly in unsympathetic. He had to eat with knife and fork; he had to use napkin, cup, and plate; he had to learn his book, he had to go to church; he had to talk so properly that speech was become insipid in his mouth;

He bravely bore his miseries three weeks, and then one day turned up missing. For forty-eight hours the widow hunted for him everywhere in great distress. The public were profoundly concerned; they searched high and low, they dragged the river for his body. Early the third morning Tom Sawyer wisely went poking among some old empty hogsheads down behind the abandoned slaughter-house, and in one of them he found the refugee. Huck had slept there; he had just breakfasted upon some stolen odds and ends of food, and was lying off, now, in comfort, with

---

hurl:집어 던지다. 퍼붓다. unsympathetic:동정심이 없는 insipid:맛이 없는, 재미없는 hogshead:큰통, 기관사 slaughter-house:도살장 refugee:피난자, 도망자

다. 그래서 톰에게 기회를 주기 위해 처음에는 육군사관학교에 입학시키고, 다음에는 일류대 법학과에서 공부를 시킬 생각이라고 말했다.

허크 핀은 재산이 생긴 것과 더글라스 미망인이 후견인이 되었다는 두 사실로 해서 새로이 사교계에 출입하게 되었다. 사실은 끌려가게 되었다. 그리하여 그의 고통은 참을 수 없을 정도로 커지고 말았다. 하인들은 늘 그의 복장을 단정히 가꾸었고, 몸을 깨끗이 씻어 주었으며, 밤마다 시트를 새로 갈아주었다. 음식을 먹을 때도 나이프와 포크를 사용해야 했고, 냅킨과 컵과 접시를 사용하지 않으면 안 되었다. 책도 읽어야 했고 교회에도 나가야 했다. 말도 예의바른 말만 골라 써야 했다.

그래도 처음 3주 동안은 참고 지냈지만, 어느 날 허크는 사라지고 말았다. 더글라스 부인은 꼬박 이틀 동안 그를 찾아다녔다. 마을 사람들도 걱정이 되어 사방으로 수소문을 하고, 강바닥을 찾아보기도 했다. 사흘째 되던 날 이른 아침, 톰 소여는 현명하게도 사람들이 안 다니는 도살장 뒤꼍에 굴러다니는 빈 통을 조사한 결과 마침내 허크가 숨어 있는 장소를 찾아내었다. 허크는 거기서 묵고 있었던 것이다. 어디서 훔쳐 온 먹다 남은 찌꺼기로 아침식사를 마치고는 기분좋게 드러누워 담배

후견인:미성년자 등을 보호하며 그의 법률 행위를 대신하는 사람

his pipe. He was unkempt, uncombed, and clad in the same old ruin of rags that had made him picturesque in the days when he was free and happy. Tom routed him out, told him the trouble he had been causing, and urged him to go home. Huck's face lost its tranquil content, and took a melancholy cast. He said:

"Don't talk about it, Tom. I've tried it, and it don't work, it don't work, Tom. It ain't for me; I ain't used to it. The widder's good to me, and friendly; but I can't stand them ways. she makes me git up just at the same tune every morning; she makes me wash, they comb me all to thunder; she won't let me sleep in the woodshed; I got to wear them blamed clothes that just smothers me, Tom; they don't seem to let any air git through 'em, somehow; and they're so rotten nice that I can't set down, nor lay down, nor roll around anywher's; I hain't slid on a cellar door for— well, it 'pears to be years; I got to go to church and sweat and sweat— I hate them ornery sermons! I can't ketch a fly in there, I can't chaw. I got to wear shoes all Sunday. The widder eats by a bell; she goes to bed by a bell; she gits up by a bell everything's so awful reg'lar a body can't stand it.

"Well, everybody does that way, Huck."

---

unkempt:단정하지 못한 picturesque:그림같은, 아름다운 tranquil:조용한, 고요한 ornery:비열한, 짓궂은 평범한, 하등의

를 한 대 피우고 있는 참이었다. 머리를 빗지 않아 헝클어진 데다 예전의 자유롭고 행복한 시절에 입던 누더기 옷을 걸치고 있었다. 톰은 허크를 통에서 꺼내, 모두들 걱정하니까 당장 집으로 돌아가라고 했다. 그러자 허크의 얼굴에서 편안한 기색이 사라지더니 이내 우울한 표정이 되었다. 허크가 말했다.

"제발 그 얘긴 그만둬, 톰. 해봤지만 안 되더라. 아무리 노력해도 안돼. 나에게는 안 맞아. 아주머니도 잘해 주고 자상하지만, 더 이상 견딜 수 없었어. 매일 아침 같은 시간에 일어나 얼굴을 씻고 머리를 빗고 장작더미에서 자지도 못하게 해. 숨이 꽉 막히는 옷을 입어야 하고, 그런 옷은 공기가 잘 안 통하는 것 같아. 게다가 너무 비싼 거라서 앉기를 제대로 할 수 없고, 드러누울 수도 없고 구를 수도 없어. 정말 죽겠더라고. 층계에서 미끄럼 타본 게 몇년 전 일 같아. 교회에만 가면 진땀이 나 죽겠고, 게다가 그놈의 지겨운 설교는 지금 생각해도 끔찍해. 파리를 잡아도 안 된다. 담배를 피워도 안 된다. 주일 날은 하루 종일 구두를 신어야 하고, 식사도, 자는 것도, 일어나는 것도, 그 집에서는 모든 게 다 종으로 해. 그런 것을 무슨 수로 견디겠니?"

"다 그렇게 사는 거야, 허크."

"Tom, it don't make no difference. I ain't everybody, and I can't stand it. It's awful to be tied up so. And grub comes too easy— I don't take no interest in vittles, that way. I got to ask to go a— fishing; I got to ask to go in a-swimming— derned if I hain't got to ask to do everything. Well, I'd got to talk so nice it wasn't no comfort— I'd got to go up in the attic and rip out awhile, every day, to git a taste in my mouth, or I'd 'a' died, Tom. The widder wouldn't let me smoke; she wouldn't let me yell, she wouldn't let me gape, nor stretch, nor scratch, before folks, she prayed all the time! I never see such a woman! I had to shove, Tom— I just had to. And besides, that school's going to open, and I'd 'a' had to go to it— well, I wouldn't stand that, Tom. Looky—here, Tom, being rich ain't what ifs cracked up to be. It's just worry and sweat, and a-wishing you was dead all the time. Now these clothes suits me, and this bar'l suits me, and I ain't ever going to shake 'em any more. Tom, I wouldn't ever got into all this trouble if it hadn't 'a' been for that money; now you just take my sheer of it along with yourn, and gimme a ten-center sometimes— not many times, becuz I don't give a dern for a thing 'thout it's tollable hard to git—and you go and beg off for me with the widder."

---

vittles=victual음식물, 양식 attic:지붕밑 방

"어쨌든 난 싫어. 난 그 사람들하고는 다르거든. 참을 수 없어. 그렇게는 하루도 살 수 없어. 먹을 것도 손만 뻗치면 널려 있어. 낚시질 가는 데도 일일이 허락을 받아야 하고, 수영하러 가는 데도 허락을 받아야 돼. 뭘 하든지 간에 허락부터 받지 않으면 아무것도 할 수 없다니까. 점잖은 말만 써야 한다면 무슨 재미가 있겠어. 난 말이야, 하루에 한 번은 다락방에 올라가서 한바탕 욕을 해야 속이 시원해. 아주머니는 담배도 못 피우게 하지, 큰소리도 못 지르게 하지. 하품을 해서도 안 된다. 모두가 안 된다뿐이야. 그리고 항상 기도만 해. 그런 사람은 처음 봤어. 이런데도 내가 도망 안 가고 배기겠니? 게다가 학교가 시작하면 나도 가야 한다는 거야. 내가 그런 짓을 무슨 수로 할 수 있단 말이지. 톰, 부자란 세상에서 말하는 것처럼 좋은 게 아니더라. 성가신 것뿐이야. 그럴 바에는 차라리 죽는 게 낫겠어. 나한테는 이 옷이 딱 맞고, 이 통이 편해. 다시는 그런 생활을 하지 않을 거야, 톰. 그놈의 돈만 없다면 이런 고생은 안 해도 되겠지? 내 몫까지 네가 가져라. 그리고 나한테는 가끔 10센트 짜리 동전 하나씩만 줘. 가끔 말이야. 아주 얻기 힘든 게 아니라면 돈 쓸 일이 없으니까. 그리고 아주머니한테 가서 내 대신 말 좀 해줘.

"Oh, Huck you know I can't do that. 'Tain't fair; and, besides, if you'll try this thing just a while longer you'll come to like it."

"Like it! Yes—the way I'd like a hot stove if I was to set on it long enough. No, Tom, I won't be rich, and I won't live in them cussed smothery houses. I like the woods, and the river, and hogsheads, and I'll stick to 'em, too. Blame it all! just as we'd got guns, and a cave, and all just fixed to rob, here this dern foolishness has got to come up and spile it all!"

Tom saw his opportunity:

"Looky—here, Huck being rich ain't going to keep me back from turning robber."

"No! Oh, good-licks."

"But, Huck, we can't let you into the gang if you ain't respectable, you know."

Huck's joy was quenched.

"Can't let me in, Tom? Didn't you let me go for a pirate?"

"Yes, but that's different. A robber is more high-toned than what a pirate is as a general thing. In most countries they're awful high up in the nobility—dukes and such."

"Now, Tom, hain't you always ben friendly to me? You

---

beg off:핑계를 붙여 거절하다. hogshead:큰 통 pirate:해적

"허크, 그게 무슨 소리야. 조금만 참고 지내면 괜찮아질지도 모르잖니?"

"괜찮아져? 흥. 새빨갛게 달궈진 난로 위에 앉아서 참고만 있으면 좋아진다는 말이니? 싫어, 톰. 난 부자도 싫어. 그렇게 숨막히는 데서 사느니 죽겠어. 숲이니 강이니 이 빈 통 같은 게 더 좋아. 난 이런 데서 살 작정이야. 젠장! 모처럼 총이 생기고 동굴도 찾게 되어 산적 노릇을 하나보다 했더니 다 틀렸잖아."

톰은 이 기회를 놓치지 않고 말했다. "이봐, 허크. 부자가 되었다고 해서 산적이 되는 걸 그만 두는 게 아니다."

"뭐? 그게 정말이야?"

"정말이고 말고. 하지만 네가 신사가 아니면 우리 패에 끼워 줄 수 없어."

허크는 다시 풀이 죽은 표정을 지었다.

"안 끼워 준다고? 하지만 해적도 같이 했잖아?"

"그렇지, 하지만 그때와는 달라. 산적은 해적보다 훨씬 격이 높거든. 어느 나라에서나 산적이라고 하면 지위가 높은 귀족이야. 공작이니 뭐니 그런 거 말이야."

"하지만 톰, 여태까지 사이좋게 지냈잖아? 그런데 날 안 끼

wouldn't shet me out, would you, Tom? You wouldn't do that, now, would you, Tom?"

"Huck, I wouldn't want to, and I don't want to— but what would people say? Why, they'd say, 'Mph! Tom Sawyer's Gang! pretty low characters in it!' They'd mean you, Huck You wouldn't like that, and I wouldn't."

Huck was silent for some time, engaged in a mental struggle. Finally he said:

"Well, I'll go back to the widder for a month and tackle it and see if I can come to stand it, if you'll let me b'long to the gang, Tom."

"All right, Huck, ifs a whiz! Come along, old chap, and 111 ask the widow to let up on you a little, Huck."

"Will you, Tom— now will you? That's good. If shell let up on some of the roughest things, Ill smoke private and cuss private, and crowd through or bust When you going to start the gang and turn robbers?"

"Oh, right off. Well get the boys together and have the initiation tonight, maybe."

"Have the which?"

"Have the initiation."

"What's that?"

"It's to swear to stand by one another, and never tell the

---

cuss:저주, 악당 right off:그렇다!, 좋아!, 그대로 계속해!

워 준다는 거야? 정말 그러는 건 아니겠지?"

"허크, 나도 그럴 생각은 없고, 그러고 싶지도 않아. 하지만 다른 애들이 뭐라고 하겠니? '흥! 톰 소여 일당이 저게 뭐야! 못난 놈이 하나 있네!' 하고 할 게 뻔하잖니. 널 두고 하는 소리야, 허크. 너도 그런 말은 듣고 싶지 않겠지. 나도 싫어."

허크는 잠시 아무말이 없이 속으로 무엇을 생각하고 있었다. 마침내 허크가 입을 열었다. "좋아. 그럼 아주머니네 집에 돌아가서 한 달쯤 참아 볼게. 날 같은 패에 끼워 준다면 말이야."

"그럼 됐어! 장하다, 허크! 가자, 그리고 내가 아주머니께 널 너무 괴롭히지 말라고 해볼게."

"그래, 제발! 그렇게 좀 해줘. 고맙다. 조금만 풀어 주기만 하면 담배를 피우거나 욕설을 퍼붓거나 하는 것은 안 보이는 데서 하겠어. 어떻게든 견뎌 볼 참이야. 그런데 언제 일당을 모아 산적이 되는 거지?"

"당장. 오늘 밤에라도 모여서 결단식을 갖자."

"뭘 한다고?"

"그게 뭔데?"

"서로 돕고, 몸이 조각이 나는 한이 있더라도 비밀을 누설하지 않는다. 그리고 동료를 괴롭힌 놈은 누가 됐든지 가족까지

gang's secrets, even if you're chopped all to flinders, and kill anybody and all his family that hurts one of the gang."

"That's gay—that's mighty gay, Tom, I tell you."

"Well, I bet it is. And all that swearings got to be done at midnight, in the lonesomest, awfulest place you can find—a ha'nted house is the best, but they're all ripped up now."

"Well, midnights good, anyway, Tom."

"Yes, so it is. And you've got to swear on a coffin, and sign it with blood."

"Now, that's something like! Why, ifs a million times bullier than pirating. I'll stick to the widder till I rot, Tom; and if I git to be a reg'lar ripper of a robber, and everybody talking 'bout it, I reckon she'll be proud she snaked me in out of the wet."

CONCLUSION

So ENDETH this chronicle. It being strictly a history of a boy, it must stop here; the story could not go much further without becoming the history of a man. When one

---

chronicle:장기간에 걸친, 만성적인

몰살한다, 이런 서약을 하는거야."

"그거 멋진데! 재미있겠구나, 톰."

"그럼, 재미있고 말고. 이 맹세는 밤중에, 그것도 되도록 쓸쓸하고 으슥한 장소에서 해야 하는 거야. 도깨비집이 제일 좋은데, 이제 다 부서져 버렸으니."

"어쨌든 한밤중이 좋겠다. 톰."

"그래. 그리고 관 위에 선서를 해야 해. 또 피로 서명을 하는 거야."

"야, 정말 굉장한데! 해적보다 몇만 배나 근사하구나. 죽을 때까지 아주머니네 집에서 살게. 그리고 만일 내가 정말로 산적이 되어서 세상에 이름을 떨치게 되면, 아주머니는 날 맞아들인 걸 자랑스러워 하실 거야."

결 말

이야기는 여기서 끝을 맺는다. 엄밀히 말하면 한 소년의 이야기이기 때문에 여기서 끝을 맺지 않으면 안 된다. 이 이상 계속하면 그것은 어른의 이야기가 되기 때문이다. 어른들에 관

writes a novel about grown people, he knows exactly where to stop— that is, with a marriage; but when he writes of juveniles, he must stop where he best can.

Most of the characters that perform in this book still live, and are prosperous and happy. Some day it may seem worth while to take up the story of the younger ones again and see what sort of men and women they turned out to be; therefore it will be wisest not to reveal any of that part of their lives at present.

한 소설을 쓸 때, 작자는 어디서 끝을 맺어야 할지 정확히 알고 있다. 즉 결혼식으로 끝을 맺으면 되는 것이다. 그러나 소년들에 관한 이야기에서는 작가가 제일 적당하다고 생각하는 데서 끝을 맺지 않으면 안 된다.

이 책에서 활약한 인물들은 대부분이 아직도 훌륭하고 행복한 삶을 살아가고 있다. 언젠가 이 소년들의 이야기를 다시 다루어 어떻게 성장해 갔는지를 보는 것도 전혀 쓸데없는 것은 아닐지도 모른다. 그러므로 여기서는 당분간은 그들의 생애의 그 부분에 대해서는 덮어두는 것이 현명하다는 생각이다.

■ 지은이 : 마크 트웨인(Mark Twain)

1835년 미국 미주리주 플로리다에서 태어나 4살 때 가족이 미시시피 강변의 소도시 Hannibal로 이사갔다.
미시시피강 주변의 자연은 그의 유년기에 깊은 인상을 남겨 그가 후에 쓴 《톰소여의 모험》 등의 무대가 되었다.
11살에 아버지를 잃은 그는 인쇄소에서 견습공으로 일하게 되었다. 그 덕분에 브라질을 탐험하고 미시시피강을
누비는 증기선의 키잡이 일도 하였다. 이 때 사용한 수심 깊이의 단위를 필명으로 사용하였다.
1840년대 미국 서부에서 금이 발견되어 소위 서부개척이라는 붐이 일어나자, 마크는 약간의 토지를 매입해 금을
찾았지만 결과는 비참했다. 덕분에 빚이 늘어나 신문사 일을 했는데, 그가 일한 신문이 첫 단편들을 실어 마크 트웨인이
작가로서의 호평을 받게 해준 캘리포니언지다. 마크 트웨인은 1865년 〈뜀뛰는 개구리〉로 문단에 등단하였고,
이어 〈순박한 여행기〉로 인기를 끌었다.
생활의 체험을 소재로 한 많은 작품을 발표하여, 그 속에 자연 존중, 물질 문명의 배격, 사회 풍자 등을 표현하면서
유머와 풍자에 넘치는 작품 경향을 보였다.
뒤에 인류에 대한 절망, 비관론자가 되어 〈인간이란 무엇이냐〉 〈보지 못한 소년〉 등을 남겼다.
그의 작품 세계는 크게 두 가지로 나눌 수 있는데, 흔히 미시시피 3부작으로 통칭되는 《톰 소여의 모험》,
《미시시피강의 추억》, 《허클베리핀의 모험》 등은 다분히 미국적이고 자유스러운 영혼에 대한 찬가라고 할 수 있으며,
《아서왕과 코네티컷 양키》, 《왕자와 거지》, 《불가사의한 이방인》 등은 중세 봉건주의 시대의 유럽을 무대로 하는
통렬한 사회 풍자물이다. 이 중 19세기 미국인을 아서왕의 카멜롯으로 시간여행시키는 과학 소설
《아서왕과 코네티컷 양키》와 중세 오스트리아 성채에 나타난 초인 N.44의 이야기를 다루는 환상 소설 《불가사의한 병》이
특히 주목할 만한 가치가 있다.
말년에는 '노예 있는 자유국' 즉, 자유주의나라이면서도 노예제도가 있는 미국의 모순을 폭로하고 바로잡기에 힘썼다.

■ 옮긴이 : 김종윤

전라북도 남원에서 태어나 한국외국어대학교 법학과를 졸업하였다.
1993년 『시와 비평』으로 등단하여 장편소설 〈어머니는 누구일까〉, 〈아버지는 누구일까〉,
〈날마다 이혼을 꿈꾸는 여자〉, 〈어머니의 일생〉 등이 있으며, 창작동화 〈가족이란 누구일까요?〉가 있다.
그리고 〈문장작법과 토론의 기술〉, 〈어린이 문장강화(전13권)〉 등이 있다.

어휘력·문해력·문장력 세계명작에 있고
영어공부 세계명작 직독직해에 있다

톰 소여의 모험 (하)

초판 제1쇄 발행일 : 2024년 7월 30일
초판 제3쇄 발행일 : 2024년 9월 05일

지은이 : 마크 트웨인
옮긴이 : 김종윤
발행인 : 김종윤
발행처 : 주식회사 자유지성사
등록번호 : 제 2 - 1173호
등록일자 : 1991년 5월 18일

서울특별시 송파구 위례성대로 8길 58, 202호
전화 : 02) 333 - 9535 I 팩스 : 02) 6280 - 9535
E-mail : fibook@naver.com
ISBN : 978 - 89 - 7997 - 496 - 6 (13840)
